[illegible] en Suède [illegible]

[illegible] Lectrices [illegible]

[illegible]

[illegible] des lecteurs,

elle a [illegible]

[illegible]

[illegible]

[illegible]

[illegible]

[illegible]

[illegible]

PLUS AMÈRE QUE LA MORT

Camilla Grebe a connu un immense succès en Suède dès la parution de son premier livre, *Un cri sous la glace*. Lauréate du prestigieux Glass Key Award récompensant le meilleur polar scandinave pour deux de ses titres, *L'Ombre de la baleine* et *L'Archipel des larmes*, elle a également remporté le Prix des lecteurs du Livre de Poche en 2019 avec son thriller *Le Journal de ma disparition*, le Grand Prix des lectrices *Elle* en 2023 et le Choix des libraires 2024 pour *L'Énigme de la stuga*. Ses ouvrages ont été traduits en plus de vingt-cinq langues et se sont écoulés à plus de 2,5 millions d'exemplaires partout dans le monde.
Åsa Träff, psychologue spécialiste des troubles neuropsychiatriques et de l'anxiété, est la sœur de Camilla Grebe, avec laquelle elle a coécrit cinq romans.

De Camilla Grebe au Livre de Poche :

L'Archipel des larmes

L'Énigme de la stuga

L'Horizon d'une nuit

Le Journal de ma disparition

L'Ombre de la baleine

Un cri sous la glace

Avec Åsa Träff

Ça aurait pu être le paradis

Christine

CAMILLA GREBE & ÅSA TRÄFF

Plus amère que la mort

Siri Bergman **

TRADUIT DU SUÉDOIS PAR ANNA POSTEL

LE LIVRE DE POCHE

Titre original :

BITTRARE ÄN DÖDEN
Publié par Wahlström & Widstrand.

Couverture : Studio LGF. © Alexandre Cappellari / Arcangel / Dǎ-kuk / iStock.

ISBN 978-2-253-24549-0 – 1re publication LGF

À Max, Gustav, Calle et Josephine

Et j'ai trouvé plus amère que la mort la femme dont le cœur est un piège et un filet, et dont les mains sont des liens ; celui qui est agréable à Dieu lui échappe, mais le pécheur est pris par elle.

Ecclésiaste, 7, 26

GUSTAVSBERG, BANLIEUE DE STOCKHOLM, APRÈS-MIDI DU 22 OCTOBRE

Vu d'en bas, tout semble différent.

Les pieds épais de la grande table de la cuisine, le plateau en chêne avec les cernes du bois bien visibles et le dessin à la craie au-dessous – que sa maman n'a pas encore découvert. La nappe qui tombe autour d'elle, de grands pans blancs.

Sa maman est différente vue d'en bas, elle aussi.

La petite sort délicatement la tête de sa cabane, regarde sa mère qui, debout devant la cuisinière, plonge d'une main les spaghettis dans la grande casserole, tandis qu'elle fume de l'autre.

Le jean élimé de sa maman descend tellement bas sur ses fesses qu'on voit le dessin tatoué sur la chute de ses reins et sa culotte rose.

Vu d'en bas, le popotin de sa maman a l'air énorme – il faudrait qu'elle lui dise. Sa mère lui demande toujours si tel ou tel vêtement lui fait de grosses fesses. Elle oblige souvent Henrik à répondre, alors qu'il n'en a pas envie. Il préfère regarder les chevaux courir en rond à la télé, en buvant de la bière.

On appelle ça un centre d'intérêt.

Elle ramasse un crayon de couleur bleu et entreprend

de colorier le ciel. Pour l'instant, le dessin représente une maison, la leur, et une voiture rouge garée devant : celle qu'ils vont acheter quand sa maman retrouvera du travail. La pâle lumière grise d'une matinée automnale entre par la fenêtre, teintant la pièce d'une palette déprimante, mais, dans la cabane, l'obscurité est accueillante. Seule une douce lumière passe, suffisante pour voir la feuille posée sur le sol devant elle et deviner les couleurs de ses crayons.

La radio diffuse de la musique, interrompue de temps en temps par des pubs.

La pub, c'est quand ils parlent, ça, elle l'a compris. La pub, c'est quand Henrik va faire pipi, vu toute la bière qu'il boit. C'est aussi quand sa maman sort fumer sur le balcon, mais, quand Henrik n'est pas là, elle fume partout. Même quand il n'y a pas de pub.

Les coups à la porte sont légers, presque comme si on ne frappait pas vraiment, comme si quelqu'un glissait distraitement la main sur le bois, martelait légèrement la porte en passant devant l'appartement.

Sa maman allume une autre cigarette, penchée au-dessus de l'évier, et semble hésiter.

Alors, les coups reprennent beaucoup plus fort cette fois.

Boum, boum, boum.

Il ne fait aucun doute que quelqu'un se trouve à la porte, qui veut rentrer. Quelqu'un de pressé.

— J'arrive !

Sa mère marche lentement vers la porte, cigarette à la main. Comme si elle avait tout son temps. Et Tilde sait que c'est comme ça, parce que Henrik doit apprendre à attendre. Tout ne peut pas lui arriver tout de suite, selon ses conditions à lui. C'est ce que lui a dit maman.

Elle déniche un crayon de couleur jaune qui conviendra très bien pour le soleil. Elle commence par tracer un cercle, effectuant lentement des mouvements circulaires. La feuille se froisse un brin et, lorsqu'elle retient le papier de l'autre main, une petite déchirure apparaît en haut à droite. Une faille dans le monde parfait qu'elle essaie si soigneusement de créer.

Elle hésite : recommencer ou continuer ?

Boum, boum, boum.

Henrik semble plus en colère que d'habitude. On entend le cliquetis de la chaîne de sécurité, puis la porte s'ouvre.

Elle fouille parmi les crayons qui, dans la pénombre sous la table de la cuisine, ressemblent à des bâtons gris-brun. Comme si elle était assise sous un sapin, dans la forêt, et jouait avec de vrais bâtons. Elle se demande ce que ça fait. Elle n'est presque jamais allée dans les bois. Seulement dans le square du centre-ville. Là-bas, il n'y a pas de sapins, seulement des buissons épineux avec de minuscules baies rouge orangé qui sont vénéneuses, d'après les autres enfants.

Elle trouve enfin le crayon gris : elle va dessiner un gros nuage. Bien boursouflé, le ventre rempli de pluie et de grêle, qui fait peur aux adultes.

Des éclats de voix lui parviennent depuis l'entrée, puis un autre bruit étouffé. Des coups sourds contre le sol, comme si quelque chose tombait et retombait. Si seulement ils pouvaient arrêter de se disputer. Si seulement sa maman pouvait balancer ces canettes dorées à cause desquelles Henrik est si fâché, agacé et fatigué.

L'enfant se penche vers le sol pour couler un regard sous la nappe. Ils hurlent à présent – il y a quelque chose qui cloche. Les voix ne lui sont pas familières. Elle ne reconnaît pas la voix de Henrik.

L'entrée est plongée dans la pénombre.

Elle devine des corps qui s'y déplacent, mais impossible de déterminer ce qui se passe.

Et soudain, un hurlement.

Quelqu'un – c'est maman, elle le voit à présent – tombe la tête la première sur le sol de la cuisine. Une flaque rouge s'étend sous son visage. Les mains de maman se referment sur le tapis de la cuisine comme si elle voulait s'y agripper. Elle essaie de ramper vers la chambre lorsque, au même moment, une petite chose ronde, lisse et dorée, roule dans la cuisine depuis l'entrée.

Quelqu'un – l'homme – pousse un juron. Sa voix est grave, rauque. Des pas dans la cuisine. Une silhouette qui se penche, attrape le petit objet.

Elle n'ose pas sortir la tête pour voir qui c'est, mais elle distingue de grosses chaussures noires et un pantalon sombre qui s'arrêtent près de la tête de sa maman, hésitent un instant, puis décochent un coup de pied dans le visage de sa mère, puis un autre, et encore un autre, jusqu'à ce que son visage semble se détacher, comme le masque d'une poupée, et que de la bouillie rouge et rose se déverse et forme une flaque sur le tapis devant elle. Les chaussures noires sont aussi couvertes de cette bouillie qui coule lentement sur le sol comme de la glace fondue.

Le silence se fait, à part la musique de la radio, et elle se demande comment il est possible que la musique continue sans s'arrêter, comme si rien ne s'était passé, bien que sa maman soit couchée sur le sol de la cuisine comme un tas de linge sale dans une mare de sang qui grandit à chaque instant.

Les respirations de sa maman sont lentes, rauques. Comme si elle venait de boire la tasse.

Elle voit ensuite qu'on traîne sa maman vers l'entrée, centimètre par centimètre. Le tapis de la cuisine, que sa mère tient toujours serré dans son poing, la suit dans l'entrée sombre.

Sur le sol en lino blanc cassé, il ne reste que la flaque de sang et la pâte rose.

Elle hésite un instant, puis se remet à colorier le gros nuage.

STOCKHOLM,
DEUX MOIS PLUS TÔT

Dans le bureau de Vijay.

Une table encombrée. Pas un seul centimètre qui ne soit couvert de paperasses. Je me demande comment on peut trouver ce qu'on cherche au milieu de ces milliers de documents, dossiers et journaux.

Au sommet d'une pile de papiers, sans doute des devoirs d'étudiants, trône son ordinateur portable. Un Mac fin comme du papier. Vijay a toujours été un mec à Mac. À côté, une tasse de café et une peau de banane. Une boîte de snus[1] à moitié dissimulée sous une lettre du directeur de l'institution.

— Tu es passé au snus ?

Aina dévisage Vijay d'un air sceptique avec une moue dégoûtée.

— Hum, pas le choix. Olle s'oppose catégoriquement aux cigarettes, mais le snus, ça passe.

— Dommage. Moi qui pensais qu'on allait s'en griller une avec notre petit café dans le vent glacial. Comme au bon vieux temps…

Nous éclatons de rire tous les trois en nous

1. Poudre de tabac qui se garde entre la gencive et la lèvre, consommée principalement dans les pays nordiques. *(N.d.T.)*

remémorant toutes les fois où nous avons partagé un café clope sous la pluie battante, la neige ou le soleil cuisant, hiver comme été. À l'époque où nos vies étaient moins compliquées. À moins que ce ne soit juste une impression créée par la mise à distance du passé.

Aina, Vijay et moi nous sommes connus en fac de psycho à l'université de Stockholm. Aina et moi avons choisi de devenir psychologues cliniciennes, tandis que Vijay a opté pour une carrière universitaire en se lançant dans un doctorat. Dix ans plus tard, il est désormais professeur en psychologie légale à l'université où il a étudié.

Je contemple mon ami. Tignasse noire, tempes grisonnantes. Moustache hirsute. Chemise fripée en coton rayée bleu et blanc. Pas un look de professeur – mais peut-être est-ce justement ce qui distingue les professeurs ? L'absence de dénominateurs stylistiques communs. Qu'est-ce que j'en sais ? Après tout, je n'en connais pas tant que ça. Toujours est-il qu'il a vieilli, style prof ou non, comme Aina et moi. Nous avons pris de l'âge, nous sommes devenus plus sages, peut-être simplement plus fatigués et légèrement surpris que la vie ne se soit pas déroulée comme nous l'avions imaginée.

— Je peux me laisser convaincre, je partagerai une clope avec toi tout à l'heure, fait Vijay en triturant l'étiquette de la boîte de snus. Olle est en conférence à Reykjavik, il ne se rendra compte de rien, mais ce n'est pas pour discuter de mon addiction à la nicotine que je vous ai demandé de venir.

Aina et moi acquiesçons. Bien sûr. Nous savons que

Vijay a un boulot à nous confier et nous lui en sommes reconnaissantes. Les psychothérapeutes n'ont pas été épargnés par la crise économique et nous acceptons volontiers des missions longues pour des acteurs publics.

— Il s'agit d'un projet de recherche sur l'effet des groupes de parole pour des femmes victimes de violence. Le groupe cible est composé de femmes à risque de développer un stress post-traumatique, mais qui, pour différentes raisons, refusent de suivre une thérapie traditionnelle. Il s'agit d'une collaboration entre la commune de Värmdö et l'université de Stockholm.

Vijay a adopté une posture professionnelle, les yeux luisants, les joues empourprées. Son travail le passionne. Il ne le considère d'ailleurs pas comme un simple moyen de subsistance, mais comme un mode de vie et peut-être même un moyen de donner un sens à son existence. En outre, il ne nierait pas que sa brillante carrière flatte sa vanité. Il raffole de l'autorité que lui confère son statut. Être l'expert. Celui qui sait.

Vijay apparaît souvent dans les médias, où il s'exprime au sujet de crimes et de leurs potentielles causes. Il serait facile de faire de la psychologie de comptoir, de penser que sa satisfaction découle d'un besoin de revanche. L'immigré traité injustement, marginalisé du fait de ses origines et de son orientation sexuelle. Il n'en est rien. Les parents de Vijay sont des universitaires aisés venus en Suède grâce à des bourses de recherche, et qui sont ensuite restés. Sa famille ne s'est jamais mêlée de son homosexualité. Il a trois frères qui ont fourni aux parents les petits-enfants tant désirés.

Vijay est considéré comme excentrique, mais pas raté pour autant.

— Quel est notre rôle, s'il s'agit d'un groupe d'entraide ? le coupe Aina.

Vijay s'interrompt, même s'il a horreur de ça.

— Patience, j'y arrive.

Il marque une pause, ouvre la boîte de snus, glisse un sachet de tabac sous sa lèvre et reprend :

— L'idée est que vous vous occupiez du projet pilote. Pour tester la procédure, vérifier les parties psycho-éducatives, voir s'il faut ajouter ou retirer quelque chose.

— Psycho-éducation et entraide, ça ne ressemble pas à de la thérapie cognitive et comportementale.

Aina affiche un air sceptique. Vijay, lui, sourit gaiement.

— Ça ne l'est pas. Enfin, pas vraiment. Ce qui ne veut pas dire que ça n'est pas efficace. Vous savez que la demande en psychothérapeutes spécialisés dans les TCC[1] dépasse largement le nombre de personnes formées ? Ce projet permet à un plus grand nombre de personnes de participer à des interventions qui sont, nous le savons, efficaces en cas de trauma et de stress post-traumatique. Nous voulons diffuser la méthode à un coût plus abordable, tout simplement. Par ailleurs, les groupes d'entraide sont utiles en soi, en particulier pour les personnes qui ont été elles-mêmes victimes. Ils leur donnent une sensation de… de contrôle, peut-être. De renforcement des capacités. Enfin, vous voyez.

1. Thérapies comportementales et cognitives. *(N.d.É.)*

— Renforcement des capacités ?

Aina n'a toujours pas l'air convaincue. Elle me regarde comme si elle attendait un signe de ma part, une indication de ce que j'en pense.

— Quel est le protocole ?

Je suis curieuse de savoir comment s'organise le traitement.

— On a huit rencontres de deux heures. Chacune commence par un cours magistral, sur les réactions face à un traumatisme, les violences sexistes et sexuelles, les symptômes habituels du stress post-traumatique, des thèmes dans ce genre. Ensuite, on passe à un temps d'échange plus libre, pendant lequel les participantes racontent leurs expériences et écoutent les récits des autres. Le rôle des animatrices est de guider la discussion, de faire en sorte que tout le monde puisse s'exprimer, que personne ne monopolise la parole. Enfin, on leur propose un travail pour la prochaine séance – par exemple réfléchir à la manière dont leur vie a changé après le traumatisme ou quels sont leurs objectifs. Et comment les atteindre. Vous aurez à disposition un protocole détaillé, mais vous serez libres d'opérer des ajustements. Vous évaluerez chaque session ensemble après coup et donnerez votre avis sur le contenu. Tout fera l'objet d'un rapport. N'oubliez pas qu'il s'agit d'un groupe de parole, le niveau doit être adapté, il faut fournir de la matière, proposer des changements sans que ce soit trop compliqué. Il ne s'agit pas d'une psychothérapie : d'ailleurs, les animatrices ne seront pas des psychothérapeutes, mais des femmes ayant elles-mêmes été victimes de violence masculine.

Vijay s'interrompt, l'air soudain embarrassé. Je sais ce qu'il pense, ce qu'il va dire.

— Euh… Siri, je ne te demande pas de t'occuper de cela en tant que victime de violence, mais en ta qualité de psy. Tu es hyper compétente. Aina et toi, vous êtes sacrément douées.

— Mais le fait que je sois une victime de violence, en plus d'être psychologue, ça n'est pas un problème, au contraire…

Je contemple Vijay, je le vois envisager différentes réponses. Je le connais si bien que je devine les cheminements de son esprit. Noyer le poisson ou dire le fond de sa pensée ? Il semble hésiter. Doit-il faire comme si rien ne s'était passé, comme si j'étais la même femme qu'avant, ou admettre que ce qui s'est passé, à savoir qu'on a essayé de me tuer, m'a transformée.

— Ça t'embête ?

Il semble à la fois blessé et sérieusement intéressé par ma réponse. Je réfléchis : est-ce que cela me dérange que Vijay pense que, du fait de mes expériences personnelles, je suis plus à même que quelqu'un d'autre de faire ce travail ? Je me rends compte que non. Mes expériences font partie de moi, même si elles ne sont plus une plaie ouverte. Je crois que je suis capable de contrôler mes propres réactions et que je saurai me positionner face à ce qui est arrivé.

— Non, ça ne me dérange pas.

L'atmosphère dans la pièce encombrée change si soudainement qu'il est impossible de ne pas le remarquer. Une vague de soulagement semble se diffuser chez Vijay et Aina. Ils ont discuté de la question ensemble, en amont, c'est sûr, mais Aina ne voulait sans doute pas m'influencer, me donner la possibilité de décliner la proposition de Vijay sans perdre la face. Vijay se penche vers moi et me caresse la joue d'un geste d'une tendresse inattendue.

— Siri, mon amie. Je suis si heureux que tu sois là.

Je suis surprise par sa soudaine sensibilité, mais sa franchise me réchauffe le cœur. On voit qu'il est sincère. Aina croise mon regard, lève à peine un sourcil, m'obligeant à détourner les yeux, car je sais que nous allons éclater de rire si nous continuons à nous dévisager comme ça. Je ne veux pas blesser Vijay. Je me tourne vers lui, tête inclinée sur le côté.

— Trêve de bla-bla. Et si on parlait fric ?

La pluie tombe sans discontinuer, barrant la route au soleil comme au froid. Elle arrose paisiblement les terres à présent gorgées d'eau qui s'étendent de part et d'autre de ma maison, noyant les contours de ce qui fut une pelouse, la transformant en mare. Des brins d'herbe dépassent çà et là, telles des touffes de cheveux jaunies. L'allée menant de mon pavillon à la dépendance, où se trouvent une salle de bains et une remise, est perforée d'ornières remplies de boue qui colle à mes bottes.

À l'intérieur, il fait bon. Chaque fois que je pousse la porte, je suis envahie par cette sensation de bonheur intense quasi primitive, me trouver dans une maison qui m'appartient, dans laquelle je suis bien au chaud et au sec – parfois en compagnie de Markus et de mes amis –, au cours de toutes ces nuits d'automne où souffle la tempête. Sa construction en bois est simple, mais très fonctionnelle.

Markus ne vit pas avec moi. Je ne le veux pas. Je ne me sens pas prête. Peut-être que j'accorde trop de valeur à mon espace personnel. Je crains sans doute que nous ne supportions pas tous les compromis nécessaires à la vie commune.

Qui j'essaie de tromper ?

La vérité – si douloureuse que je ne l'envisage que rarement – est que je suis incapable de l'aimer vraiment. Me demander de l'aimer serait comme prier une personne amputée des deux bras de nouer ses lacets. J'ai beau le vouloir de toutes mes forces – j'en suis incapable.

Je crains qu'il n'y ait pas la place dans mon âme pour lui.

Pas encore.

Stefan.

Toujours présent. À mes côtés, jour et nuit. Quand je travaille, quand je dors. Quand je fais l'amour avec Markus.

Infidélité ?

Absurde, diraient la plupart des gens. On ne peut pas tromper un mort. Je suis certaine que Stefan aurait été le premier à vouloir mon bonheur. Il aurait pensé que je le méritais.

Non.

Il s'agit de mon incapacité à me lier.

Tout simplement.

Les jours où je suis seule, les seuls objets qui révèlent la présence de Markus sont la deuxième brosse à dents dans la salle de bains, les caleçons et les t-shirts taille XL dans le tiroir de ma commode et un ordinateur portable ultraplat dont il a visiblement besoin pour le boulot. Même si, à vrai dire, je ne l'ai jamais vu faire autre chose que jouer à des jeux vidéo et surfer sur Internet.

Nous nous fréquentons depuis près d'un an, et je

n'en reviens toujours pas à quel point nous sommes différents. Si l'on m'avait demandé, à l'époque, ce que je cherchais chez un homme – le mec idéal –, j'aurais pu en parler pendant des heures. Je voulais un intellectuel, un grand lecteur, passionné par les questions de société…

Force est de constater que j'ai trouvé un homme diamétralement opposé à ma représentation romantique de l'homme parfait : un policier sportif qui ne partage aucun de mes centres d'intérêt. Il ne lit pas. Il préfère passer son temps devant l'ordinateur, lorsqu'il ne fait pas de l'exercice. Je crois qu'il vote à droite, bien qu'il soit originaire du nord de la Suède, le bastion de la social-démocratie, mais je n'en suis pas sûre. Nous ne parlons jamais politique. D'ailleurs, nous ne parlons pas beaucoup. Nous sommes ensemble, tout simplement. Nous partageons cette maison et ces rochers qui donnent sur la mer. Nous partageons cette vie qui s'écoule étrangement pendant ce long automne. Nous offrons notre corps l'un à l'autre avec une intensité parfois effrayante, qui contraste violemment avec les brèves conversations liées aux tâches du quotidien.

J'ai parfois l'impression qu'il remplit dans ma vie la même fonction qu'un animal de compagnie – il est agréable de sentir une présence. C'est peut-être cruel ? L'inverse le serait tout autant – exiger de la vie qu'un homme se conforme à mon idéal romantique, partage tous mes intérêts. Soit brillant intellectuellement. Me désire chaque instant. Ne serait-il pas présomptueux d'avoir de telles exigences ? Réclamer cela de la vie ? d'autrui ?

Sans compter qu'il est beaucoup trop jeune pour moi. Dix ans de moins que moi. Cela fait longtemps que j'ai décidé de fermer les yeux sur ce détail. Je me convaincs que l'âge est relatif. Pour être honnête, je jubile de savoir qu'un homme aussi jeune veut de moi.

Il est tôt. Devant la maison, la crique est encore plongée dans l'obscurité. Markus et moi nous serrons dans la minuscule salle de bains de la petite dépendance. Il approche le rasoir de son visage en me contemplant dans le miroir. Lentement, avec un air un peu affecté, j'enduis mon corps nu, encore humide, d'huile. Je le regarde à la dérobée, penchée au-dessus du lavabo.

— Pourquoi toutes ces images de David Bowie ? demande Markus, indiquant le collage qui couvre un des murs de la salle de bains. Ce n'est pas un peu puéril de garder des photos de son idole ?

J'enfile ma culotte en pouffant de rire.

— Je suis amoureuse de lui depuis toujours.

— Il n'est pas un peu vieux pour toi ?

Markus affiche un rictus hilare. Il applique de petits morceaux de papier-toilette sur son visage, couvrant un bouton d'acné ou une coupure de rasage. Le sang traverse la couche fine et forme une petite rose sur sa joue.

— Non, pas de Bowie tel qu'il est aujourd'hui. Je suis amoureuse de la version années soixante-dix. Tu sais, le garçon androgyne, filiforme, punk. Celui qui a écrit des textes complètement barrés et qui a prêté sa femme à Mick Jagger. À moins que ce ne soit l'inverse ? Ah non, ils baisaient ensemble, Mick et lui. N'est-ce pas ?

— Tu es malade, tu le sais, hein ?

— Je n'ai jamais prétendu le contraire.

Réunion au cabinet consacrée à la répartition des nouveaux patients.

Elin feuillette la pile de documents qui repose sur la table ovale en bois de bouleau. Elle se gratte la tête, plongeant les doigts dans sa chevelure noire broussailleuse.

— Où sont-ils passés ? Ils étaient là il y a deux minutes. C'est incompréhensible.

Elle affiche une expression penaude et semble tout à coup beaucoup plus jeune que ses vingt-cinq ans. Car, malgré son épaisse couche de maquillage et ses piercings au nez et à la lèvre, elle semble étonnamment fragile.

Juvénile.

Innocente même.

Comme pour essayer de contrer cette impression, elle choisit des vêtements qui renvoient une image bien différente : des robes noires aussi courtes que moulantes, des bas résille, des gilets à mailles lâches, de grosses bottines, des chaînes et des clous. Certains jours, quand elle a fait une overdose de noir, elle se pointe en collants rayés rouge et rose et sweat à capuche. Certains patients se sont plaints de son extravagance, mais la plupart ne font aucun cas de ses choix vestimentaires.

Sven se racle la gorge avec agacement. Sa patience avec Elin est comme toujours très limitée. Il semblerait qu'il perçoive sa simple présence comme une provocation, et c'est peut-être le cas, puisque Elin a écopé d'une mission impossible : remplir le vide laissé par Marianne, notre ancienne réceptionniste aux mille compétences.

Pour le moment, Elin est en temps partiel thérapeutique, après avoir été arrêtée pour burn-out. C'est l'Agence pour l'emploi qui nous l'a envoyée. Personne, à commencer par elle-même, ne connaît la durée de son contrat, ce qui doit être pour elle une source de stress.

Aina et moi l'apprécions, pour des raisons intuitives et assez vagues. Force est de reconnaître qu'elle manque d'efficacité. Je m'étonne toujours du temps qu'il lui faut pour envoyer une convocation à un patient, trouver un dossier médical ou simplement descendre rue Götgatan acheter des roulés à la cannelle. Sans compter son étourderie qui peut poser problème lorsqu'il s'agit de gérer l'administration de tout un cabinet. Elle égare des notes, oublie des documents confidentiels tels que des dossiers médicaux dans la salle d'attente, perd des clés et omet d'écouter le répondeur, de sorte que tous les messages d'annulation disparaissent dans les limbes.

Mais elle a le cœur sur la main, elle est tellement dévouée que nous passons outre ses problèmes d'organisation et ses lubies vestimentaires.

— Et ça, alors ? suggère Sven en indiquant un document qu'Elin serre dans sa main gauche.

— Ah !

Le visage d'Elin s'empourpre sous son fond de teint. Elle pousse le document vers le milieu de la table.

— Je suis vraiment désolée, je ne sais pas ce qui m'arrive. Le voilà ! Ça nous vient du Centre de santé de Fruängen, ah oui, je m'en souviens, une femme née en 1975. Ils écrivent « troubles du stress post-traumatique (point d'interrogation) à la suite de l'accident de voiture qui a tué sa sœur et sa mère ». Ça fait, voyons voir, trois ans. Insomnies. Hum, qui veut s'en occuper ? Sven, ce n'est pas toi, le ponte des TSPT ?

Sven ôte ses lunettes, masse son visage ridé. Il a encore de l'allure malgré son âge. Ses cheveux ondulés, presque totalement gris, lui tombent sur le visage. Sven Widelius est le plus expérimenté des thérapeutes du cabinet. Au cours de nos années de collaboration, il a toujours partagé sans compter ses connaissances et son expérience.

— Ma chère Elin, je croyais t'avoir dit lundi, et la semaine dernière aussi d'ailleurs, que je ne prends pas de nouveaux patients. Je n'en ai pas le temps. Je suis déjà sous l'eau avec ce projet sur les troubles du comportement alimentaire.

Sa voix rauque dissimule mal son irritation ; elle n'échappe à personne, bien que Sven affecte une mine préoccupée.

— Oh, pardon, je ne savais pas…

Désemparée, Elin tire sur son piercing à la lèvre – on dirait qu'elle a calé un gigantesque sachet de snus contre sa gencive supérieure. C'est insupportable que Sven s'en prenne une nouvelle fois à Elin. Nous savons tous qu'il traverse une mauvaise passe. Sa femme Birgitta, avec laquelle il est marié depuis trente ans, l'a quitté ; elle a pris ses cliques et ses claques, a troqué leur grande maison à Bromma contre un petit studio à Södermalm où elle s'est installée seule. « Elle doit vraiment me haïr pour accepter de camper dans ce trou à rats », c'est tout ce que Sven a accepté d'en dire.

Tous les proches de Sven savent bien pourquoi Birgitta est partie. Notre collègue est, en tout cas depuis que je le connais, notoirement infidèle. Je me demande plutôt comment Birgitta a supporté son mari aussi longtemps. Loin d'être une femme soumise, elle est professeure en études de genre à l'université d'Uppsala. C'est une figure médiatique à la renommée internationale.

Aina pose sur moi un regard sombre.

Aina. Ma meilleure amie et collègue de toujours. Dire que nous avons tout partagé est à peine une exagération. Il y a entre nous une relation quasi instinctive et, comme d'habitude, je devine ce qu'elle va dire avant qu'elle prenne la parole.

— Sérieusement, on est tous débordés. Tu sais que j'ai fait presque deux cents heures le mois dernier. Et Siri… alors, Sven, il va falloir que tu y mettes du tien.

Aina triture avec agacement sa longue tresse blonde sans le lâcher des yeux.

— Je m'en occupe !

Le silence s'installe lorsque Sven, Aina et Elin tournent simultanément la tête vers moi. Ils estiment tous que je me tue à la tâche, c'est bien connu. Elin passe nerveusement les mains sur son jean noir tout en interrogeant Aina du regard.

Je laisse échapper un petit rire.

— Allez, sautez sur l'occasion ! Je me suis portée volontaire.

Aina se lève sans un mot, essuie les miettes de brioche qui constellent son pantalon et serre contre sa poitrine son gilet mauve bouloché. Tasse à la main, elle se dirige vers le coin-cuisine pour se resservir du café et me lance, en passant :

— Tu es sûre que c'est une bonne idée ?

— Pas plus mauvaise que de vous entendre vous voler dans les plumes chaque fois qu'on parle de nouveaux patients.

Aina est de retour. Elle se poste devant la table avec une expression inflexible et grave qui m'arrache presque un sourire.

— Vous voulez savoir ce que j'en pense ? Siri, tu te tues à la tâche. Trouve-toi des hobbies, je ne sais pas. Je ne peux pas accepter que tu prennes de nouveaux patients alors que toi, Sven… On t'a à peine vu la semaine dernière. Ce n'est pas très solidaire.

— Et depuis quand la responsabilité des nouveaux patients repose-t-elle exclusivement sur moi ? J'ai pris les deux patients de Maria des consultations externes de l'hôpital la semaine dernière. Et le type envoyé par la médecine du travail du secteur de la construction. Vous ne pouvez pas sérieusement dire que… Merde !

Sven empoigne soudain ses lunettes à monture en métal, les pose brutalement sur la table, attrape sa veste en velours côtelé marron et quitte la pièce en maugréant.

Aina étouffe un gloussement.

— On est tellement dysfonctionnels !

Elin se fend d'un sourire hésitant.

— Quoi qu'il en soit, dit Aina, hors de question qu'on alourdisse ta charge de travail, Siri. Sven recevra cette femme.

Elin a soudain l'air inquiète.

— Et comment… Tu lui diras, non ? Moi, je ne peux pas… Il va juste…

— Compte sur moi, ricane Aina. Je t'assure qu'il n'y aura aucun problème.

Je ne doute pas un instant qu'elle ait raison.

Je ne m'occupe généralement pas des thérapies de couple.

Quelque part, je doute de ma capacité à aider des gens ayant des problèmes de cœur, peut-être parce que mes relations amoureuses partent toujours en cacahuète, mais en ce moment je fais exception. Je reçois donc un homme et une femme dont le couple bat de l'aile depuis longtemps. La femme, Mia, qui travaille comme rédactrice dans une petite agence de pub, a été arrêtée pour burn-out. Son médecin traitant lui a recommandé de prendre contact avec notre cabinet, en vertu d'une collaboration que nous avons avec certains généralistes de notre quartier de Stockholm, Södermalm.

Patrik est grand, cheveux fins couleur paille et peau granuleuse. Il rappelle vaguement un chanteur pop des années quatre-vingt, jean serré noir, t-shirt rayé, lunettes à monture d'écaille. Lorsqu'il me serre la main, son sourire révèle une rangée de dents jaunies par la nicotine, à la suite de quoi il se replie comme un accordéon et s'assied sur le bord de mon fauteuil en peau de mouton dans une drôle de position, penché en avant comme un insecte géant. Une sorte de grande sauterelle en pantalon moulant.

Sa poignée de main est ferme, à l'image de Patrik lui-même. Sûre d'elle, dominante, prétentieuse. Une poignée de main qui n'a pas honte d'elle-même, qui sait ce qu'elle veut.

Mia se tient derrière lui, en retrait. Elle repousse une mèche blond foncé de son visage luisant de sueur et rabat son gilet délavé comme pour cacher sa lourde poitrine.

— Bienvenue, comment allez-vous aujourd'hui ?

Mia interroge Patrik du regard, comme pour se mettre d'accord sur la réponse avant d'ouvrir la bouche.

— Euh, ça va, dit-elle sans quitter son conjoint du regard, mais sa voix est hésitante. Comme si elle me posait la question. Ou à Patrik.

— Patrik, vous voulez vous lancer ? Que s'est-il passé depuis la semaine dernière ?

— Eh bien, je ne sais pas vraiment par où commencer.

Il croise les jambes, dévoilant une semelle usée.

— Il y a eu beaucoup de conflits ?

Pas de réponse. Mia fixe ses larges cuisses et Patrik serre les dents, les yeux dans le lointain.

— Il y a eu des conflits, alors ?

Patrik se racle la gorge et pose sur moi un regard vide.

— Vous savez, rien n'a changé. Même si on en a parlé des centaines de fois. Ça ne s'améliore pas. C'est typique de Mia…

— Attendez, qu'est-ce qui ne s'améliore pas ?

— Eh bien, on en a déjà parlé. Mia est tellement…

passive. Elle est affalée devant la télé toute la journée à regarder des séries. Elle n'a même pas la force de s'occuper des gamins. Vous verriez leur état quand je rentre le soir. Hier, Gunnel avait encore mangé de la pâtée pour chien. Elle portait une couche sale depuis je ne sais combien de temps. Elle avait les fesses cramoisies. Et Lennart avait encore mordu la puéricultrice de la crèche. À deux reprises.

Je vois Mia se raidir sur la chaise en bois – comme d'habitude, Patrik s'est approprié le fauteuil. Elle frotte ses mains l'une contre l'autre comme pour tenter de les réchauffer.

— Patrik, je t'en prie, chuchote-t-elle d'une voix rauque, ce n'est quand même pas ma faute si Lennart mord la puéricultrice.

— Mais c'est tout le problème ! Tu n'assumes jamais tes responsabilités ! Si moi j'ai un travail, euh, une carrière, on peut quand même imaginer que tu aides un peu à la maison. Pas que tu restes avachie devant la télé comme une grosse larve.

Patrik dirige une petite maison de disques de niche qui produit des groupes de rock suédois. J'imagine que ça ne lui rapporte pas beaucoup, mais son travail semble lui tenir à cœur, comme un prolongement naturel de son identité.

Mia repousse quelques mèches invisibles de son visage en me considérant d'un air abattu. Quand elle prend la parole, c'est à moi qu'elle s'adresse, pas à Patrik.

— Je sais que je devrais en faire davantage. Être une meilleure mère. Mais je ne sais pas… Je n'ai pas le courage. Je vais essayer. De me ressaisir.

— Tu as dit ça des milliers de fois. Je ne te crois plus. Tu me casses les couilles, tu sais ?

— Je sais. Je vais me ressaisir, répète Mia d'une voix blanche, sans me lâcher du regard, comme si elle cherchait à obtenir quelque chose de moi.

Que je lui promette de réparer cette blessure mortelle qui les sépare. C'est pour cela qu'ils me paient, après tout.

Je prends la parole :

— Avez-vous suivi la répartition des tâches que nous avions fixée la semaine dernière ?

Patrik pousse un soupir de mépris en agitant le pied.

— Mia devait faire les courses…

— Je les ai faites, répond Mia, accablée. Trois fois…

— Mia n'a pas acheté de pain. Mia n'a pas acheté de café.

— Je n'en bois pas.

— Mais moi, oui !

— C'est vrai, je suis désolée.

Elle tire de nouveau sur le gilet d'homme gris auquel il manque un bouton. Comme si elle avait lu dans mes pensées, elle cache soudain l'endroit où le bouton aurait dû se situer.

— Mia n'a pas acheté de lait en poudre… Mia n'a pas acheté de Colgate.

— J'ai acheté du Sensodyne !

— Tu sais bien que je n'utilise pas cette marque de merde. Tu sais quel dentifrice on prend habituellement. Combien de fois faut-il que je te le dise ?

— Désolée, je sais. J'ai oublié.

— Arrêtons-nous un instant. D'abord, Patrik, vous vous adressez à Mia d'une manière qui contrevient aux règles que nous nous sommes fixées. J'aimerais que vous vous excusiez.

Patrik pousse un soupir éloquent, appuie brusquement son long corps contre le dossier et examine sa compagne sous ses sourcils froncés.

— Oui, c'était idiot de ma part, pardonne-moi.

Sa voix est si neutre que j'ignore s'il est sérieux ou sarcastique.

— Ensuite, vous vous rendez compte, Patrik, que vous vous disputez pour du dentifrice ?

Silence.

— C'est vraiment important que Mia achète du Sensodyne ou du Colgate ? C'est sur ça que ça repose ? C'est ainsi que vous évaluez votre relation ?

— Ce n'est pas ce que je veux dire, répond Patrik, fébrile, sans agressivité, mais avec une volonté de bien me faire comprendre la situation.

— Ce n'est pas le dentifrice en tant que tel, mais c'est révélateur de toute notre relation. C'est typique de Mia. Elle ne peut jamais rien faire… correctement. On a beau lui répéter les choses des milliers de fois…

— Pardon, pardon, répète Mia, comme un mantra.

Je me tourne vers Mia et je baisse la voix.

— Mia, comment vous sentez-vous en entendant ce que raconte Patrik ?

Elle hésite, pose de nouveau sur son compagnon un regard hésitant.

— Je ne sais pas…

— La dernière fois que nous nous sommes vus,

vous avez dit que vous vous sentiez parfois humiliée par Patrik. Se pourrait-il que vous vous sentiez humiliée maintenant ?

— Je ne sais vraiment pas, répète-t-elle.

— Vous voyez, réplique Patrik. Elle ne sait même pas ce qu'elle ressent. C'est vrai, je suis un salaud, mais au moins je le reconnais.

Je ne lâche pas Mia du regard.

— Mia, comment vous sentez-vous quand vous entendez ce que dit Patrik ?

— Je ne sais pas, je ne sais pas, je ne sais pas…

Mia renâcle bruyamment, se balance d'avant en arrière sur sa chaise.

— Je ne sais plus rien. Je sais seulement que… j'aime Patrik et je veux… qu'il… m'aime aussi. Et qu'on… redevienne une famille.

Patrik secoue la tête en me lançant un regard triomphant.

— Qu'est-ce que je vous disais ?

Extrait de dossier médical,
examen à dix-huit mois.

Consultation avec garçon de dix-huit mois pour évaluation du développement.
La mère a l'impression que son fils souffre d'un retard de développement. Elle dit que l'enfant ne parle pas et ne comprend pas toujours ce qu'elle lui dit. Par ailleurs, bon contact avec ses parents, pas d'évitement. La mère parle également de retard de développement moteur, l'enfant vient seulement d'apprendre à marcher. Il n'a pas de frères et sœurs, sa mère reconnaît ne pas avoir d'expérience des enfants et pas de points de comparaison.

Lors de la consultation, l'enfant est gentil, se laisse faire. L'examen somatique ne montre rien d'anormal. Le garçon a un bon contact visuel et semble curieux, intéressé. Peu de maturité au niveau du développement moteur. Retard également au niveau de la motricité fine : il ne parvient ni à construire une tour ni à tenir une craie. Cela peut s'expliquer par un manque d'intérêt pour la tâche. J'ai expliqué à la mère que les enfants se développent différemment et que le langage comme la motricité peuvent varier de manière importante d'un enfant à l'autre tout en restant dans la normalité. La mère semble rassurée. Aucune autre mesure n'est nécessaire pour le moment. Un rendez-vous est pris avec l'infirmière pour vacciner l'enfant.

Bien confraternellement,

Sture Bengtsson, pédiatre

Les vitres sont noires et la pluie forme des traînées qui serpentent sur les carreaux. J'ouvre la fenêtre, me penche dehors. Les enseignes lumineuses de la façade du grand bâtiment en brique jaune, renfermant une piscine et une bibliothèque, se reflètent sur le pavé humide de la Medborgarplatsen. Des silhouettes se déplacent sur la surface éclairée. L'automne est descendu sur la ville, l'obscurité paraît aussi implacable que rassurante. Des gouttes tombent sur mon visage. Le froid et l'humidité pénètrent sous mes minces vêtements.

Je ferme rapidement la fenêtre et jette un coup d'œil à la pièce pour vérifier que tout est en ordre. Au milieu de la salle de réunion trône une table ovale autour de laquelle sont placées sept chaises. Un bloc-notes et un crayon sont disposés devant cinq d'entre elles. Au mur, un grand tableau blanc minutieusement nettoyé est éclairé par des spots. Sur une plus petite table sont disposés des tasses, des thermos, des sachets de thé et du café lyophilisé. Aina et moi avons chacune un exemplaire du manuel consacré à l'entraide pour les femmes victimes de violences physiques et sexuelles. Tout est prêt. Évidemment. Je suis plutôt du genre pointilleux.

Je lève les yeux vers la grande horloge. Dix-huit

heures quarante-cinq. Les participantes ne vont pas tarder. Aina est toujours aux abonnés absents. Je sens l'agacement monter en même temps que la mauvaise conscience. Ce qu'Aina a fait pour moi ne pourra jamais être compensé, rendu. Je suis vraiment trop tatillonne, à m'agacer pour un quart d'heure de retard. Aina débarque enfin. Elle passe la porte en courant, les clés à la main et un sachet de viennoiseries entre les dents.

— Je suis désolée, je n'ai pas pu m'en empêcher, bredouille-t-elle en indiquant le sachet.

— Toi qui ne voulais pas d'une grignothérapie.

— Je sais, je sais, mais il n'y a que les cons qui ne changent pas d'avis. Parce qu'ici, on n'est pas en thérapie, mais dans un groupe de parole, on va rester là deux heures, il est bientôt sept heures et tout le monde crèvera la dalle.

Elle a posé le sachet et essaie, en équilibre sur une jambe, de retirer ses bottes en cuir. Elle lâche un juron, s'assied sur la barre de seuil et tire à deux mains.

— Moi, j'ai toujours plaidé pour qu'on apporte de quoi se sustenter…

Elle lève une main comme pour mettre fin à cette conversation inutile. C'est presque un rituel. Nous trouvons toujours un détail insignifiant sur lequel nous sommes divisées pour pouvoir ensuite nous accorder sur les grandes questions. Celles qui revêtent une importance capitale.

Ça sonne à l'interphone ; Aina se lève, attrape ses bottes et son sachet de brioches et court vers le coin-cuisine. Je vais ouvrir.

— Voyons voir. Maintenant que tout le monde est arrivé, je voudrais commencer par vous souhaiter la bienvenue dans ce groupe pour les femmes victimes de violence.

Aina et moi sommes debout devant le tableau. Aina a relevé ses cheveux blonds en un chignon élaboré et porte un joli châle en laine sur les épaules. Elle a l'air calme. Rassurante. Comme une personne à laquelle on voudrait se confier. Quant à moi, je me sens fatiguée et sens dessus dessous. La pluie et le vent ont ébouriffé mes courts cheveux bruns et fripé mes vêtements. Après tout, ce n'est pas grave si je ressemble à une personne lambda.

Je lève pour la première fois les yeux sur les participantes. Cinq femmes d'âges différents sont assises autour de la table. Elles évitent de se regarder, se concentrent sur moi et Aina, ou fixent la table. Toutes ont l'air désemparées, peu sûres d'elles.

La femme la plus proche de moi a l'air d'avoir mon âge. Elle a d'épais cheveux en queue-de-cheval, un jean élimé et un sweat à capuche zippé. Elle a l'air d'une femme ordinaire. Elle pourrait être la sœur ou l'amie de quelqu'un que je connais, travailler dans une crèche ou une banque. Si on la croisait en ville, on ne la prendrait pas pour une victime. Ce qui n'est pas étonnant – il n'y a pas de modèle pour les personnes comme elles, comme nous. La femme se tortille, gênée, comme si elle avait remarqué mon regard insistant. Elle se retourne : ses yeux sont noirs, son regard franc. Ses lèvres s'étirent légèrement et elle baisse les yeux sur ses mains croisées.

Aina continue son introduction. Elle présente la raison d'être de ce groupe : « ce n'est pas un groupe de psychothérapie, mais un groupe de parole, guidé par des professionnelles », il y a des règles, « la confidentialité est importante, vous vous engagez tacitement à respecter le secret des discussions », et des cadres, « une fois par semaine pendant huit semaines ». C'est rare que l'on anime une telle discussion en binôme. Je n'ai pas l'habitude et je ne cesse d'observer Aina, d'évaluer ses prises de parole. Elle est excellente. Rassurante. C'est vraiment ça. On voit qu'elle a de l'expérience. Personnellement, je me sens moins sûre de mon rôle dans ce projet. Moi qui suis animatrice de groupe, mais aussi victime. Ici, je suis animatrice et non participante. Professionnelle et non victime.

— Nous allons commencer par une présentation. C'est un peu particulier, car vous venez toutes de la même ville. Peut-être que vous vous êtes déjà croisées, ou que vous vous connaissez. C'est pourquoi je veux vous rappeler l'importance de la confidentialité. Il est fondamental que vous vous sentiez toutes en confiance. Personne ne doit s'inquiéter, rien de ce qui est dit ici ne sortira de cette pièce. Entendu ?

Aina jette un coup d'œil autour de la table, semble croiser le regard de toutes les femmes qui opinent du chef et acquiescent avec gravité.

— Je vous invite à vous présenter, par votre prénom, ça suffira, et à expliquer pourquoi vous êtes ici. Vous dites ce que vous voulez. Vous pouvez aussi préciser ce que vous attendez de ce groupe. En quoi vous pensez qu'il peut vous aider.

Aina sourit, parvenant à avoir l'air à la fois investie et empathique.

— Je peux commencer.

La femme à côté de moi regarde autour d'elle, la bouche crispée.

— Je m'appelle Kattis. Enfin, Katarina, mais tout le monde m'appelle Kattis. Je travaille comme conseillère au Centre pour le retour à l'emploi. Mais ce détail est peut-être superflu.

Elle s'interrompt en secouant la tête.

— Pardon, je suis un peu angoissée. C'est pas facile de parler de ça.

Aina croise son regard en l'encourageant d'un mouvement de la tête. Kattis prend une profonde inspiration avant de poursuivre :

— Je suis là parce que mon ex me frappait. J'espère trouver de l'aide pour aller de l'avant. Laisser Henrik derrière moi. Et pour pouvoir me pardonner d'avoir été stupide au point de rester avec lui.

Expiration. Silence. Kattis n'a pas l'air convaincue par ce qu'elle vient de dire.

— Bienvenue, Kattis. Je prends note de ton objectif, dit Aina en acquiesçant et en griffonnant dans son bloc.

Elle se tourne vers la jeune femme assise à côté de Kattis, qui doit à peine avoir dix-huit ans, jeune, mince, fragile. Elle semble pouvoir se briser d'un instant à l'autre. Ses longs doigts ne restent jamais en place, triturant sa jupe courte, ses cheveux, son visage.

— Je m'appelle Sofie. Je suis ici parce que je me suis fait agresser par mon beau-père. Pas d'inceste, hein. Non, il me tabassait, c'est tout. Surtout quand il était soûl ou quand il trouvait que j'avais fait une connerie. Ce que je cherche ici, c'est…

Sofie se tait, fixe intensément le sol comme pour trouver une formulation.

— Je veux la même chose qu'elle, que Kattis.

Elle sourit à sa voisine, un peu gênée.

— Tourner la page, quoi.

Aina hoche la tête en prenant des notes. Les autres participantes font de même, l'empathie et l'intérêt se lisent sur leurs visages.

À côté de Sofie, une autre femme très jeune, à peine quelques années de plus que sa voisine. Elle a l'air forte, énergique. Cheveux courts décolorés, tenue de sport. Une athlète, peut-être. Elle jette un regard circulaire, comme si elle enregistrait la présence de toutes les participantes.

— Je m'appelle Malin. J'ai été violée par un homme en qui je pensais avoir confiance. Je suis ici dans l'espoir que ma colère s'estompe. Et parce que je ne veux pas me sentir comme une victime. Je crois que ça aide d'en parler. Ça peut permettre d'aller mieux.

Aina écrit dans son bloc et donne la parole à la suivante, la plus âgée du groupe. La soixantaine, cheveux roux permanentés et ongles jaunis par la nicotine. Visage parcheminé et émaillé de taches brunes. Tout son être semble fatigué, vaincu, comme si la vie avait été cruelle. Je me demande ce que j'ai en commun avec ces femmes. Rien, sans doute. Je me tape mentalement sur les doigts – il faut que je me concentre sur les participantes et non sur moi. Je me sens complètement égocentrique. Si seulement je pouvais sortir d'ici, dans les ténèbres alourdies par la pluie.

— Je m'appelle Sirkka, déclare la femme avec un fort accent finnois. Je suis ici parce que mon mari a toujours été violent. Je l'ai compris après toutes ces années. Quand il est mort l'hiver dernier, j'ai commencé à réfléchir.

Elle soupire si lourdement que tout dans la pièce paraît suspendu. Elle a obtenu l'attention du groupe.

— J'aimerais…

Hésitation.

— J'aimerais tout recommencer. Comme vous, les jeunes qui êtes ici. Je suis trop vieille maintenant. Mais j'espère pouvoir… Je ne sais pas… Faire la paix avec moi-même.

Sirkka effectue un bref mouvement de la tête comme pour indiquer qu'elle a fini.

La dernière participante est une femme d'une quarantaine d'années au beau visage encadré d'un carré court brun. Les yeux verts, une bouche parfaitement peinte d'un bordeaux profond. D'élégants vêtements. Une femme que l'on remarque.

Levant la tête, elle choisit de focaliser son attention sur moi au lieu d'Aina.

— Je suis Hillevi. Pour le moment, je vis dans un foyer d'urgence avec mes trois fils. (Elle sourit, à la pensée de ses enfants.) Si j'habite à Solgården, c'est parce que le père des enfants, enfin mon mari, est violent.

Hillevi s'interrompt. Non parce qu'elle hésite, mais pour marquer une pause rhétorique. Hillevi est manifestement une oratrice avertie, habituée à prendre la parole en public. Elle balaie la pièce du regard avant de me fixer de nouveau.

— Il lève la main sur moi, ça, ce n'est pas nouveau. Je peux l'accepter. Je crois au mariage, j'ai été éduquée comme ça. Mes parents sont croyants et j'ai appris que dans un couple il y a des hauts et des bas. La pluie et le beau temps. Jakob ne me frappait pas souvent et, chaque fois que ça arrivait, il regrettait. Il n'est pas misogyne. Il me respecte. Il m'aime. C'est juste qu'il a un tempérament sanguin, il peut sortir de ses gonds. Nous avons suivi une thérapie de couple. Il a fait des efforts, travaillé sur son comportement. Je pensais que ça s'était amélioré.

Hillevi s'arrête, réfléchit.

— D'ailleurs, ça *s'est* amélioré. Vraiment... Puis il s'en est pris à Lukas.

Elle se tait de nouveau. Je croise son regard dans lequel je lis la honte.

— Il a battu Lukas, notre aîné. Il va avoir sept ans.

Ses yeux se mouillent de larmes, elle les laisse couler le long de ses joues et de son mince cou pâle.

— Je suis ici parce que je dois prendre conscience que je ne peux pas vivre avec l'homme que j'aime. Et parce que je dois me pardonner de n'avoir pas su protéger nos enfants.

Je hoche lentement la tête pour confirmer avoir entendu son récit, pris part à l'effondrement de son monde, qu'il faut à présent reconstruire dans une autre configuration.

La voix d'Aina me ramène au groupe et à l'ordre du jour.

— Merci à toutes. Nous nous connaissons désormais un peu mieux. Nous pensions maintenant vous parler des réactions habituelles chez les personnes victimes de violence, mais aussi des différentes phases d'une crise. Il ne s'agit toutefois pas d'un cours magistral, plutôt d'un dialogue, donc, n'hésitez pas à intervenir.

Je m'éclaircis la gorge et me tourne pour saisir un feutre ardoise. C'est à mon tour de prendre la parole.

— On dit souvent qu'une crise se divise en plusieurs phases, est-ce que vous en avez entendu parler ?

L'anatomie de la crise est désossée devant nous sur le tableau blanc. Le groupe me dévisage en silence, attendant ma conclusion. Je sens mes joues brûler. Je ne suis pas habituée à mener de si grands groupes, ni à parler de la violence faite aux femmes, ni même à m'approcher de mes propres craintes dans un cadre professionnel.

Les yeux rivés au sol, j'époussette ma tunique noire, embarrassée.

— Voilà. Il nous reste un petit quart d'heure. Est-ce que l'une d'entre vous souhaiterait nous raconter son histoire ?

À mon grand étonnement, l'une des femmes lève la main, sans un mot.

— Je veux bien me lancer. Pour moi… comment dire… c'est galère d'en parler. J'ai tellement la rage.

Malin se tait, laisse courir son regard sur le cercle des femmes, et s'attarde sur moi. Le silence est total, on n'entend que le bruit des voitures dehors, dans la nuit.

— Contre qui as-tu « la rage » ? demande Sofie, hésitante, et tous les regards se braquent vers la jeune femme athlétique à ma gauche.

Sa phrase est prononcée avec une prudence telle qu'elle ressemble davantage à une excuse qu'à une question.

— Contre moi-même, évidemment.

Malin éclate d'un rire bref, la bouche ouverte. Du coin de l'œil, je distingue Aina qui prend des notes dans son carnet.

— Peux-tu tout reprendre depuis le début ? Que s'est-il passé ? demande Aina.

— Dans le fond, c'est une histoire à la con. On s'est rencontrés en ligne, ce mec et moi. Sur un chat. Pas un site internet glauque pour trouver des partenaires sexuels, mais un site pour les coureurs de fond. Je cours beaucoup, vous voyez. D'ailleurs, je le connaissais déjà de nom, le monde des athlètes professionnels de la course à pied n'est pas bien grand. Sans compter qu'il vivait aussi à Värmdö…

La voix de Malin s'éteint. À ma grande surprise, je remarque que ses doigts sont crispés sur sa cuisse par-dessus son jean. Elle semble pourtant détendue, à l'aise, et j'en conclus qu'elle se fait violence pour raconter son histoire. Elle laisse échapper un long soupir en secouant la tête.

— Je sais, on ne peut pas apprendre à connaître quelqu'un sur Internet. Pas vraiment. Ce n'est pas la vraie vie. Mais on avait pris l'habitude de discuter sur le chat et, une fois qu'on a échangé nos adresses mails et numéros de téléphone, on a commencé à s'envoyer des mails et des SMS. On était dans la séduction, j'imagine. Mais il n'y avait rien de pornographique dans ces messages, rien de violent, vous voyez ? Oui, ils étaient un peu coquins, parfois, un peu sexuels, peut-être. Mais il n'y avait aucune trace de... rien qui... puisse expliquer... ce qui s'est passé.

Tout le monde fixe Malin en acquiesçant. Elle sort un stick à lèvres sans l'utiliser.

— Un jour, on s'est téléphoné et on a décidé de se voir. Comme ça. Chez lui. Je sais, je n'aurais jamais dû, fait-elle en secouant la tête, balançant ses courts cheveux blonds. Elle dégage la frange de son front, applique du baume sur ses lèvres pâles et pulpeuses, avec une expression absente.

— C'était ma première connerie. Mais pas la dernière. Ce soir-là, je suis allée à l'after-work du vendredi soir avec mes collègues. On venait d'avoir nos primes du semestre. Je suis vendeuse d'espaces publicitaires : on a des primes quand nos chiffres ont été bons. Et là... tout le monde avait cartonné ! Il fallait fêter ça. L'ambiance était au top. Tout le monde a bu au moins quatre ou cinq bières. Le problème, c'est que moi, je bois rarement. En soi, ce n'est pas un problème, mais...

Malin s'autorise une pause, nous toise l'une après l'autre en silence, comme pour décider si nous sommes dignes de sa confiance.

— En tout cas, j'étais bourrée. Grosse connerie.

Nouveau soupir. Tête baissée, elle croise les mains

sur ses genoux, un geste paisible et grave, qui me fait penser à une bonne sœur ou une diaconesse. Son expression change soudain, elle semble plus triste qu'en colère, et il y a quelque chose dans la profonde ride entre ses yeux, dans les traits durs autour de sa bouche, qui porte à croire qu'elle est beaucoup plus âgée que ce qu'elle paraissait de prime abord. Il flotte autour d'elle un sentiment de désillusion, une sorte de cynisme.

— Je ne comprends pas, non, vraiment, vraiment pas. Comment j'ai pu être aussi conne ? Je suis allée chez ce type que je n'avais jamais rencontré. Toute seule. Et en état d'ébriété. Qu'est-ce qui m'a pris ? Quand je suis arrivée chez lui… il habite dans les immeubles près de la plage… pas loin du stade… et quand il a ouvert la porte, j'ai eu une impression très désagréable. Il me regardait… bizarrement, avec un sourire en coin. Un sourire méchant. J'ai eu l'impression qu'il se moquait de moi, pour je ne sais quelle raison, comme on fait quand quelqu'un a commis une maladresse, du genre faire tomber un verre plein par terre ou… Toujours est-il que j'aurais pu rebrousser chemin. Ce n'est pas comme s'il s'était jeté sur moi dès le pas de la porte. Mais je me suis sentie bête, alors je suis entrée. Qu'est-ce que j'avais dans la tête ?

Dans la pièce, on entend les mouches voler. Malin s'est tassée sur sa chaise, les bras fermement enroulés autour de son torse, comme si elle avait froid ou qu'elle cherchait dans son propre corps du réconfort.

— J'admets aussi que je n'avais pas la meilleure des tenues. Une jupe… euh… minijupe. Je sais, on le répète tout le temps : ça n'a aucune importance. C'est vrai que ça ne devrait pas en avoir. Mais, parfois, je me demande... Si j'avais été sobre, si j'avais été habillée de manière tue-l'amour. Si j'avais été sale, pas soignée, si j'avais pué de la gueule. Est-ce que ça aurait changé quelque chose ? Est-ce que j'ai contribué à... ce qu'il a fait ? Même si, c'est vrai, les fringues ne devraient pas avoir d'importance.

Malin pousse un nouveau soupir, les bras toujours serrés autour d'elle comme une camisole de force.

— Quoi qu'il en soit, on a un peu papoté dans sa cuisine, bu de la bière. Puis on s'est embrassés et j'étais tout à fait pour. Mais, soudain, il s'est passé quelque chose, comme s'il avait changé : il est devenu brutal. À moins que ce soit moi qui aie changé, car, tout à coup, je n'avais plus envie, et je le lui ai dit. Je voulais qu'il arrête. Je l'ai répété plusieurs fois. Peut-être que j'ai crié, je ne sais plus. Mais il m'a plaquée au sol, un bras en travers de mon cou, et a enfoncé ses doigts dans mon vagin. Et je... je suis restée allongée là, je ne pouvais pas bouger, à peine respirer. Il avait une force surhumaine. Moi aussi, j'ai de la force, mais lui... Et puis, il était comme enragé, soudain, on aurait dit qu'il voulait me massacrer. Je ne sais pas d'où lui venait cette furie, ce que j'ai fait pour le mettre dans cet état. J'y ai réfléchi. Après coup. Pourquoi cette rage ? J'avais ce sentiment d'impuissance. Moi qui suis habituée à être forte. Et là, je ne pouvais même pas bouger. Complètement désarmée, putain ! Je voyais sous son frigo, je remarquais les moutons de poussière – il ne devait jamais faire le ménage. Des croûtes de fromage, des emballages de glace. Pourquoi je me souviens de ça? Comment peut-on penser à ce genre de choses quand on…

Elle s'interrompt, les mains croisées sur ses genoux.

— C'est là qu'il l'a fait.

Comme elle ne semble pas vouloir en dire plus, je prends la parole.

— Malin, ça peut parfois être un soulagement de raconter plus en détail le crime. C'est souvent très éprouvant sur le moment, mais à terme ça peut t'aider à dépasser le viol.

Malin hoche la tête, muette. Elle n'a pas l'air de trouver que c'est une bonne idée.

— Si tu veux t'arrêter là, on pourra en reparler un autre jour. Il n'y a pas de pression.

— Non, non. Je veux en parler. Il… m'a violée là. Par terre, dans la cuisine. En me criant des insultes: «salope», «sale pute», ce genre de choses. C'est là que j'ai compris. Que c'était «pour de vrai». J'avais d'abord cru à une plaisanterie, une sorte de jeu pervers, peut-être. Et pourtant, j'avais beau savoir qu'il était vraiment en train de m'agresser, j'avais une sensation d'irréalité. C'était comme s'il frappait quelqu'un d'autre. Un autre corps. J'avais l'impression d'être assise à la petite table de la cuisine à regarder deux personnes, sur le sol, en me disant «ça n'a pas l'air de bien se passer pour elle. Je me demande si elle va s'en sortir». Comme un commentateur sportif à la con! J'en ai tiré la conclusion qu'il était fort et rapide, et moi ivre et stupide. Pas les meilleures chances de mon côté, donc. Ensuite – je ne sais pas si c'était à cause des coups ou d'autre chose, peut-être un mécanisme de culpabilité –, je suis devenue totalement passive. Il pouvait faire de moi ce qu'il voulait. Et il s'en est donné à cœur joie.

La voix de Malin disparaît dans un murmure rauque. Son regard est rivé au lino à ses pieds.

— Il m'a violée plusieurs fois. Pénétration vaginale et anale. Il me frappait entre chaque fois. Mais de moins en moins. Comme si son énergie était en train de s'épuiser. Il me donnait des claques de temps en temps. Des coups de pied. Me tirait les cheveux. Mais globalement il se désintéressait de moi à mesure que le temps passait. Et moi, j'étais couchée… dans mon sang et… mon urine… et… et…

— Combien de temps cela a-t-il duré ? demande Aina d'une voix étonnamment calme.

— Combien de temps ?

Malin a l'air surprise de la question.

— Combien de temps ? Au moins quelques heures.

— *Quelques heures*, mais c'est effarant, dit Kattis, ébranlée.

— Que s'est-il passé ? demande prudemment Sirkka. Tu as réussi à t'enfuir ?

— Il s'est endormi. Ce salaud s'est endormi. Vous imaginez ? Il s'est endormi là, sur le sol de la cuisine, et j'ai pu partir. J'ai eu la réaction classique. Je suis rentrée chez moi, je me suis douchée, frottée, lavée des pieds à la tête. J'ai essayé de faire disparaître toutes les traces de lui sur ma peau, à l'intérieur de moi. Quatre semaines plus tard, j'ai porté plainte. Il n'y avait plus de preuves, plus de blessures visibles, mais la police m'a dit qu'ils avaient pas mal d'éléments contre lui. Il avait visiblement harcelé sexuellement une femme six mois plus tôt et la police avait trouvé du… comment c'est déjà… du Rohypnol chez lui. C'est pour cela qu'il était si agressif, paraît-il, si infatigable. Le Rohypnol associé à l'alcool peut avoir cet effet visiblement. Mais je me demande s'il n'est pas comme ça, au fond. N'est-on pas déjà un monstre si on fait une chose pareille à quelqu'un ? Pour moi, ce n'était pas à cause des drogues. Je crois qu'il est… cruel. Et ensuite, au procès, on a beaucoup parlé du fait que lui avait subi des attouchements d'un gamin plus âgé à Hagsätra au début des années quatre-vingt-dix. Comme si c'était contagieux. Ou comme si c'était une excuse. Peu importe. Quoi qu'il en soit, c'est comme ça qu'ils ont justifié ses penchants pour une sexualité violente. Parce qu'il leur a dit que nous avions déjà eu des rapports sexuels. Brutaux. Et que ça m'avait plu, que j'étais d'accord, que j'en voulais plus. Et ces connards ont utilisé nos SMS pour montrer que nous avions une relation. Certes, il y avait quelques messages un peu coquins, mais… ensuite, ce qui n'avait pas le droit d'arriver arriva : ses copains de Gustavsberg lui ont fourni un alibi pour ce soir-là, disant qu'ils étaient allés au cinéma ensemble, et aussi qu'ils étaient au courant de notre relation. J'étais son plan cul, c'est ce qu'ils ont dit. Comment peut-on faire ça ? Comment peut-on mentir sur une chose pareille ? Comment peut-on protéger… une telle pourriture ? Il a été totalement blanchi. Je le croise assez souvent d'ailleurs. Il y a quelques mois, on s'est aperçus au magasin d'alcool du centre. Il m'a saluée de la main en souriant, comme si on se connaissait !

Malin marque une petite pause avant d'ajouter :

— Si seulement je l'avais tué, j'aurais empêché tout ça d'arriver. Ou s'il m'avait tuée.

— Pourquoi dis-tu ça ? demande Sofie, elle aussi avec précaution.

— Parce qu'il a détruit quelque chose en moi. Dans mon âme. Il a volé quelque chose. Quelque chose que personne n'avait le droit de prendre. Il…

La voix de Malin s'éteint.

— Qu'est-ce qu'il t'a pris, d'après toi ? demande Sirkka, penchée vers elle.

Sous la lumière du plafonnier, ses fins cheveux flamboient comme une auréole rouge.

— Il a volé…

Malin sanglote doucement. Elle s'essuie le nez du revers de la main et secoue lentement la tête.

— Il a volé l'enfant en moi. La part d'enfant qui me restait. Il a pris toute ma confiance, ma foi en l'avenir. Il a pris celle que j'étais. Et celle que je voulais devenir.

Sirkka pousse un profond soupir. On dirait qu'elle vient de se prendre une claque en pleine figure. Le choc s'y mêle à la fureur. Sans un mot, elle tend sa main osseuse et ridée vers Malin. Lui effleure délicatement le genou.

— Ma chère enfant, je regrette d'avoir dit que je voudrais changer de place avec vous, les jeunes filles.

Le temps passe et le silence se prolonge. Devant les fenêtres, la nuit est tombée sur Södermalm, indifférente à ce qui vient de se jouer dans mon cabinet.

Le corps chaud, dur, de Markus sur le mien.

Ce n'est pas le bon corps.

Stefan.

Et pourtant ça me semble si juste. Comme si j'avais retrouvé le chemin de la maison. Comme si ce corps chaud allait guérir mes blessures.

Me guérir tout entière.

Nous nous sommes disputés à ce propos, cet après-midi. Sa voix râpeuse comme du papier de verre qui cherchait à arracher ma carapace. Pour me forcer à m'ouvrir. J'ai eu la désagréable impression d'être un fruit que l'on devait éplucher, dont on devait examiner le tréfonds. Avant de l'engloutir.

— Tu ne me laisses pas entrer. Tu… me laisses venir chez toi. À côté de toi. Mais tu vaques à tes occupations. C'est comme si je n'existais pas, comme si j'étais mort. Comme ton ex.

— Markus, je t'en prie…

— C'est toujours toi qui dictes les conditions dans notre relation.

Je n'ai pas répondu. Je savais qu'il avait raison. Je savais qu'il savait que je savais.

— Toi et ton processus à la con…

Mon processus.

J'ai déjà essayé de lui expliquer, aussi délicatement que possible, que Stefan a beau être mort, il est étonnamment présent dans ma vie. Que j'ignore si je peux m'attacher à quelqu'un d'autre. Qu'il ne suffit pas de le vouloir…

N'est-ce pas ?

J'ai vu sur son visage que ça faisait mal, et je peux le comprendre. Je ne cherche pas la même chose que lui dans notre relation. Lui, il veut tout. La bague au doigt, le pavillon de banlieue, les enfants morveux, les réunions à la crèche, le crédit immobilier, l'entraînement de foot des gosses, les barbecues avec les voisins.

De mon côté, je n'ai aucune idée de ce que je veux. Ma vie est comme l'eau, elle reflète l'environnement, mais n'a ni couleur ni goût. Elle s'échappe quand on essaie de l'attraper.

Markus est adulte. Il est libre de ses choix.

Dégage si tu n'es pas content !

Je ne lui ai jamais rien promis. Ce n'est pas moi qui ai envoyé des dizaines de SMS. Toutes les nuits. Qui ai envoyé des déclarations d'amour éperdues par mail. J'étais là quand il est venu, tout simplement. Chaque fois qu'il venait. Je n'ai fait que l'accueillir.

Ses bras ouverts, sa bouche avide.

J'ai été claire. Il a fait son choix.

Et pourtant.

Son front moite contre ma poitrine. Son haleine chaude contre mon cou. Nuit après nuit. Ces bras, toujours aussi bronzés depuis l'été, qui me serrent comme un étau.

Je ne veux pas le lâcher. Je serais prête à payer pour ça.

Faibles.

Nous sommes faibles tous les deux.

Mais pas de la même manière.

Après.

Markus, allongé en cuillère derrière moi dans le lit, respire profondément en traçant du bout du doigt de petits cercles sur mon dos.

Pourquoi les hommes font-ils ce genre de choses ? Peut-être trace-t-il des mots ?

« *Tu es à moi.* »

Je me soustrais à son toucher, rampe de l'autre côté du lit étroit.

Doucement, craignant qu'il ne l'interprète comme un geste démonstratif. Ça ne l'est pas. J'ai simplement besoin de sentir un moment le vide autour de mon corps. L'absence de sa peau transpirante. De ses attentions et de ses attentes.

Dehors, c'est le déluge. L'ondée frappe le toit dans un vacarme assourdissant. Des branches dénudées et faméliques balayées par le vent griffent les vitres.

J'ai essayé de lui expliquer, de justifier mon besoin d'indépendance. Aussi bien physique que mentale. L'idée même d'une relation de couple établie, avec visites chez les beaux-parents et dîners tous les soirs ensemble, me donne la chair de poule. Je voyais bien à son air qu'il essayait de me comprendre, mais en était incapable. Il me regardait comme un plat exotique qu'il voulait bien tester, mais qui n'était finalement pas à son goût.

— Chérie ?

Markus se colle contre moi. Son corps moite forme une copie conforme du mien, s'encastre contre mon dos. Il entoure mon corps de ses grands bras, se l'approprie.

— Mmm…

— Ça va ?

Toujours ces questions stupides. Est-ce que ça va ? Par rapport à quoi ? Au fait qu'on ait baisé ? qu'il m'ait serré si fort ? Bien sûr, j'ai eu l'impression qu'on était faits l'un pour l'autre. Vraiment. Que ce sentiment se soit vite estompé ?

— Hum, oui, c'était bon.

— Je t'aime beaucoup, tu sais.

Ses lèvres contre ma nuque. Douces. Rassasiées à présent.

— Moi aussi.

Ce n'est pas un mensonge. Je l'aime beaucoup, c'est vrai. C'est juste que je ne supporte pas cette vie à deux étouffante.

— Merci, marmonne-t-il en bâillant.

Une fois de plus, je me demande : merci pour quoi ? Parce que je l'ai laissé s'approcher ? jouir en moi ? Parce que je ne lui ai pas encore demandé de partir ?

Dehors, on entend les vagues se briser sur les rochers. En rythme. Comme son pouls.

Je dois essayer.

Pour la énième fois, je me promets de devenir la femme normale qu'il appelle de ses vœux. Qu'il mérite.

Et que j'aimerais tant être.

Patrik tend vers moi sa grande main rougie. Malgré la pénombre de mon cabinet, je vois très bien ce qui se trouve au creux de sa paume. Deux petits comprimés blancs, à peine plus gros qu'un ongle d'auriculaire.

Il n'était pas prévu que je revoie Patrik et Mia avant la semaine prochaine, mais Patrik a appelé pour demander une séance en urgence.

Il s'est passé quelque chose.

— J'exige une réponse, lance-t-il avec une lueur de rage dans les yeux en remontant ses lunettes sur l'arête de son nez. Tu es devenue toxico, hein ? Ma compagne. La mère de mes enfants est une… junkie. C'est ça ? Tu sais… je peux imaginer beaucoup de choses. Mais ça… Merde, Mia ! Qu'est-ce qui t'est passé par la tête ? Un jour, tu t'es dit : ma vie est chiante, mes gosses me tapent sur le système, je vais me défoncer et ça ira mieux ? Ici, sur le canapé, parfait. Tant pis pour les gamins.

Mia baisse les yeux, son visage aussi dénué d'émotion qu'une page blanche. Ses mains aux ongles badigeonnés d'un vernis noir écaillé reposent sur ses larges cuisses. Elle porte encore aujourd'hui un gilet d'homme qui ne l'arrange pas vraiment.

Je l'interromps.

— Patrik, un instant. Pouvez-vous raconter précisément ce qui s'est passé ?

Il soupire, plonge les doigts dans ses cheveux décolorés rabattus d'un côté, se gratte la tête et étire péniblement ses longues jambes engoncées dans un jean étriqué. Ses pieds arrivent presque jusqu'aux miens. Je plie les genoux par réflexe, sous le fauteuil. Ne pas se retrouver trop proche du patient.

— Quand je suis rentré à dix-sept heures, Mia était allongée sur le canapé. Complètement dans les vapes. La télé était allumée. Et Gunnel… mon Dieu ! La petite avait sorti de la viande hachée du congélateur – elle sait l'ouvrir maintenant – et elle… elle était en train de la grignoter ! Vous comprenez ? Mia était… défoncée… et ma fille affamée rongeait un cube de viande crue. Ça dégoulinait de sang autour de sa bouche, c'était dégueulasse ! Comme le pire film d'horreur. Moi, je suis végétarien, en plus. Et Lennart… Lennart dormait par terre dans la salle de bains. Il avait encore retiré sa couche, il y avait de la merde séchée sur le sol. Et au beau milieu de tout ça, Mia, la mère de mes enfants, qui pionce. Défoncée comme un terrain de manœuvres.

Mia n'a pas bougé de sa chaise, elle affiche un calme singulier, mais je vois la sueur perler sur son front et glisser le long de ses tempes. Une secousse quasiment invisible à la commissure de ses lèvres dévoile sa tension intérieure. Patrik la dévisage avec dégoût.

— Tu devrais avoir honte ! crache-t-il, comme si les mots avaient un goût amer.

— Alors, Patrik, pourquoi pensez-vous qu'elle avait… pris quelque chose ?

Patrik me lance un regard sceptique, comme s'il doutait sérieusement de mon intelligence, en triturant la boîte de snus sur ses genoux.

— Je les ai trouvés. Les comprimés. Ils étaient dans la cuisine. Du Sobril. Une boîte entière. Vous savez ce que c'est, non ? Des benzos, hyper addictifs. Je sais exactement de quoi il s'agit. J'ai déjà vu ça. Je refuse que ça détruise ma famille.

Patrik se tourne vers Mia et se lève d'un bond. Reste planté entre elle et moi, tel un monolithe au milieu d'un champ.

— Je protégerai les enfants à tout prix. Même si ça implique qu'elle doive déménager. Je les protégerai !

Il vomit les mots. Des gouttelettes invisibles de salive atterrissent sur mes joues. Mia reste immobile, tête baissée, mais de grosses larmes roulent sur ses joues. Un filet de mucus coule de son nez, s'allonge, mais elle ne bouge toujours pas. Comme si elle attendait un coup. Ou venait d'en recevoir un.

Et c'est exactement ce qui vient de se passer.

— Depuis combien de temps ressentez-vous cela, Patrik ?

— Comment ça, ressentir ? Vous voulez dire : depuis combien de temps elle fait ça ? Ne dites pas « Depuis combien de temps ressentez-vous cela », parce qu'il ne s'agit pas d'un ressenti. Il s'agit de la réalité. Arrêtez de me faire porter le chapeau. Je suis ici parce que je suis un parent responsable, parce que je veux que mes enfants grandissent dans un foyer où ils se sentent en sécurité.

— Bon, alors, depuis combien de temps avez-vous l'impression que c'est comme ça ?

Patrik soupire, toujours planté au milieu de la pièce. Il agite ses gros poings devant moi comme pour chasser un insecte.

— Je ne sais pas. Longtemps. Depuis la naissance de Lennart, peut-être.

Il a baissé la voix, laquelle semble brisée, découragée. Elle renferme des mois de nuits sans sommeil, de hurlements de nourrisson, de solitude et de tristesse, ainsi qu'une douleur âpre et ardente.

— Ça n'a pas toujours été comme ça. Avant la naissance de Lennart… Mia passait ses journées à siroter des cafés latte avec son groupe de mamans et leurs gosses. C'était mieux. C'était bien. Et avant ça, quand on s'est rencontrés. On était fous amoureux pendant plusieurs années. Je veux dire… c'était une telle passion ! Quand je repense à cette époque, j'en ai des papillons dans le ventre. Et Mia était… merveilleuse. Sociable, cultivée, loquace. Elle avait plein de centres d'intérêt, elle était en train de devenir associée de l'agence de pub dans laquelle elle travaille. Mais ensuite… Après les enfants, après son burn-out… Je ne sais pas comment l'expliquer… c'est comme vivre avec quelqu'un d'autre, avec une inconnue. Ce n'est pas que je la déteste, hein ? Je ne la reconnais pas, tout simplement.

J'observe Mia qui pleure toujours, le regard rivé au sol. Cette femme que Patrik décrit, bavarde, de bonne compagnie, je ne l'ai pas non plus rencontrée. Cette femme dont il est un jour tombé amoureux. Pour la première fois, je me fais vraiment du souci pour elle. Et si sa dépression était si profonde qu'il lui fallait une intervention plus radicale que ce que je peux proposer dans mon modeste cabinet ? J'ai déjà perdu des patients, et je ne veux pas que ça se reproduise.

— Mia… (Je lui effleure l'épaule, ce qui la fait sursauter.) Mia, pouvez-vous me raconter cet épisode ?

Mia secoue la tête.

— Ça ne s'est pas passé comme ça…

— Pas comme ça… c'est-à-dire ?

Patrik se tasse de nouveau dans son petit fauteuil en dévisageant Mia d'un air sceptique.

— Ce n'est pas ce que Patrik a dit. C'est vrai, j'étais fatiguée. Je me suis endormie un moment, mais je n'avais pas pris de médicaments.

— À qui sont-ils, alors, Mia ? Tu peux m'expliquer ? demande Patrik d'une voix lasse.

— Les miens, c'est vrai. Mon médecin généraliste me les a prescrits, tu le sais très bien. Je dors si mal. Je suis angoissée. Je ne sais pas quoi faire. C'est pour ça que je suis épuisée la journée. Mais hier, je n'avais rien pris. Pas hier. J'étais juste… tellement fatiguée.

Elle parle à voix basse, les yeux rivés au sol, frottant les mains sur ses cuisses.

— *Jeee n'aii pas priiis de méédicaaaments*, l'imite Patrik d'une voix de fausset. Tu te rends compte à quel point tu es pathétique ? Jamais un toxico ne reconnaît son addiction. On ne peut pas se fier à un drogué, tu n'es pas au courant ? Dès l'instant où tu as commencé à avaler ces cachets, tu as renoncé au privilège d'être prise au sérieux. *Tu comprends ça ?*

Mon horloge murale indique bientôt quinze heures, ce qui signifie que nous devons conclure. Il arrive parfois que nous soyons obligés de terminer à un moment douloureux ou important. Après tout, je ne suis payée que pour écouter leur confession pendant soixante minutes par séance. Alors, je fais ce que j'ai déjà fait tant de fois : je synthétise la séance, leur donne un bref exercice sur lequel travailler d'ici à la fois suivante et je leur fixe un rendez-vous une semaine plus tard.

Patrik et Mia quittent la pièce – lui le premier, le corps secoué de mouvements saccadés, plein de rage contenue, et elle juste après, traînant des pieds, sans relever la tête.

Comme un chien.

Son chien.

La pièce a retrouvé son calme. Seule une vague odeur de transpiration s'y attarde encore.

— Et Annette n'est pas assez intéressante pour toi ?

Markus et moi nous disputons encore. C'est désespérant. Les accusations sont balancées telles des boules de neige à travers la pièce, avec comme unique objectif de blesser l'autre. Toucher là où ça fait mal.

Une lumière grise pénètre par les portes-fenêtres.

Dehors, la mer. Glaciale, austère. De la mousse et des feuilles brunes flottent le long du rivage. La température approche de zéro, aucune personne sensée ne veut plus se baigner ni contempler la vue, assise sur les rochers. Des oiseaux noirs plongent la tête dans les flaques d'eau de ma pelouse, à la recherche d'insectes luisants, glissants, pour apaiser leur faim. Les arbres élancent vaillamment leurs corps dénudés vers le ciel de plomb.

— Je n'ai rien contre Annette. C'est juste que je ne suis pas sûre de vouloir passer Noël avec elle.

Mensonge.

J'ai quelque chose contre la sœur de Markus : on s'emmerde tellement en sa compagnie que le temps s'arrête.

Elle est flic, comme Markus, vit dans une banlieue pavillonnaire où toutes les maisons se ressemblent.

Mêmes façades en bois gris, mêmes trampolines bleus dans le jardin, mêmes barbecues ronds sur les pelouses bien entretenues devant la fenêtre de la cuisine. Un mari, deux enfants. Le sport à la télé pendant le dîner. Les gosses qui demandent sans cesse s'ils peuvent sortir de table pour aller jouer aux jeux vidéo.

J'ai pris l'avantage. Comment peut-il argumenter en faveur d'un Noël chez Annette alors que j'ai toujours freiné des quatre fers pour officialiser notre relation ? J'ai toujours été honnête avec lui.

— C'est tout toi, ça.

C'est une accusation qui manque de tranchant, mais sa voix est empreinte de rage. Elle remplit ma chambre comme de l'eau sale, suinte dans les interstices entre nous, les emplit de sa présence.

— Tu es injuste !

C'est moi qui crie à présent.

— Je ne t'ai jamais promis une relation comme ça ! Je n'ai jamais dit que nous étions… ensemble. En couple. Je suis désolée. J'aimerais que ce soit différent, mais malheureusement non.

— Tu t'es mis un instant à ma place, bordel ? Tu sais comment je me sens ?

Sa voix est tendue, sa mâchoire crispée.

Je secoue la tête – comment le saurais-je ?

— J'ai l'impression d'être un gigolo !

Sans le vouloir, je suis prise d'un fou rire. Quelle absurdité ! Markus, un gigolo ? Markus, ma petite pute.

Je m'avance vers lui, le serre dans mes bras, pose les lèvres sur sa joue râpeuse.

— Voyons, chéri, un gigolo, tu plaisantes…

Je glousse de nouveau. Son corps est raide entre mes bras. Il repousse mes bras d'un geste résolu, me dévisage en silence, fait volte-face et se dirige vers l'entrée, vers la pagaille de vêtements et les chaussures. Il enfile son manteau, enfonce les pieds dans ses bottes maculées de terre et disparaît par la porte, dans la grisaille de l'après-midi. J'entends le clapotis de ses pas dans les flaques d'eau boueuses. L'air humide et froid s'engouffre dans mon salon.

Il part. Comme ça. Je reste seule.

C'est moi qui porte la culpabilité à présent, dans chaque pore de ma peau, dans l'air que je respire, dans la moiteur de mes paumes.

Je prends conscience qu'il mérite tellement mieux que moi.

Extrait de dossier médical de la PMI.
Conversation téléphonique avec la mère.

La mère contacte la PMI, car elle est inquiète pour son fils qui, d'après elle, présente depuis toujours un retard de développement. Il a du mal à entrer dans le langage et des difficultés avec la motricité fine. Difficultés à courir et à grimper. Peut piquer des colères au jardin d'enfants et à la maison, souvent quand il ne se fait pas comprendre. À part ça, la mère considère que son fils est gentil, bien qu'un peu passif. Il a du mal à s'affirmer en présence d'autres enfants. Le personnel du jardin d'enfants n'a pas noté de difficultés particulières. Le garçon joue avec les autres, surtout avec les plus jeunes, ce qui peut s'expliquer par son développement tardif du langage.
J'explique à la mère que le rythme de développement des enfants varie, souvent avec de grands écarts d'un individu à l'autre. Je souligne également que son fils semble gentil et a des camarades au jardin d'enfants, ce qui est important. Nous parlons aussi de la

difficulté de la mère à gérer les crises du garçon. La mère indique qu'elle se sent désemparée et impuissante quand elle ne parvient pas à calmer son enfant. Je l'informe de la possibilité de prendre rendez-vous chez une psychologue de la PMI pour discuter des difficultés du rôle de parent. La mère va réfléchir et nous recontacter pour un éventuel rendez-vous.

Ingrid Svensk, infirmière de PMI

L'automne à Stockholm

Les feuilles planent au-dessus de la Medborgarplatsen dans le soleil couchant. Les nuages gris ont laissé place à un ciel d'un bleu lumineux qui se reflète dans les flaques qui émaillent encore les pavés après les précipitations des derniers jours. Les passants arpentent les rues dans le vent glacé. On entend des klaxons depuis Skanstull.

Je m'écarte lentement de la fenêtre de la salle de réunion. Les chaises disposées en cercle ; une carafe d'eau et des verres sur la table près de la porte ; du papier et des stylos ; des mouchoirs. Parfait.

On frappe à la porte. Aina. Les cheveux rassemblés en un chignon négligé, enveloppée dans un long gilet rouge qui lui arrive presque aux mollets.

— Elles sont toutes arrivées.

— Alors, commençons.

Quelques instants plus tard, nous sommes toutes installées sur nos chaises si inconfortables. Des éclats de rire et des gloussements emplissent la pièce. Une femme débouche une bouteille d'eau.

Difficile de croire qu'il s'agit d'un groupe de parole

pour les femmes victimes de violence. L'ambiance est beaucoup trop décontractée.

Sirkka pouffe en écoutant Malin, passe une main dans ses cheveux roux, remonte son jean délavé sur ses hanches osseuses et approche sa chaise de la mienne, si près qu'une odeur de tabac froid et de parfum bon marché me pique les narines.

Elle me dévisage et toutes les participantes l'imitent. Un ange passe. Je suis sans voix. Ma gorge se noue, mes joues brûlent. Ce malaise est incompréhensible. Moi qui n'ai jamais douté de ma relation à mes patients. Il m'arrive bien sûr de me demander comment les aider au mieux, et n'ai pas toujours réponse à tout. Mais là, c'est autre chose – un malaise en public que je n'ai jamais ressenti et dont j'ignore la raison.

Désarmée, je cherche Aina du regard, de l'autre côté de la pièce. Elle sourit. Mon état semble lui avoir échappé, mais pas le blanc dans les conversations, car elle intervient immédiatement, salue les participantes du ton chaleureux qui la caractérise. Elle effleure l'épaule de Malin, assise à côté d'elle.

— Prenons quelques minutes pour raconter comment s'est passée votre semaine. Malin, tu veux commencer ?

Malin affiche un large sourire, dévoilant des dents blanches et bien alignées. Elle ne ressemble en rien à la femme tremblante qui a relaté son viol la semaine dernière.

— J'ai passé une super semaine. Ma grande sœur a eu un bébé mardi dernier, je lui ai rendu visite avec mes parents. Je me suis beaucoup entraînée. Tous les jours, parfois plusieurs heures. Il y a beaucoup de courses dans le coin, cet automne, alors… j'ai fait pas mal de trails, de dénivelé.

Elle hausse ses épaules musclées comme pour minimiser ses efforts en se tournant vers Sofie, assise à sa gauche. Cette dernière esquisse un sourire timide en tirant sur son t-shirt décoloré. Malgré son épaisse couche de maquillage, elle ne fait pas plus que ses dix-sept ans.

— Il ne s'est rien passé de spécial, fait-elle d'une voix fluette, légèrement rauque. Je suis allée à l'école, c'est tout.

Aina hoche la tête et donne la parole à Hillevi. Elle est, comme la dernière fois, d'une grande beauté, habillée tout en noir, avec ses traits fins et ses grands yeux marron qui observent calmement les participants. Elle esquisse un petit sourire.

— J'ai beaucoup réfléchi cette semaine.

— Ah oui ? Raconte-nous, l'encourage Aina.

— La séance de la dernière fois m'a donné matière à réflexion. J'ai trouvé ça puissant de ta part, Malin, de raconter le viol. Ça m'a aidée. Si tu es déjà assez forte pour en parler, je sais que j'en serai capable aussi. Les enfants et moi, on va pouvoir parler, et s'en sortir.

Malin baisse les yeux, gênée, mais ses lèvres s'étirent en un vague sourire.

Aina hoche de nouveau la tête, prend des notes. Et moi, qu'est-ce que j'apporte au groupe ? Rien. Je ne suis qu'un poids.

Sirkka a pris la parole, elle s'exprime avec de grands gestes, mais soudain je n'entends plus ce qu'elle dit. Je ne vois que ses cheveux roux, ses mains osseuses, ses lèvres fines creusées de profonds sillons qui bougent sans cesse lorsqu'elle raconte sa semaine.

Le groupe éclate de rire ; Aina aussi ; elle me jette un coup d'œil interrogatif. Je me compose un sourire de circonstance, alors même que mon être intérieur se glace. Vais-je réussir à mener à bien ce projet ? Moi qui suis aussi une victime, suis-je capable d'aider ces femmes ? Je n'ai même pas assez d'énergie pour les écouter.

C'est au tour de Kattis. Comme la semaine dernière, ses longs cheveux blond foncé sont attachés en queue-de-cheval, mais elle a l'air plus fatiguée aujourd'hui. Plus usée. Comme si elle avait vieilli depuis la dernière fois.

— Alors… Je ne sais pas… Pour tout vous dire… ça a été une semaine de merde. Henrik, mon ex, a trouvé mon nouveau numéro de téléphone et il n'a pas arrêté de m'appeler.

Elle s'affaisse sur sa chaise, baisse la tête, ses cheveux lui tombent dans les yeux.

Aina tapote délicatement du stylo sur son carnet.

— Kattis, accepterais-tu de nous en dire plus sur ta relation avec Henrik ? Tu serais d'accord ?

La femme à côté de moi hausse les épaules, sans lever les yeux. Je me sens si proche d'elle. Nous devons avoir le même âge, elle est petite et menue, comme moi, mais elle a le teint plus pâle. Dans la lueur froide des néons, je devine les veines sous la peau de son cou, mince comme du papier. Son jean flotte autour de ses hanches, comme si elle venait de perdre beaucoup de poids.

— Henrik et moi nous sommes rencontrés il y a deux ans. Chez un ami commun. Ça a été le coup de foudre.

Elle sourit, lève la tête et regarde autour d'elle. Elle est si belle lorsqu'elle a l'air heureuse. C'est la première fois que je la vois comme ça.

— Le coup de foudre ? répète Aina pour l'aider.

— Oui ! Une passion incroyable. Et au lit, c'était merveilleux. Ça peut vous paraître superficiel, mais pour moi… c'était la première fois que je vivais ça. On s'est installés ensemble au bout de quelques semaines seulement. Ou plutôt, je me suis installée chez lui.

Son sourire s'élargit. Dans un silence profond, nous attendons la suite, les mains sur les genoux. Aina l'encourage d'un geste du menton.

Dehors, le ciel s'est assombri et une lumière bleutée emplit la pièce. On n'entend que les voitures, au loin, et la respiration rauque de Sirkka. Des décennies de tabagisme ont dû avoir raison de ses poumons.

— Enfin…

L'embarras se lit soudain sur le visage de Kattis qui baisse les yeux, mutique.

— Nous ne sommes pas pressées, la rassure Aina. Nous avons tout notre temps.

Kattis a un petit rire, mais cette fois c'est un ricanement sec et dénué de joie.

— C'est tellement difficile de dire comment ça a commencé. C'est comme l'histoire de la grenouille, vous savez ? Si l'on plonge une grenouille dans une marmite d'eau brûlante, elle s'en échappera immédiatement, mais si on la met dans de l'eau froide et que l'on augmente progressivement la température… Je veux dire que ça a débuté insidieusement. Il voulait contrôler ce que je faisais, qui je voyais. Puis il m'a interdit de voir d'autres hommes, même au travail. Il avait des accès de rage, m'accusait de le tromper, me traitait de sale pute. Me disait que personne d'autre ne voudrait jamais de moi, que j'étais moche, grosse, stupide. Que je ne valais rien. Du coup… quand il m'a frappée pour la première fois, ce n'était pas très… étonnant. C'était logique. J'étais tellement endoctrinée que j'ai pensé que je le méritais. Que je l'avais provoqué. Que je devais… changer. M'améliorer.

Sa voix s'éteint, son regard reste perdu dans le vague, vers Aina. Kattis reprend :

— Nous sommes restés ensemble un an. Et pendant cette année… je ne sais pas. Je suis devenue quelqu'un de totalement différent. Une autre personne. J'ai parfois du mal à me rappeler qui j'étais avant Henrik. Celle que j'étais me manque. Je veux qu'elle revienne. Je veux que l'ancienne Kattis revienne.

Elle secoue la tête et baisse les yeux, l'air honteuse. Et infiniment triste.

— Mais tu l'as quitté, non ?

Hillevi pose une main sur le genou de Kattis, laquelle tressaille, comme si ça brûlait.

— Oui, mais le pire de tout… (Kattis n'a pas levé les yeux, redoutant peut-être de lire un jugement dans nos regards.) Vous voyez… le pire, c'est que je ne voulais pas qu'on se sépare. Bon sang ! (Elle cache son visage dans ses mains.) Ce n'est même pas moi qui l'ai quitté, c'est lui qui m'a jetée comme une vieille chaussette. Quand il a arrêté de m'aimer, c'est comme si j'avais disparu. Comme si je n'existais pas sans lui. Jamais je n'aurais pu croire que ça serait si douloureux. Je veux dire… ma raison me disait bien qu'il se comportait comme un salopard, que je devrais être heureuse que ça soit fini, mais à ce moment-là… j'ai eu l'impression de mourir. Vous comprenez ?

Elle lève la tête, son regard se pose imperceptiblement sur chacune d'entre nous. J'imagine qu'elle guette nos réactions, recherche de la méfiance ou de la haine. Elle paraît soudain plus calme, peut-être ne voit-elle pas ce qu'elle craignait.

— C'est ça, le pire, ce que je ne peux me pardonner. Je ne voulais pas que ça se termine, malgré son comportement odieux.

— Et maintenant ? Tu es toujours amoureuse de lui ? s'enquiert Sofie, sans jugement, par pure curiosité.

Elle ose dire tout haut ce que tout le monde pense tout bas.

— Non. (L'air épuisée, Kattis sourit faiblement.) Non, maintenant je suis si heureuse que ce soit fini. L'ironie du sort, c'est qu'il a recommencé à me courir après. Il m'appelle quand il a bu, insiste pour qu'on se voie, et quand je refuse il monte sur ses grands chevaux, dit qu'il va me tuer, ce genre de choses. Et parfois… je le crois. Je pense qu'il finira par mettre sa menace à exécution.

— Tu ne peux pas penser ça, non, tu n'en as pas le droit, dit Hillevi, qui n'a pas bougé sa main.

— Il a une nouvelle copine, je te l'ai dit ? Je crois qu'ils vivent ensemble et… je ne sais pas. Quand il s'est disputé avec elle, il me téléphone, me dit que c'était bien avec moi, que nous vivions quelque chose d'unique… et si je lui demande de me laisser tranquille, eh bien… il change du tout au tout. Il me traite de grosse pute, me menace de mort. Je commence à comprendre que c'est un vrai psychopathe, qui ne peut avoir de sentiments pour personne, il n'aime que lui-même, n'est capable de répondre qu'à ses propres besoins. Et sa nouvelle compagne… d'un côté, j'espère que ça va durer avec elle, pour qu'il me lâche la grappe. De l'autre… s'il lui faisait du mal aussi ? Est-ce que je suis complice ? Dites-moi, je suis sa complice ?

Hillevi serre la jambe maigre de Kattis en silence.

Aina est partie en avance pour réserver une table tandis que je reste pour ranger après le groupe de parole. Mettre des tasses et des verres au lave-vaisselle, essuyer le tableau, les tables. La voix mélancolique de Jeff Buckley s'élève du petit lecteur de CD. Aina a déploré mon choix musical déprimant, mais, moi, j'aime ça. Peut-être qu'il convient à mon état d'esprit. Trop, peut-être.

Tout en mettant de l'ordre dans la pièce, je me sers un verre de vin du cubi oublié après l'apéro organisé par Sven la semaine dernière, quand il avait invité d'anciens collègues de l'université. La piquette me brûle l'œsophage, mais je me sens mieux, lorsque la chaleur familière se diffuse presque immédiatement depuis l'estomac jusque dans toutes les terminaisons nerveuses.

La fonction, me dis-je. *C'est la fonction qui compte.*

Soudain, un bruit étrange traverse l'écran musical. Malgré le calme conféré par le vin, un malaise m'envahit comme une décharge électrique. La peur est immédiate ; je sens mes poils se dresser lorsque je comprends. Je ne suis pas seule. Il y a quelqu'un dans les lieux.

J'éteins le CD, interromps Jeff Buckley qui chante *Grace*. De nouveau ce bruit étouffé, comme si on ne voulait pas que ça s'entende. Je jette un coup d'œil circulaire dans la pièce, essaie de comprendre d'où vient le son, tout en cherchant une manière de m'échapper.

Fuir, c'est ma première réaction.

Les grandes fenêtres sont noires. J'essaie de me convaincre qu'il n'y a aucun danger, lorsque je comprends ce que j'entends. C'est quelqu'un qui pleure.

Les toilettes dans l'entrée sont fermées à clé. Lorsque je frappe à la porte, les sanglots sourds cessent, la porte s'ouvre et des yeux rouges et gonflés me dévisagent.

Kattis.

Son mascara a coulé, une rivière noire qui, se divisant, forme un delta sur ses joues. Ses yeux sont gonflés, ses cheveux en désordre, ses pommettes écarlates. De souffrance ou peut-être de honte d'avoir été surprise dans ce moment d'intimité.

Kattis frotte son visage de ses paumes, s'essuie sous les yeux, délayant son maquillage. Elle me regarde, hésitante.

— Désolée. Je ne savais pas… Vous fermez ? Enfin, tu vas partir ?

Elle s'essuie le nez en reniflant. Je vois qu'elle s'efforce de se ressaisir, de reprendre le contrôle. Je fais quelque chose que j'évite habituellement : je tends la main, effleure son bras, tente de transmettre une sensation de calme.

— Pas de problème. J'étais juste en train de ranger.

Kattis, qui semble comprendre mon geste, sourit, reconnaissante.

— Je suis vraiment désolée. Je t'ai fait peur, non ?

Pour la première fois, elle me regarde attentivement. Je m'imagine ce qu'elle voit. Une femme sur les nerfs, effrayée peut-être, un verre de vin à la main. Je contemple le verre, Kattis s'en aperçoit et nous éclatons de rire toutes les deux.

— Non, pas vraiment. Enfin… peut-être un peu.

Je souris, sentant la tension dans mon corps se relâcher.

— Comment te sens-tu ?

Kattis secoue la tête, arrache du papier-toilette dans la petite salle de bains. Je pose de nouveau la main sur son bras.

— Tu ne vas pas rester là-dedans. Viens t'asseoir.

Je me dirige vers la salle où nous étions installées l'une en face de l'autre il y a une demi-heure, et nous nous asseyons. Kattis pose un regard interrogatif sur mon verre de vin.

— Ça enfreint peut-être les règles, mais… s'il te plaît, je pourrais avoir un verre ? Je suis au bout du rouleau.

Kattis renifle de nouveau, se tamponne le visage avec une boule de papier-toilette. Elle a raison. Offrir un verre de vin aux patients est inapproprié, mais j'imagine dans quel état elle se trouve. Je me dirige vers le coin-cuisine et je reviens avec un deuxième verre de rouge, en profitant pour remettre la musique.

— Je t'en prie. C'est une exception. À l'avenir, ce sera café ou eau minérale.

Elle esquisse rapidement un sourire reconnaissant. Je lui tends le verre. Elle boit goulûment et s'appuie contre le dossier, les yeux fermés.

— Mon Dieu ! Pardonne-moi. C'est tellement difficile de parler de tout ça… mais je n'imaginais pas… à quel point. Tu sais…

Elle cherche mon regard, la tête inclinée sur le côté. Elle a besoin de ma reconnaissance, de ma compréhension. J'ai déjà vu ça. J'accompagne mon hochement de tête d'un acquiescement.

— Je crois que je n'ai jamais… pris conscience de tout cela. Et à présent, tout à coup, c'est comme si ça me tombait dessus. Je comprends soudain que je suis une merde. Je veux dire… comment ai-je pu laisser cela m'arriver ? Je suis une personne assez ordinaire, tu sais. J'ai déjà eu des relations amoureuses… normales.

Kattis semble me supplier, comme si elle avait besoin de mon empathie, de mon approbation. Comme pour me faire comprendre qu'elle est une femme ordinaire, normale, pas seulement une victime. Comme si le fait que son ex-petit ami l'ait rouée de coups, insultée, la couvrait de honte, comme si elle était coupable de cette violence à sa place.

Elle détourne le regard, avale de nouveau une belle gorgée de vin.

— Ce n'est pas ta faute.

J'énonce les mots calmement, avec conviction, car je sais qu'ils sont vrais.

Kattis contemple son verre de vin, le fait tourner, semble hésiter.

— J'aurais dû comprendre. J'aurais dû le quitter. Mais il n'est pas seulement méchant. Tu comprends ? Le monde n'est pas manichéen. Personne ne peut être uniquement bon ou mauvais. Et Henrik… Il m'aimait vraiment. Aussi. Et je… je voulais tellement que ça marche.

La sonnerie de mon portable retentit et je décroche après avoir indiqué à Kattis d'attendre un instant. La voix sèche d'Aina me demande, sarcastique, ce que je fabrique, si j'ai besoin d'un coup de main pour ranger les verres. Je lui promets de me dépêcher et raccroche. Kattis vide son verre et bondit de sa chaise.

— Je ne voulais pas te retenir. Je suis désolée. Merci infiniment de m'avoir écoutée. Et merci pour le vin.

Elle contourne la table, me serre dans ses bras dans un geste spontané en répétant :

— Merci, merci de m'avoir écoutée.

Aina sirote une bière, assise à une table en bois sombre. Son agacement transpire lorsqu'elle feuillette les pages culturelles du quotidien *Dagens Nyheter*. L'air est chaud, un peu étouffant, dans la grande salle du pub où le brouhaha des conversations m'engloutit. Y règne un fumet de nourriture ajouté à une odeur indéterminée. La plupart des tables sont occupées, les clients ont l'air de s'être réfugiés ici, échappant à l'obscurité et au froid du dehors. Comme des naufragés ayant atteint à la nage une île déserte. Je me fraie un chemin jusqu'à Aina et me laisse tomber sur une chaise devant un verre de vin. Levant les yeux, Aina semble hésiter entre monter sur ses ergots ou passer l'éponge sur mon retard.

— Regarde !

Aina indique un article d'un geste du menton, une critique d'un livre qui vient de sortir, écrit par un psychanalyste qui dénonce le recours accru ces dernières années aux « thérapies cognitives et comportementales » et aux méthodes scientifiques en psychiatrie.

— J'en ai par-dessus la tête d'être présentée comme une sorte de machine à thérapie sans capacité d'empathie ou de réflexion indépendante, poursuit-elle. Ils pensent vraiment que l'on peut traiter un patient sans prendre en compte son histoire ou son expérience ? Ils croient qu'il suffit de lire un manuel ? C'est étrange. Quand j'ai commencé la thérapie cognitive et comportementale, je me disais toujours que nous étions les « gentils », nous écoutions vraiment les patients et prenions leurs symptômes au sérieux. Nous travaillions sur ce qu'ils présentaient comme leur problème. Quand je lis ça, je comprends que ces gens-là nous considèrent comme les « méchants » : superficiels, court-termistes, focalisés sur l'obtention d'un résultat maximal en un minimum de temps. Comme si nous ne nous intéressions pas aux raisons derrière ces résultats, comme si nous ne voyions pas la souffrance.

— Peut-être qu'on ne peut s'en prendre qu'à nous-mêmes ?

Je teste cette affirmation, curieuse de la réaction d'Aina.

— C'est-à-dire ? Tu es du même avis que notre ami l'analyste de l'article ?

— Je veux dire que nous parlons souvent de résultats, de durée du traitement, de preuves et d'argent. Moins souvent de l'apaisement de la souffrance...

— Tu parles comme eux.

— Pas du tout. Je n'aime pas la pensée manichéenne, c'est tout. Ni chez les analystes ni chez nous.

Aina secoue la tête en jetant le journal sur la table.

— Laisse tomber. J'ai commandé à manger aussi. Des boulettes de viande. Ça devrait arriver d'un moment à l'autre. Pourquoi tu es arrivée si tard ?

Remplir un lave-vaisselle, ça ne prend pas trois heures ?

Elle me dévisage longuement.

— Tu as bu ? Tu as du vin rouge à la commissure des lèvres.

Je plaque une main sur mes lèvres comme pour dissimuler les traces éventuelles de mon péché. Voyant mon geste, Aina esquisse une moue soupçonneuse.

— Prise la main dans le sac. Tu es restée au bureau pour picoler. N'importe quoi. Pourquoi ? Sven est monté ?

Je secoue la tête. Je n'ai aucune envie de parler de Kattis à Aina.

— Il s'est passé un truc.

— Mais encore ?

— Une des femmes du groupe…

— Siri, s'il te plaît, tu peux être plus précise ? Je dois te tirer les vers du nez ?

L'irritation se lit de nouveau sur le visage d'Aina. Il faut que je l'apaise, je ne la supporterai pas de mauvais poil ce soir. Je décide de lui parler de Kattis, en omettant le verre de vin. Je sais qu'Aina n'apprécierait pas et, à raison, sans compter que je ne veux pas écouter un de ses sermons sur mon rapport à l'alcool. Markus me reproche constamment de trop boire – ça me suffit. Je raconte brièvement les événements et la conversation avec Kattis qu'Aina écoute, concentrée, les yeux mi-clos.

— Je comprends. Pourquoi tu ne l'as pas dit tout de suite ? Ça n'augure rien de bon. Tu crois qu'elle va s'effondrer ?

Les yeux fermés, je prends quelques instants pour réfléchir. Je me représente Kattis, son corps menu, ses bras enroulés autour de son torse comme une camisole de force, ses joues baignées de larmes, mais aussi son regard, son dos droit.

— Je ne crois pas. Je peux me tromper, mais il y a quelque chose de fort en elle. D'intact.

Un groupe de jeunes femmes aux voix tonitruantes s'installe à la table contiguë charriant une odeur de fumée de cigarette et de laine humide – elles viennent sans doute d'aller fumer. Aina et moi nous lançons un regard et changeons de sujet, craignant que l'on ne surprenne nos conversations professionnelles.

— Comment ça se passe entre Markus et toi ?

Aucune envie de parler de ça. La culpabilité me ronge depuis notre dernière conversation. J'ai constamment une boule dans l'estomac, un sentiment lancinant de médiocrité, l'impression d'avoir mal agi. Parfois, je ne sais même pas ce que j'ai fait, juste que j'ai été injuste. Le visage de Markus m'apparaît. Ses cheveux hirsutes, sa barbe naissante, ses lèvres pulpeuses. Et ses yeux. Affligés, blessés. Je laisse échapper un soupir.

— À ce point-là ? fait Aina, le regard empreint d'une authentique empathie.

— Je n'arrête pas de le décevoir. Je ne peux pas lui donner ce qu'il veut.

— Qu'est-ce qu'il veut ?

— Il veut la totale, tu sais. Il rêve d'une sorte d'idylle familiale, comme ses parents dans le Norrland.

Je me sens de plus en plus mal à l'aise en pensant à sa

famille. Markus idéalise son bonheur, ce qui m'agace au plus haut point. Comme si tout le monde pouvait l'atteindre, qu'il suffisait de l'acquérir. Comme acheter une nouvelle table ou un canapé.

— Markus est jeune et parfois si naïf.

Je secoue la tête en constatant que mon verre de vin est presque vide.

— Et s'il n'était pas naïf ?

Aina m'interroge du regard.

— Et si c'était toi qui ne lui laissais pas sa chance ? Qui n'osais pas faire le grand saut ?

Je la contemple avec étonnement. Elle m'a fait maintes fois part de son scepticisme à l'égard de la relation que j'entretiens avec Markus.

— Tu es folle de lui, ça se voit, et pourtant tu te dérobes. Tu n'oses pas assumer votre relation. Tu devrais réfléchir à ce que tu veux, car ce n'est pas très juste pour Markus.

Je tombe des nues. Qu'est-ce qu'elle raconte ? Elle prend toujours ma défense, elle est toujours de mon côté. Je m'apprête à répliquer lorsqu'une aimable serveuse vient déposer sur la table une assiette surmontée d'une montagne de boulettes de viande. Avec un soupir, je lève les yeux et contemple le plafond, avec sa carte à jouer, étonnamment placée là depuis aussi longtemps que je m'en souvienne. Quand je croise de nouveau le regard d'Aina, je me contente de hausser les épaules et m'empare de mes couverts.

La conversation est terminée.

Seule au bureau, je complète les dossiers médicaux et gère l'administratif. Il est tard, je devrais rentrer, dîner, regarder la télé avec Markus. Je prends un bonbon pour tenter de lutter contre la nausée qui me taraude depuis ce matin, comme une légère gueule de bois ou une gastroentérite vicieuse, cachée dans les intestins, qui attend le bon moment pour faire irruption.

Le silence règne au cabinet. Une odeur de banane pourrie me retourne l'estomac. Je localise la coupable en quelques instants : une peau noircie tombée derrière la corbeille à papier. Le nez froncé, je l'apporte dans le coin-cuisine et la jette à la poubelle.

Mon portable sonne au moment où je reviens dans mon bureau. C'est ma sœur aînée qui me rappelle l'anniversaire de son fils. Sa voix est joyeuse quand elle me parle de son nouvel emploi, de son voyage qui approche pour les vacances, mais, quand elle comprend que je suis encore au travail, elle ne cache pas son inquiétude.

— Il est vingt heures, tu comptes rester jusqu'à quand ?

Je ris, étonnée de sa sollicitude.

— Vingt et une heures grand maximum, mais les dossiers médicaux ne vont pas s'écrire tout seuls, hélas !

— Je croyais que vous aviez des assistants pour ce genre de choses.

Je laisse échapper un nouveau rire plus bruyant. L'idée de petites assistantes – car ce seraient des femmes, évidemment – qui mettraient toutes mes notes au propre, prêtes à être imprimées, m'arrache un sourire. Nous avons Elin, bien sûr, mais elle a déjà du mal avec les prises de rendez-vous. Je n'imagine même pas ce qui adviendrait si elle devait s'occuper de mes notes. Des mots comme *Erreur médicale* et *Commission d'éthique* me viennent à l'esprit.

— Oui, je veux bien un petit assistant, un homme de préférence, d'une vingtaine d'années. Tu sais, avant qu'ils deviennent aigris et refusent de descendre à la boulangerie et d'aller chercher mes fringues au pressing.

Je devine son large sourire bien que je ne puisse la voir.

Évidemment, je quitte le bureau après vingt et une heures. Je descends les marches quatre à quatre – j'ai horreur de cette cage d'escalier plongée dans l'obscurité et puis, j'ai envie de rentrer chez moi.

Le vent qui me fouette le visage lorsque j'ouvre la porte principale est encore plus froid que tout à l'heure. Le vrombissement continu du trafic dans la rue Götgatan enveloppe la place comme une gangue, une présence constante à laquelle on s'habitue. Je devine les silhouettes des passants qui traversent la place dans l'obscurité compacte, voûtées pour faire face aux bourrasques.

À ma droite, le restaurant thaïlandais, à la devanture éclairée par une enseigne lumineuse tel un cierge magique solitaire. Les ivrognes de la place partagent une bouteille en silence, assis sur l'escalier qui mène à la piscine.

Chargée de tous mes sacs, je me dirige vers le distributeur de billets tout en serrant mon écharpe grise autour de mon cou, vaine tentative d'empêcher l'air glacial et humide de s'engouffrer sous mon manteau trop fin.

Une silhouette attire mon attention – un jeune homme à la démarche titubante, vêtu d'un seul t-shirt – il doit mourir de froid –, les mains plongées dans les poches de son jean déchiré, un bonnet rouge sur la tête.

Je dévie discrètement de ma trajectoire pour éviter ce type visiblement éméché, bifurque vers le restaurant, les yeux rivés au sol comme si j'étais fascinée par l'asphalte luisant. Je serre mon sac contre moi.

Il semble vouloir quelque chose de moi, s'approche et me barre la route avant que j'aie pu m'enfuir. Je suis obligée de lever les yeux. Son regard est aussi vide que le ciel noir au-dessus de nous. Il se balance lentement d'un pied sur l'autre. Je redoute soudain qu'il ne tombe à la renverse.

— T'as pas dix balles pour un burger ?

Je me sens abattue. Les toxicomanes deviennent de plus en plus jeunes, le gars ne peut pas avoir plus de quinze ans. Mais j'ai beau être touchée par le sort des enfants junkies, ma peur du noir et de ce que peut faire un camé en manque est plus forte.

Je fouille dans mes poches de manteau ; la gauche est percée d'un trou dans la doublure de mauvaise qualité. Pas de pièces égarées. Je commence à ouvrir la fermeture Éclair de mon sac à main de mes doigts raides.

— Est-ce qu'il vous embête ?

Je quitte des yeux le garçon frigorifié et les lève vers une silhouette qui se découpe dans la lumière du marché couvert de Söderhallarna et qui devient progressivement de plus en plus nette. Il est grand, solidement charpenté, le crâne rasé. Porte une doudoune noire, un jean et un tatouage qui dépasse de son col. Un sac de sport à la main. Il pourrait être ouvrier, prof de sport ou gardien. Malgré sa taille imposante et son style, il a l'air gentil. Sympathique.

— Non, enfin… Il veut juste un peu d'argent pour s'acheter un burger.

— Un burger ? répète l'homme avec un demi-sourire comme s'il connaissait par cœur le mensonge du burger. Il glisse la main dans sa veste, en sort un portefeuille dont il retire un billet de cinquante couronnes froissé qu'il tend au garçon. Ce dernier n'en croit pas ses yeux. Il s'empare de l'argent, contemple l'homme et marmonne un « merci ». Une lueur brille dans ses yeux. Un sentiment, une pensée, puis son visage redevient lisse et dénué d'expression. J'ai soudain la sensation qu'ils se connaissent – il y a quelque chose dans le bref regard qu'ils ont échangé, dans la manière dont le garçon s'est saisi du billet de banque.

Il s'éloigne en courant vers le parc Björns trädgård. Le vent s'engouffre dans son t-shirt, dévoilant son ventre, mais il ne réagit pas.

— Attends ! je crie. Tu n'as pas froid ? Je peux te donner mon écharpe.

Il se retourne, croise mon regard, un sourire se dessine sur ses lèvres pâles.

— Tu te fous de ma gueule. Elle est toute pourrie ton écharpe de merde.

L'homme se met à rire, écarte les mains, l'air de dire « qu'est-ce que vous voulez y faire ? », et me lance :

— Vous êtes Siri ?

Je hoche la tête, prise de court. Comment peut-il savoir mon nom ?

— Je suis Henrik.

Il me tend une main que je serre par réflexe. Elle est chaude, puissante. Je ne comprends toujours pas qui il est. Son nom ne suscite aucune association, je ne le reconnais pas. Un parfait inconnu.

— Vous ignorez qui je suis, j'imagine ?

Toujours sans voix, je secoue la tête. Une rafale me fait frissonner.

— Je crois que mon ex participe à un groupe avec vous, ou quelque chose dans le genre. Un groupe pour les femmes victimes.

Je me sens soudain très seule sur cette grande place plongée dans la pénombre. Rien que Vijay ait dit à propos du groupe et de mon rôle ne m'a préparée à cela.

— Je ne peux pas répondre à cette question. Vous devez le comprendre. Je suis soumise au secret professionnel.

J'adopte un ton décidé, m'efforçant d'afficher un charisme qui me fait en réalité défaut. La vérité, c'est que j'ai si peur que mes jambes me portent à peine. L'homme qui a agressé, battu Kattis, qu'elle a elle-même traité de psychopathe, se dresse devant moi dans le noir de la place Medborgarplatsen.

— Pardonnez-moi, je comprends. Bien sûr. Mais dans l'hypothèse où Kattis suivrait un traitement chez vous, eh bien… j'aurais besoin de vous parler.

Il baisse les yeux, semble presque gêné.

— J'ai compris. Vous ne pouvez pas non plus répondre. Et vous ne pouvez pas me parler, je me trompe ?

— Non, vous avez raison.

— Je suis désolé. Je ne voulais pas vous surprendre comme ça, mais j'ai pensé que vous ne m'auriez pas parlé si je vous avais appelée. Je veux juste…

Il hésite, semble chercher ses mots.

— Je crois que j'ai besoin de m'expliquer. Je veux que vous compreniez. Tout n'est pas aussi simple qu'il y paraît. Je voudrais vous présenter ma version des faits. Vous ne pouvez pas juste m'écouter ?

— Je… c'est impossible. Je ne peux pas vous parler. Vous comprenez ?

Il a un petit rire, comme si j'avais dit quelque chose de drôle, et contemple la place déserte.

— J'aurais dû m'en douter.

— Quoi ?

Il pousse un profond soupir, frotte du bout du pied la gadoue qui recouvre le sol.

— Laissez tomber. Je ne vous dérangerai plus.

Il me tourne lentement le dos – un dos immense.

— Attendez, comment vous savez qui je suis ? où je travaille ?

Il me regarde par-dessus son épaule, visiblement surpris, comme s'il se demandait pourquoi je pose la question, comme s'il la trouvait accessoire. Il pivote lentement sur ses talons.

— Après avoir discuté avec Kattis, je suis allée sur votre site internet. J'ai vu votre photo. L'adresse est indiquée. Pas plus difficile que ça. Trouver quelqu'un est un jeu d'enfant.

Il hausse les épaules, avance vers moi. Il a l'air fatigué, ses yeux éteints sont injectés de sang.

— Je vous ai fait peur, hein ? Ce n'était pas mon intention. Je voulais juste échanger quelques mots.

Son visage est tout proche du mien, sa peau bronzée au solarium est un peu ridée. Il serre mon bras, un peu trop fort, un peu trop longtemps, mais semble rapidement décider qu'il vaut mieux me lâcher.

— Je veux simplement vous dire que tout n'est pas comme le raconte Kattis. Elle a une imagination fertile.

— Oui, je comprends, dis-je d'une voix fluette éteinte.

Sans dire un mot de plus, il se baisse, s'empare de son sac de sport, passe la main sur son crâne glabre, fait volte-face et s'éloigne dans l'obscurité, comme s'il avait une réunion importante.

Je recule d'un pas, m'appuie sur la façade de l'immeuble et vomis sur les pavés noirs.

Extrait du compte rendu de la réunion de l'équipe chargée de la santé des élèves, école primaire Älvängen.

Laila Molin, institutrice en CE1 B, décrit des difficultés d'un élève de sa classe. Il n'est pas encore entré dans la lecture et a beaucoup de difficultés à apprendre les lettres. Il sait écrire son nom. Mme Molin se demande si les difficultés sont spécifiques à la lecture et l'écriture et suggère un rendez-vous avec une enseignante spécialisée, Gunvor Blomkvist. Tous les participants approuvent l'idée. Mme Molin précise également que la frustration peut provoquer de très violentes crises de colère chez le garçon. Cela survient rarement pendant les cours de Mme Molin, plus souvent pendant les cours de sport et d'art plastique assurés par d'autres enseignants. L'enseignante de sport a l'impression qu'il est la risée de ses camarades, qui se moquent de son surpoids et de sa maladresse. Aucun autre enseignant n'a fait les mêmes constats. Nous concluons que le garçon devra voir Gunvor Blomkvist pour travailler plus intensivement la lecture.

Siv Hallin, psychologue scolaire

Samedi matin.

La chambre à coucher est baignée de lumière, le soleil m'éblouit lorsque j'essaie d'ouvrir les yeux. La pluie a cessé, après avoir frappé les vitres avec une telle violence que j'ai cru à de la grêle. Le calme est revenu. Je suis seule dans le grand lit. Markus travaille, c'est ce qu'il dit, du moins. Je suis heureuse qu'il ne soit pas là, va savoir pourquoi.

La couverture sur les épaules, je me dirige vers la fenêtre. La mer s'étend, lisse comme un miroir. De l'autre côté de la crique, les érables perdent leurs dernières feuilles. Quelques survivantes aux éclats rouge orangé sont encore suspendues aux cimes squelettiques. Elles seront bientôt tombées, elles aussi. Ouvrant la fenêtre, je sens l'air frais emplir mes poumons, et les prudents rayons du soleil d'automne caresser mon visage. Je ferme les paupières.

À cet instant, le monde est beau.

Dans la cuisine, il fait encore plus froid que dans le reste de la maison. J'insère quelques bûches dans le vieux poêle, suivies de boules de papier journal.

Un café, une tartine, le journal du vendredi fermé

sur la table. Je frissonne, sentant la nausée affluer par vagues. Je suis peut-être malade. Ou juste crevée.

Les événements de la veille me reviennent en mémoire. Henrik qui me fixe de ses yeux rougis. Son crâne rasé, sa posture. Il a quelque chose de militaire – il ressemble à un flic. Le genre épuisé et désillusionné qu'évoquent les chroniques sur la société, et que l'on voit dans les films. Le genre qui se déplace en fourgon, qui balance des coups de matraque aux malfrats, aux endroits du corps où ça ne marque pas.

Très différent de Markus, donc.

Markus n'a rien d'un flic. Un policier, peut-être, mais un flic, certainement pas. Il ne ressemble ni aux commissaires blanchis sous le harnais que l'on voit dans les séries TV, ni à ce jeune agent tout feu tout flamme dans un drame lambda, un personnage secondaire dont on devine dès le début qu'il va lui arriver malheur.

Markus est jeune, une jeunesse confinant parfois à la puérilité. Le temps qu'il passe devant ses jeux vidéo, sur Facebook ou Messenger et à envoyer des SMS me tape parfois sur le système. Je me sens dépassée. J'ai l'impression d'être sa mère. Sa naïveté et son optimisme adolescent m'agacent. Sa conviction candide que tout va s'arranger. En même temps, je lui envie son calme et son autorité. J'ai maintes fois essayé de le réévaluer – me convaincre qu'il n'est pas seulement un jeune chien fou, mais aussi un individu intelligent et sage qui veut faire le bien. Quand Markus écoute, on se sent entendu. Quand Markus parle, on l'écoute. Markus monte rarement sur ses grands chevaux, il est capable de contrôler ses sentiments.

Je comprends pourquoi il a été admis à l'école supérieure de police. Les examinateurs ont jugé qu'il serait un excellent policier. Je comprends aussi pourquoi il s'est retrouvé à la Crim et non dans un commissariat. Il possède un excellent esprit d'analyse, établit des liens, comprend des schémas. Lorsqu'il n'est pas là, je sens à quel point il me manque. Son corps, sa chaleur, bien sûr, mais aussi sa compagnie.

Que dois-je en conclure ?

Je repense aux mots d'Aina, l'autre soir. Peut-être suis-je peureuse ? Peut-être que je n'ose pas lui donner sa chance ? Je le compare constamment à Stefan, bien que je ne devrais pas. Je compare son corps, son intelligence, son esprit. Stefan sort toujours vainqueur de cette lutte. Et si je laissais Stefan gagner parce qu'il n'est plus là ? pour éviter de prendre une décision ? parce que je ne veux pas lâcher les dernières choses qui me restent de lui.

Stefan est décédé ; Markus est en vie. Je vais devoir regarder les choses en face… mais pas maintenant.

Au lieu de cela, je pense à Henrik et à l'étrange rencontre d'hier. Bien qu'il m'ait abordée dans un lieu public avec du monde autour, bien qu'il n'ait pas haussé le ton, qu'il soit resté cordial, la menace était à peine voilée. Je frissonne en pensant à ce qu'il a fait à Kattis.

Toutes les femmes de notre groupe, si différentes les unes des autres, avec comme seul dénominateur commun le fait d'avoir été agressées par un homme en qui elles avaient confiance. Un ami, un mari, un petit ami, un beau-père.

Pour quelle raison Henrik m'a-t-il abordée ? Pour affirmer son pouvoir ? Pour que Kattis comprenne qu'il garde un œil sur elle ? Va-t-il s'en prendre à elle ? Est-elle en danger ? Peut-être qu'elle surréagit. Difficile de rester neutre quand on a soi-même été victime de violence et de menace. Je pèse le pour et le contre, tourne la pensée dans ma tête, me lève et me dirige vers le placard où je range les dossiers de mes patients. Il faut que je parle à Kattis. Elle a le droit d'être au courant.

Lorsqu'elle décroche, sa voix est rauque comme si elle venait de se réveiller. Je ne sais même pas quelle heure il est. Je jette un coup d'œil à la petite horloge posée sur le frigo. Huit heures et quart. Un samedi matin. C'est tôt. Peut-être trop.

— C'est Siri Bergman. Je te réveille ?

J'ai honte de m'être jetée sur le téléphone sans réfléchir, mais j'ai l'impression que ça ne peut pas attendre.

— Siri ? répète Kattis, perplexe.

— Oui, Siri, du groupe de parole. Je suis désolée de t'appeler si tôt, vraiment, mais j'ai besoin de te parler.

— Il s'est passé quelque chose ?

L'inquiétude de Kattis se fait sentir dans sa brève question.

— Pardon si je t'ai fait peur. Oui, il s'est passé quelque chose, mais… rien de grave pour l'instant. Ne t'en fais pas. Je veux juste t'en parler. De vive voix, si possible.

— D'accord, on peut se voir aujourd'hui, si ça te

convient, répond Kattis avec un empressement révélateur de son impatience.

Jetant un nouveau coup d'œil à l'horloge, je réfléchis. À quelle heure et où pouvons-nous nous retrouver ? J'ai du boulot en retard – quelle meilleure occupation pour un samedi après-midi ? Il n'y aura personne, nous pourrions nous retrouver là-bas.

— Tu peux venir au cabinet ? Vers seize heures, ça te conviendrait ?

— Parfait ! À tout à l'heure.

Elle se tait ; son silence dissimule mal son tourment intérieur.

— Tu es sûre qu'il n'y a aucun danger ?

— Certaine. Ne t'inquiète pas.

Je raccroche et reste immobile, le téléphone à la main. Je me sens hypocrite. Comment puis-je lui promettre qu'il n'y a pas de danger ? Je n'en sais absolument rien.

Le cabinet est désert, comme je m'en doutais. Personne ne travaille un samedi après-midi. Aina doit être au pieu avec son dernier flirt en date, Carl-Johan, qu'elle fréquente depuis étonnamment longtemps. Sven doit faire des travaux dans sa maison de campagne à Roslagen. C'est là qu'il se réfugie tous les week-ends depuis que Birgitta a pris ses cliques et ses claques. Je n'ai pas la moindre idée de ce que peut faire Elin un samedi après-midi. Je me rends compte que ça ne m'intéresse pas le moins du monde – ce qui m'inquiète un peu.

Je pense avec nostalgie à Marianne, notre ancienne réceptionniste, qui se remet des séquelles d'un accident de voiture dans une maison de repos en Dalécarlie. Je sais que son séjour sera long et qu'elle ne reviendra sans doute jamais travailler chez nous. La vie est tellement injuste.

On sonne. Kattis est sur le seuil. Habituelle queue-de-cheval, jean moulant rentré dans de hautes bottes lacées et poncho en laine. Pour la première fois, je suis frappée par sa beauté, en dépit de ses traits tirés.

Je l'invite à entrer. Elle se déplace avec nervosité dans l'entrée étroite, enfile des surchaussures bleues en plastique, mais garde son poncho. Puisque nous sommes seules, nous nous installons dans la salle de réunion, utilisée aussi comme bureau ou salle de déjeuner. Dans la kitchenette, je remplis deux tasses de café, ouvre les placards à la recherche de biscuits ou de viennoiseries, et finis par dénicher une boîte de petits gâteaux à la vanille venant de Kakbagaren à Vingåker. À mon retour, Kattis, tête baissée, entortille sa queue-de-cheval autour de son doigt. Elle lève les yeux vers moi.

— C'est Henrik, n'est-ce pas ? Je sais que c'est lui. Depuis qu'il a mon nouveau numéro, il me harcèle au téléphone ! Il n'arrêtera donc jamais ?

Elle me supplie du regard, comme si je pouvais la sauver.

— C'est Henrik, hein ? répète-t-elle. Qu'est-ce qu'il a fait ?

Je hoche la tête, navrée, et lui demande pardon, comme si c'était ma faute.

— Il est venu me parler hier soir. Sur la place, juste en bas. Il est sorti de nulle part.

J'effectue un geste vague vers la place Medborgarplatsen.

— Il ne s'est pas montré menaçant, pas vraiment. Il disait qu'il voulait juste me parler, mais… C'est difficile à expliquer. Il était… insistant. Un peu trop. J'ai eu peur.

Kattis me contemple, le visage calme, neutre, hormis une petite ride formée entre les sourcils.

— Je suis désolée, Siri. Vraiment. C'est ma faute. Je lui ai dit que je venais ici. Ça m'a échappé. (Elle pousse un profond soupir.) Si j'avais su, je n'aurais jamais accepté de faire partie de ce groupe. C'est comme si ça redoublait sa colère. Et puis… il y a la plainte…

— La plainte ?

Je suis surprise ; elle ne m'en a pas parlé.

— Oui, il y a quelques mois, j'ai porté plainte contre Henrik pour violences conjugales ; c'est là que j'ai entendu parler du groupe de parole que vous proposez. Je sais que ça fait presque un an, qu'il n'y a pas de preuves, mais…

— C'est bien ! Ou… qu'est-ce que tu en penses ?

Je cherche le regard de Kattis, guettant sa réaction.

— Oui, oui… mais angoissant aussi, bien sûr. Je ne sais pas de quoi il est capable… et maintenant… le procès approche.

Elle lutte contre les larmes.

— Tu devrais appeler le policier chargé du dossier, lui raconter ce qui s'est passé. Ils peuvent t'aider, te confier un système d'alarme. Pour avoir un contact direct avec la police en cas de danger.

— Tu crois ? Ils ne vont pas juste me traiter… d'hystérique. Ce n'est pas comme s'ils m'avaient vraiment prise au sérieux jusqu'à maintenant.

— Je pense que c'est le mieux que tu puisses faire.

Je ne sais plus quoi penser. La discussion avec Kattis éveille de douloureux souvenirs. À l'époque, mon refus catégorique de protection aurait pu avoir des conséquences funestes. Devrais-je m'en ouvrir à Kattis ? Lui raconter ce que j'ai traversé. Lui expliquer pourquoi elle a besoin d'une aide supplémentaire.

Après tout, c'est pour la protéger que je la vois aujourd'hui, que je lui parle de Henrik.

— Je ne sais pas ce que tu connais de moi, Kattis, mais j'ai aussi été persécutée par un homme.

Elle hoche la tête et baisse les yeux sur ses mains, comme si elle avait honte.

— Oui, j'en ai entendu parler. Ce taré a failli te tuer chez toi, non ? Il y avait un article dans le journal, à l'époque.

— Je vivais seule, comme toi. Mon mari, Stefan, était mort dans un accident quelques années plus tôt. Il n'y avait que moi, et mon chat. J'avais l'impression que la maison était tout ce qui me restait de Stefan et, même s'il aurait mieux valu que je déménage, je suis restée. Je ne supportais pas l'idée de quitter le pavillon. J'aurais eu l'impression d'abandonner mon mari. Par conséquent, quand il a commencé à se passer des choses bizarres, j'ai choisi de fermer les yeux. Il m'a fallu un certain temps pour comprendre qu'il y avait vraiment quelqu'un qui me surveillait, que ce n'était pas une mauvaise blague. Pourtant, j'ai refusé la protection policière jusqu'au dernier moment, j'avais l'impression que ça violait ma vie privée. Ce choix a failli me coûter la vie. J'aurais dû suivre les conseils de la police et déménager immédiatement, accepter les alarmes, la protection qu'ils m'avaient proposée. Tu comprends ? Je veux que tu le saches pour… qu'il ne t'arrive pas la même chose qu'à moi.

Dans ses yeux qui me fixent, je décèle des sentiments changeants : sympathie, prévenance, peur, chagrin. Et affinité. J'ai révélé quelque chose qui nous lie.

Nous ne sommes plus seulement une patiente et une psy. Nous sommes unies par notre expérience commune. Kattis pose prudemment sa main sur la mienne. Elle me rassure, me console. Je ne la retire pas.

— Je vous dérange ?

Aina est plantée sur le seuil de la salle de réunion, les joues roses et les cheveux détachés. Les mèches blondes tombent librement sur sa veste en cuir râpée. Dans son regard, la stupéfaction se mêle à une autre émotion difficilement identifiable – la rage, peut-être ? J'arrache ma main – la honte se diffuse immédiatement en moi.

— On a terminé. Il s'est passé quelque chose.

— Ah bon. Qu'est-ce qui s'est passé ?

Aina s'appuie contre l'encadrement de la porte, les bras croisés.

— Euh, je vais peut-être y aller…

Kattis attrape son sac à main, bondit, passe la porte en frôlant Aina, retire ses surchaussures dans l'entrée et les place dans le bac prévu à cet effet. Elle s'apprête à sortir, mais se retourne, consciente qu'Aina ne peut pas voir son visage. Elle lève les yeux au ciel et ose une mimique mutine. Je ne peux m'empêcher de sourire. Un instant plus tard, elle a disparu.

— Qu'est-ce qui se passe ici ? demande Aina, mi-curieuse, mi-agacée, toujours à la porte. Je te trouve main dans la main avec une patiente dans un cabinet désert. Tu as prévu de remplacer Markus ou quoi ?

Les lèvres pincées, elle paraît plus en colère qu'amusée – et animée de ce sentiment sur lequel je n'arrive pas à mettre le doigt.

— Ce n'est pas ce que tu crois.

Ma voix est inhabituellement haut perchée, comme quand je me dispute avec Markus. L'espace d'un instant, je prends de la hauteur. Suis-je obligée de m'engueuler avec tout le monde ?

— Qu'est-ce que c'est alors ? demande Aina, sardonique, théâtrale. Allez, lâche le morceau ! Sérieusement, Siri. Je tombe sur Kattis et toi, main dans la main. Ici, au cabinet. C'est normal que je me pose des questions. La semaine dernière, tu es restée à la réconforter après la séance. Que se passe-t-il entre vous ?

J'ai soudain une révélation. Le sentiment que je ne reconnaissais pas chez Aina, ce sentiment fuyant qui ne se dévoile pas entièrement, qui reste tapi derrière les mots, les formules. Le sentiment qu'Aina tente de dissimuler.

C'est de la jalousie.

GUSTAVSBERG,
SOIR DU 22 OCTOBRE

Marek dévale l'escalier de l'immeuble défraîchi sur des jambes infatigables. Maigres, noueuses, énergiques, des jambes de joueur de foot, des jambes de voleur à l'étalage, des jambes qui peuvent courir des heures pour échapper à la bande à mobylette près du lac.

Dans les oreilles, des écouteurs d'iPod, à la main, des centaines de prospectus. La petite remorque de vélo pleine à craquer d'imprimés publicitaires l'attend dans l'entrée. Aujourd'hui, le supermarché Ica fait des promos sur les couches et les saucisses, une agence immobilière offre ses services – comme si les appartements de cet immeuble en ruine allaient intéresser quelqu'un. Dans la carriole se trouve aussi une feuille A5 en noir et blanc de *H-I-A Tout Service* qui propose du ménage, des travaux de menuiserie et de peinture. Il distribue ces prospectus gratuitement. L'entreprise appartient à Bogdan, le cousin de son père, et il arrive que Marek lui-même file un coup de main. Bogdan le paie toujours grassement, aussi l'aide-t-il volontiers à faire de la pub.

Svensson, Holopainen, Skogsjö.

Avec l'argent économisé, il s'achètera un PC pour

jouer à WoW avec ses potes. Aujourd'hui, il a dû utiliser l'ordi de la bibliothèque scolaire, mais on ne peut pas jouer à des jeux vidéo ni surfer sur des sites où on voit des meufs.

Il est arrivé au troisième étage. Les murs vert pistache sont recouverts de millions de pointillés noirs et blancs, comme si on avait recouvert toute la cage d'escalier de décorations noires et blanches pour pâtisserie.

Uzgur, Johansson, Rashid...

Sur la porte des Johansson, un panneau *Pas de publicité, merci*. Marek dégage une mèche transpirante de son front et s'empare de trois prospectus, les roule en tube et les introduit dans l'entrée de courrier qui se referme avec un bruit métallique. Je t'en donnerai, moi, du *Pas de pub*. Certains se croient supérieurs aux autres, eh ben, il en aura deux fois plus.

Deuxième étage.

La lampe ne marche pas. On ne voit que grâce à la lumière du troisième et à la lueur verte du panneau du magasin d'alcool juste devant la fenêtre.

Les appartements ressemblent à des grottes obscures dans la pénombre de la cage d'escalier. Les plaques sont à peine lisibles.

Lanto, Tarek, Olsson...

Mais… c'est étrange. La porte des Olsson n'est pas fermée. Un mince rai de lumière jaillit vers le palier.

Il pousse doucement la porte. La chaîne de sécurité n'est pas enclenchée.

Premier réflexe, il pense qu'il peut y avoir du fric dans l'appartement, ou des bijoux, de l'électronique ou quelque chose qui peut être rapidement vendu. Puis il se dit que voler au supermarché c'est une chose, entrer dans un appartement c'est tout à fait différent. Il ne pourrait pas le faire. Pas seul, en tout cas. Peut-être si Kevin et Muhammed étaient là, mais pas seul.

Il serre les imprimés dans son poing, où doit-il les glisser ? Dans la fente à courrier ou directement dans l'entrée ? Il suffirait d'entrouvrir un peu plus la porte.

Il choisit la deuxième option – s'il les introduisait dans la boîte, la porte pourrait claquer et, pour une obscure raison, il ne le veut pas. Il semble qu'on l'ait laissée ouverte à dessein. Peut-être quelqu'un qui avait une course rapide à faire et ne voulait pas se retrouver enfermé dehors ?

À vingt-trois heures ?

Il ouvre délicatement la porte, hume une odeur de cigarette mêlée à un parfum doucereux, organique, qu'il ne reconnaît pas.

Dans l'entrée, il fait noir, mais au bout du couloir à gauche une autre pièce est éclairée. Une cuisine ? Dans la pâle lumière, il aperçoit quelque chose à côté du tapis à fleurs : un sac. Sur lequel est posé un porte-feuille. Ouvert. Comme un livre. Et épais. Comme s'il était rempli de billets.

Ce n'était pas prémédité, mais il s'accroupit et s'en empare. Il agit comme par automatisme. Comme s'il tendait la main vers une branche pour ramasser une pomme. Pas plus difficile que ça.

Qu'est-ce qu'il est lourd. Combien peut-il y avoir là-dedans ? Suffisamment pour acheter un peu d'herbe à Nico ? Assez pour un ordi ? Plus que ça ?

Il en a des papillons dans le ventre.

Au moment où il enfonce le gros portefeuille dans la poche de son sweat, il voit les pieds.

Il lâche les prospectus qui atterrissent sans bruit sur le lino. Les feuilles blanches de *H-I-A Tout Service* se colorent de rouge.

D'instinct, il recule d'un pas, un grand froid l'envahit ; il arrache ses écouteurs et c'est là qu'il entend quelque chose. Un léger frottement, comme si des ongles grattaient une planche de bois. Ça provient de la pièce éclairée. Il sait qu'il ne devrait pas, qu'il devrait prendre ses jambes musclées à son cou.

Car au fond de lui il sait déjà que quelque chose de terrible s'est passé ici, que la femme qui gît comme un sac à ses pieds n'est pas juste tombée sur le tapis, victime d'une crise d'épilepsie. Pourtant, il n'hésite pas un instant. Il baisse les yeux sur ses baskets blanches toutes neuves, enjambe délicatement le corps et la mare rouge et collante. Se dirige vers la cuisine. La musique de son iPod lui parvient comme un grésillement lointain tandis que le frottement augmente en volume.

Elle est assise sous la table, à moitié couverte de sang. Des crayons de couleur sont éparpillés autour d'elle. À la main, elle en tient un bleu qu'elle applique soigneusement sur son dessin. Marek est frappé par le fait que quasi chaque millimètre carré de son dessin est colorié et il se demande depuis combien de temps elle s'affaire.

Quel âge peut-elle avoir ? Quatre ou cinq ans à en juger par sa taille. Il a quatre petits frères, donc il sait voir ce genre de choses. Elle est à peu près aussi grande que Tomek qui a quatre ans.

Avec une infinie douceur, il tend la main vers elle, lui caresse l'épaule, et ses yeux bleus rencontrent les siens. Son regard ne dévie pas.

— Salut, toi. Maintenant, tu vas venir avec moi.

PLACE MEDBORGARPLATSEN, OCTOBRE

Pas une victime.

C'est la seule chose qui me vient à l'esprit lorsque Hillevi prend la parole.

Elle est assise, le dos droit, vêtue d'une robe noire toute simple, d'un collant opaque et de bottines marron d'homme. Des gouttelettes d'eau constellent ses cheveux noirs courts et sa bouche est rehaussée d'un rouge à lèvres bordeaux.

Si belle, si parfaite, comme une poupée.

Pourtant, il l'a frappée. Jakob, son mari. L'homme qu'elle aime et qui lui manque. Qui, selon ses dires, la respecte.

Nous nous retrouvons au cabinet en cet après-midi d'automne gris. Comme d'habitude, nous formons un petit cercle et nous dévisageons avec curiosité, presque gaies. Aina et moi avons disposé sur la table du café, des bouteilles d'eau et une grande brioche à la cannelle de la boulangerie de Söderhallarna, tranchée.

Une chaise est restée vide. Celle de Kattis. Son absence n'augure rien de bon.

J'essaie de ravaler mon inquiétude, de ne pas

penser à ce qui a pu lui arriver. Refoule le souvenir de l'homme au crâne rasé – Henrik.

Hillevi a proposé de raconter son histoire. Proposé, non, insisté. Presque pressante, comme une personne qui sait ce qu'elle veut et n'a pas l'habitude de se voir opposer un refus.

Les mains sur les genoux, nullement nerveuse, ses yeux verts posés calmement sur Aina.

— Jakob et moi nous sommes rencontrés à l'adolescence, dans le groupe de jeunes de l'Église. J'étais… (elle réfléchit un instant, lève les yeux vers le néon qui baigne la pièce d'une lumière blanche et froide)… si jeune. Si jeune.

Il n'y a pas une once d'amertume dans le sourire qui se dessine sur ses lèvres. Il est chaleureux, aussi parfait que tout le reste.

— On est ensemble depuis toujours, presque. On a grandi ensemble, on s'est mariés, on a fondé une famille.

Elle se tait un instant, comme pour fouiller dans sa mémoire, sans y trouver ce qu'elle cherche.

— C'était comment, au début ? s'enquiert Aina.

Hillevi a un rire doux, examine ses mains soignées, ses courts ongles au vernis noir, son imposante bague en argent.

— C'était merveilleux ? N'est-ce pas toujours comme ça au début ? Nous étions si amoureux ! Nous *sommes* si amoureux.

Une ombre de tristesse passe sur son visage. Son calme semble avoir disparu.

Aina hoche la tête et demande :

— Alors, quand est-ce que ça a dégénéré ?

— Après la naissance de Lukas, notre aîné. L'arrivée d'un enfant chamboule l'équilibre d'un couple. Ça fait remonter des événements de sa propre enfance. Le comportement de ses propres parents. N'est-ce pas ? Jakob a subi des châtiments corporels. Il vient d'une famille socialement intégrée, mais très vieux jeu. Les enfants étaient soumis à une disciple de fer, la discipline de Dieu.

Malin s'autorise un sourire que Hillevi, à côté d'elle, remarque.

— Je comprends que ça t'amuse. C'est anachronique, non ?

Embarrassée, Malin baisse les yeux sur son jean déchiré, croise ses bras musclés et bronzés devant sa poitrine. Hillevi n'a pas l'air de lui en tenir rigueur.

— Ne t'inquiète pas, Malin. Je sais que ça paraît dingue, je le trouve aussi. Mais il y a des gens comme ça dans certaines communautés évangéliques, bien que la plupart des gens soient normaux. Moi, j'ai grandi dans une famille assez ordinaire, par exemple. Toujours est-il que Jakob a perdu son emploi peu après la naissance de Lukas. Il travaillait comme conseiller en gestion de capitaux dans une entreprise qui a fait faillite. Du jour au lendemain, il s'est retrouvé au chômage. Avec son boulot, c'est aussi une partie de son identité qu'il a perdue. Il a commencé à boire le soir. Pas beaucoup. Il n'est pas alcoolique, mais il a l'alcool mauvais. Il fait ressortir ses côtés destructeurs.

— Et quel est ton métier, Hillevi ?

La question n'est peut-être pas pertinente à ce moment précis, mais, depuis que j'ai rencontré Hillevi, elle suscite ma curiosité. Je suis fascinée, presque obsédée par cette femme aussi belle que puissante.

— Je suis oncopédiatre. Cancérologue pour les enfants. Je travaille à l'hôpital pédiatrique Astrid-Lindgren, intégré à l'institut Karolinska.

J'acquiesce d'un hochement de tête, peut-être plus curieuse encore.

— La première fois qu'il m'a frappée, il était sobre. Mais nous traversions une période difficile. Lukas enchaînait les otites, il était constamment malade. Je travaillais beaucoup de nuit. Jakob était au chômage, regardait des séries toute la journée et éprouvait un sentiment d'inutilité. Ce jour-là, nous nous sommes disputés, je ne me souviens même plus pourquoi, ça ne devait donc pas être très important. Ça a été un seul coup, au visage, mais il m'a cassé le nez. Après, il était comme anéanti, il a pleuré dans mes bras. J'ai pleuré aussi. Nous avons pleuré ensemble.

Hillevi ne bouge plus, un silence de plomb règne dans la pièce.

Sirkka toussote, passe la main dans ses cheveux roux qui présentent maintenant une racine grise d'un centimètre. Elle secoue la tête.

— Tu aurais dû partir tout de suite.

Hillevi l'observe en silence, affichant un sourire paisible.

— Tu ne comprends pas.

— Ma chérie, qu'est-ce que je ne comprends pas ? Le type a levé la main sur toi.

Hillevi se contente de sourire en secouant la tête.

— Jakob et moi…

Elle marque une pause et, pour la première fois, sur son visage passe une ombre d'incertitude que j'interprète d'abord comme un signe qu'elle est d'accord avec Sirkka, après tout. Elle poursuit :

— Je ne sais pas vraiment comment t'expliquer cela, Sirkka, pour qu'il n'y ait pas de malentendu. Et aux autres. Pour Jakob et moi, le mariage est sacré. On ne peut pas divorcer. C'est une question de foi.

Personne ne réagit. Même Aina ne trouve rien à dire, elle se contente d'opiner du chef lentement – geste qui signifie pourtant qu'elle ne comprend pas.

Je remarque de nouveau la chaise vide, celle de Kattis. Je me demande si Henrik l'a retrouvée, si c'est la raison pour laquelle elle n'est pas venue. Si elle gît quelque part, le nez cassé, le visage en sang.

— Si se faire tabasser n'est pas une raison suffisante pour divorcer, y en a-t-il une ? demande Malin, d'un ton provocateur – elle n'a de toute évidence pas les mêmes valeurs que Hillevi.

— Je pense, et je sais, que Jakob partage ma vision : on peut sortir d'une crise en travaillant sur le problème. Tout le monde est capable de changer. Du reste, Jakob n'est pas quelqu'un de mauvais. Il n'arrive pas à se contrôler, c'est tout. Et tant qu'il en sera incapable, nous ne pourrons pas vivre ensemble. Je suis lasse de l'image des hommes violents dans les médias. On a tendance à les diaboliser, sans tenter de comprendre les raisons qui poussent un homme, ou une femme, d'ailleurs, à frapper. Tout devient beaucoup plus facile si on les taxe de monstres. C'est un modèle explicatif qui ne fonctionne pas. Pas pour moi en tout cas. D'une part parce qu'il est insuffisant, de l'autre parce qu'il jure avec ma foi.

— Alors, qu'avez-vous fait ? demande Sirkka – tentant d'adoucir sa voix rauque et d'atténuer son ton accusateur.

— Nous nous sommes confiés à notre pasteur. Il est très proche de nous deux, nous lui faisons entièrement confiance. Nous avons prié ensemble. Pour un temps, la situation s'est améliorée. Puis ça a recommencé, et Jakob est allé voir un psychologue spécialiste de ces questions. Je croyais qu'il contrôlait sa violence. Il le croyait aussi. Jusqu'au jour où il a frappé Lukas pour avoir fait tomber une brique de jus d'orange par terre. Quand je suis rentrée, Lukas était… couvert de jus et de sang. J'ai dû lui recoudre la lèvre. Trois points de suture. La semaine suivante, quand je lui ai dit que son père allait le chercher à l'école, il s'est fait pipi dessus. Je ne peux pas me pardonner d'avoir laissé cela se produire.

— Vous avez prié ensemble ? répète Malin, incrédule.

Hillevi confirme d'un hochement de tête, sans la regarder.

— Je ne te demande pas de comprendre, Malin. Ce n'est pas comme écrire une lettre au père Noël. Il s'agit d'avoir une conversation avec Dieu.

La pièce est plongée dans le silence, brisé seulement par le grondement du trafic routier au-dehors. Devant la fenêtre, une feuille morte virevolte dans le vent.

Hillevi reste immobile, ses petites mains toujours posées sur les genoux, ses yeux verts à présent rivés sur moi. On dirait que son regard me traverse, puis fend le mur pour se projeter au-delà. Jusqu'à l'enfer obscur où elle s'est trouvée. L'enfer que l'on appelle mariage.

Des bruits nous parviennent à travers le mur.

La voix de Sven résonne à la réception.

Puis des coups sourds.

Une voix aiguë. De femme. De nouveau le timbre grave de Sven.

Insistant.

C'est une conversation. Une dispute ? La femme semble bouleversée.

Hillevi jette un regard interrogateur à Aina ; Sirkka se tortille sur sa chaise.

Puis la porte s'ouvre en grand, une femme habillée en noir, enveloppée dans un grand manteau, des surchaussures bleues à la main, que Sven a sans doute essayé de lui faire enfiler, entre en trombe.

C'est Kattis.

— Il l'a assassinée !

Elle se fraie un chemin dans le cercle avec une telle violence que Sofie manque de tomber de sa chaise, elle heurte la table du pied, envoyant valser le petit vase en céramique émaillée que ma sœur a réalisé en cours de poterie. Il s'écrase au sol avec fracas.

— Oh non ! s'écrie-t-elle en posant une main sur ses lèvres. Qu'est-ce que j'ai fait ?

Elle s'agenouille, ramasse précautionneusement les débris.

— Pardon. Pardon. Je suis désolée.

Je croise le regard d'Aina, me lève lentement et m'accroupis à côté de Kattis.

— Écoute, Kattis, ce n'est pas grave. Ce n'était qu'un petit vase. Plutôt laid, d'ailleurs.

Les larmes coulent le long de ses joues, se mêlant à la morve.

— Je n'aurais pas dû venir, marmonne-t-elle. Je détruis tout. Tout ce que je touche… se transforme en merde ! Je ferais mieux de me supprimer.

— Ne t'inquiète pas, je t'assure, ce n'était qu'un vase ! L'important, c'est que tu ailles bien. Assieds-toi et raconte-nous…

— Qui est mort ? demande Hillevi, la seule qui semble suffisamment calme pour formuler la question.

Kattis ne répond pas, elle s'effondre sur la chaise vide, plonge la tête entre ses mains en sanglotant bruyamment.

— Il l'a tuée. Il l'a massacrée. Devant son enfant !

Aina s'approche de Kattis, pose une main décidée sur son bras.

— Kattis, je t'en prie, reprends tout depuis le début.

— Non ! hurle Kattis en bondissant de sa chaise et en repoussant la main d'Aina. Non ! Je n'en peux plus ! Vous ne comprenez pas ! Il l'a tuée. Elle est morte, et maintenant c'est mon tour ! Je le sais.

Les deux mains sur les épaules de Kattis, Aina l'incite à se rasseoir et la débarrasse de son manteau, prudemment, comme si elle s'occupait d'une enfant. Elle plonge son regard dans le sien.

— Tu dois nous raconter ce qui s'est passé.

— Henrik. C'est Henrik, vous ne comprenez pas ? Il a tué sa nouvelle compagne et maintenant il veut s'en prendre à moi.

— Henrik, ton ex ?

Kattis hoche la tête et nous regarde pour la première fois. Elle pousse un long soupir.

— La police est venue chez moi ce matin. Un jeune qui distribuait des prospectus a trouvé la compagne de Henrik assassinée. Sa fille, qui a cinq ans, était assise dans une flaque de sang à côté du corps sans vie de sa mère. Elle dessinait. Maintenant, il va me faire la peau, c'est sûr !

La dernière phrase ressemble au cri d'un gibier touché à mort.

— Mais… ils ne l'ont pas arrêté ? demande Sirkka.

Kattis se contente de secouer et de baisser la tête.

— Je suis à bout…

Sven a ses bons côtés.

Sous sa veste en velours côtelé mal taillée et ses chemises bleues informes se cache un homme plein d'empathie. Ses sandales Birkenstock ont baroudé de par le monde et connu moult expériences.

Il me propose de m'installer sur une des chaises inconfortables qui meublent le coin-cuisine, me sert un café qui, bien qu'il soit tiédasse et trop léger, me fait un bien fou. Il écoute ma description confuse de la séance de thérapie d'aujourd'hui, accueille tout mon désarroi et toute ma colère. Sans m'interrompre. Il reste assis, manipule sa pipe sans faire mine de vouloir l'allumer. Il n'oserait pas. Aina peut revenir d'un instant à l'autre avec les plats à emporter qu'elle est allée chercher au Söderhallarna.

— D'une certaine manière, je sais exactement ce que Kattis ressent. Je sais ce que ça fait d'être persécutée. De se demander chaque instant qui se cache derrière les arbres dans le parc, de toujours marcher du côté éclairé de la chaussée, de se coller aux promeneurs de chiens et aux groupes de jeunes pour éviter de se retrouver seule, exposée, vulnérable.

— Je comprends.

— Et pourtant, on est toujours perdante. Il nous retrouve toujours.

— Je comprends.

Je le contemple un instant, consciente qu'il se répète, qu'il acquiesce comme s'il comprenait vraiment.

Dehors, la nuit est tombée. Le cabinet est désert, personne hormis Sven et moi. Les femmes du groupe sont toutes rentrées chez elles. Quelques-unes se sont lancées dans des conversations indignées, d'une voix scandalisée ; d'autres, comme Sofie, ont gardé le silence, choquées comme on peut l'être quand la réalité nous rattrape.

Reality bites, n'est-ce pas ce qu'on dit en anglais ?

— J'ai tellement peur qu'il la tue aussi !

— Je comprends.

Je ne peux m'empêcher de sourire.

— Quand tu dis ça, j'ai l'impression d'être ta patiente…

Sa grande main chaude et sèche enveloppe la mienne. Comme la main de mon père quand j'étais gamine. Le genre de main qui inspire une confiance infinie. On pourrait s'y abandonner.

Il ne répond pas à mon sourire.

Je l'observe à la dérobée. Ses cheveux grisonnants sont coiffés vers l'arrière, dévoilant un grand front bronzé et un regard désabusé. Les rides qui sillonnent son visage sont plus creusées que d'ordinaire. Je vois Sven, un homme éreinté d'une cinquantaine d'années qui vient de se faire larguer par sa femme, mais qui trouve la force de mettre cela de côté pour écouter mes jérémiades.

Ma curiosité est soudain piquée : comment va-t-il ? J'ai honte. J'ai tellement ressassé mes propres problèmes que je n'ai même pas cherché à prendre de ses nouvelles. Il doit broyer du noir depuis que Birgitta l'a quitté après tant d'années de vie commune. Comment supporte-t-il la solitude et l'obscurité de l'automne ?

— Et toi, tu tiens le coup ?

Comme à point nommé, il tend la main vers le paquet de cigarettes placé sur la table à côté de sa pipe, en sort une qu'il glisse lentement à la commissure de ses lèvres tout en se penchant vers l'allumette.

— Tu ne devrais pas fumer ici. Tu sais qu'Aina a horreur de ça.

Il se contente de secouer la tête comme si c'était le cadet de ses soucis.

— Qu'est-ce que tu veux que je te dise ? Je traverse un enfer.

Je hoche la tête, consciente qu'il est sur le point de se confier réellement.

— Tu te sens seul ?

Il opine du chef en baissant les yeux sur ses doigts jaunis. Il semble examiner ses ongles.

— Cela fait combien de temps maintenant ?

— Ça fait un mois qu'elle a déménagé.

— Que s'est-il passé ?

— Elle m'a dit qu'elle en avait assez, qu'elle en avait par-dessus la tête de mes mensonges.

— Tes mensonges ? Elle t'a surpris ?

Sven hoche la tête en tirant profondément sur sa cigarette qui rougeoie dans la pénombre.

— Avec qui ?

— Qu'entends-tu par « avec qui » ?

Sven me regarde avec étonnement, comme si le sens de ma question lui échappait, et je suis prise soudain d'un doute.

— Avec qui t'a-t-elle surpris ?

— C'est incroyable ce que les gens peuvent avoir comme préjugés !

Sven bondit de sa chaise, se met à faire les cent pas dans la pièce, la cigarette à la main. J'ignore s'il est en colère contre moi ou simplement remonté à cause de la situation.

— J'ai dit une connerie ?

— Oui… non, je ne sais pas. Tout le monde pense qu'elle m'a quitté parce que je la trompais.

— Et ce n'était pas le cas ?

— Eh bien, c'est vrai, j'avais d'autres histoires. Mais elle aussi. Nous avions une relation libre, polyamoureuse. Les gens ont du mal à le comprendre. Ils ont une image stéréotypée de l'amour. La famille nucléaire hétéronormée, tu vois.

Il se tait et me toise depuis l'autre côté de la pièce, se demandant sans doute si je suis assez ouverte d'esprit pour saisir ce qu'il me dit.

— J'avoue que je suis étonnée. Ce n'est pas une question de valeurs, mais je ne m'y attendais pas.

— Il ne faut pas se fier aux apparences.

— Oui, tu as sans doute raison.

— Birgitta a eu beaucoup d'amants au fil des années. Et de maîtresses.

— Ah bon, dis-je en pensant à la femme enveloppée aux cheveux grisonnants, sa bouche pulpeuse et son visage ridé. Ses tailleurs en lin et ses imposants bijoux en argent. Son charisme immédiat, lorsqu'elle entre dans une pièce, qu'elle emplit de sa présence, de sa prestance. Pourquoi n'aurait-elle pas des amants ? ou des maîtresses ?

Sven se laisse tomber sur la chaise en face de moi, visiblement apaisé. Il écrase son mégot dans la boîte de biscuits où les cendres se mêlent aux miettes des gâteaux au citron de la boulangerie de la rue Götgatan. Son pull en laine d'agneau couleur rouille remonte à la taille, dévoilant un bourrelet de peau pâle. Sven n'est plus tout jeune. A-t-on envie de vieillir seul ? Et moi, vais-je vieillir seule, dans mon incapacité à créer des relations intimes ?

— Mais… je suis perdue. Tu m'as dit qu'elle t'avait surpris ?

Il a un rire attristé, secoue la tête lentement et plonge son visage dans ses mains. Son corps massif est secoué par un sanglot.

— Elle m'a surpris, oui.

— Mais…

— Elle m'a trouvé en train de picoler. Au milieu de bouteilles vides, tu comprends ? C'est la seule chose qu'elle réprouvait. La seule chose que je lui avais promis de ne plus jamais toucher. Cette saleté d'alcool ! Tu te rappelles, l'été dernier, à ta fête de l'écrevisse, je me suis mis dans un sale état. Après ça, j'ai dû lui promettre de ne plus boire une goutte. Sans quoi, elle me quitterait. Que j'aie des aventures, ça ne lui faisait ni chaud ni froid, mais la boisson… À vrai dire, je la comprends. Il y a vingt ans, j'ai failli foutre ma vie en l'air à cause de ça. J'arrivais bourré au cabinet, mes patients s'indignaient, une plainte a été déposée. Elle devait penser que… ça allait se reproduire. Tu vois ce que je veux dire ?

Ça alors ! Je reste sans voix. Ce n'est donc pas l'adultère qui a précipité la rupture. Si les histoires de femmes de Sven sont légendaires, je n'avais pas la moindre idée de ses problèmes de boisson. Certes, il m'avait dit qu'il levait facilement le coude par le passé, mais j'avais remisé ça dans la catégorie « erreurs de jeunesse ». Je ne pensais pas que son penchant pour la boisson dérangeait à ce point sa femme.

Décidément, il ne faut pas se fier aux apparences.

Sven qui fait un travail exceptionnel, qui est apprécié par ses patients, à qui Aina et moi demandons conseil sans aucune hésitation.

Alcoolique ? J'ai du mal à y croire.

— Et maintenant ?

Je prends des pincettes, je ne veux pas qu'il se sente obligé de répondre. Ce qu'il m'a raconté est éminemment personnel.

— Là, tout de suite, j'ai très envie d'un petit verre, dit-il avec un regard insondable. Mais c'est fini. L'amour aussi, j'ai tiré un trait dessus.

Avec un sourire, je me penche vers lui sur la table bancale et lui caresse doucement le bras. Son pull est bouloché. L'odeur de tabac froid qui sature son haleine me pique les narines.

— Tu ne crois pas que tu en rajoutes un peu ? Tu vas peut-être changer d'avis. Laisse-toi un peu de temps.

Il prend ma main et plonge ses yeux dans les miens.

— Non.

— Non ?

— L'amour, plus jamais. Je n'ai plus envie. Ça n'en vaut pas la peine. La douleur est… trop grande.

Je me contente d'acquiescer d'un hochement de tête. Que pourrais-je dire ?

Nous restons longuement ainsi, sa main dans la mienne. Dehors, l'obscurité se fait de plus en plus profonde. Puis, me contemplant, il constate :

— Regarde-nous. Deux alcoolos dans le même cabinet.

Il serre mes doigts, un vague sourire point sur son visage. Je ne peux pas me mettre en colère, bien qu'il nomme l'innommable, touche un point ô combien sensible.

Je hausse les épaules, esquissant un rictus las.

Levant les yeux vers la porte, j'aperçois Aina, encore vêtue de sa veste en cuir, son bonnet rayé et ses gants rouges en laine bien trop grands. Elle tient à la main des sacs du marché Söderhallen. Son regard se pose tranquillement sur moi et je me demande depuis combien de temps elle écoute notre conversation.

— Falafels, quelqu'un ? demande-t-elle d'une voix douce.

— Alors, son ex a tué sa nouvelle compagne ?

Vijay est avachi sur sa chaise, dans une posture à peine plus élégante que celle d'un sac à patates. Une cigarette à la commissure des lèvres, des bras velus qui émergent d'un t-shirt orange légèrement trop moulant. Il a jeté ses baskets dans l'entrée et a enfilé ses chaussons en laine dont la fourrure déborde au niveau des chevilles. Il est vraiment en train de se changer en l'un de ces professeurs excentriques qui peuplaient la fac pendant nos études. Ils pouvaient faire preuve d'une incompétence sociale crasse, coucher avec des étudiantes, ou parler tout seuls dans les couloirs en toute impunité.

— Oui, il l'a tuée, chuchote Aina, comme si elle voulait me devancer ou me croyait incapable de répondre à cette question aussi simple que funeste.

Nous avons mis en place une cellule de crise dans le bureau de Vijay. Aina et moi avons été profondément ébranlées par les événements – la réalité a fait une entrée fracassante dans notre petit groupe de femmes, au moment où nous commencions tout juste à nous connaître, nous rappelant s'il en était besoin la raison d'être de nos rencontres. Il ne s'agit pas de quelques nanas qui se retrouvent pour discuter, mais de réunions d'entraide pour des femmes victimes de violences physiques et sexuelles.

L'averse frappe les carreaux, le ciel gris écrase la ville et le vent glacial balaie les pelouses saturées d'eau qui ceignent le bâtiment massif en brique de l'Institut de psychologie. C'est vendredi et l'université a déjà commencé à se vider, bien qu'il ne soit que quinze heures et des poussières.

Nos manteaux aussi épais qu'humides traînent dans un coin. Vijay n'est pas du genre à tiquer, contrairement à Olle, son compagnon, un vrai maniaque qui a du mal à supporter son bordel. C'est le genre de personne qui insiste pour que tous les cintres de la penderie soient identiques, qui y suspend même ses t-shirts, qui glisse des embauchoirs en cèdre dans ses baskets et range tous les fils et les appareils électroniques dans des compartiments prévus à cet effet afin de ne pas enlaidir l'appartement.

— Merde, marmonne Vijay en allumant une autre cigarette.

— Qu'est-ce qu'on fait ? demande Aina.

— Rien, enfin, vous continuez comme d'habitude. Le groupe revêt une importance encore plus grande. Pas seulement pour cette femme, mais aussi pour les autres. Et si cette… Kattis est menacée, eh bien, c'est à la police de s'en occuper. Je vais commander une alarme anti-agression pour votre cabinet. J'aurais d'ailleurs dû y penser plus tôt.

Vijay s'autorise une pause, nous dévisage tout en soufflant lentement un rideau de fumée entre nous d'une manière qui pourrait être perçue comme démonstrative par un néophyte. Mais je le connais, je sais qu'il réfléchit, qu'il évalue ce que nous lui avons raconté.

— À quoi tu penses ? dis-je.

Vijay tambourine légèrement sur la table, tire de nouveau sur sa cigarette, affichant un air penaud.

— Je me pose une question : comment allez-vous ? Ce n'est pas trop difficile pour vous ?

Un ange passe. Puis Aina se lance dans une esquisse de réponse :

— Nous allons… bien, je crois. Et avant cette histoire, je commençais véritablement à apprécier les réunions. C'est passionnant d'entendre tous ces témoignages, ces destins de femmes. Elles sont toutes si différentes. Pourtant, elles ont toutes subi des violences, voilà ce qu'elles partagent. Je crois que je commence à avoir une vision un peu plus juste de ce qu'implique la violence sexiste et sexuelle.

Vijay a un petit rire.

— À vrai dire, le groupe n'est pas très représentatif.

— C'est-à-dire ?

— Je veux dire que le groupe avec lequel vous travaillez n'est pas représentatif des femmes victimes de violence. D'abord, d'un point de vue ethnique, il est plus homogène que dans la réalité. Vous avez une seule femme d'origine étrangère, finlandaise, donc culturellement proche. Toutes les autres sont suédoises, ce n'est pas représentatif. Dans la réalité, les femmes d'origine étrangère sont plus vulnérables que les autres, tout comme les femmes appartenant à des groupes défavorisés tels que les toxicomanes, les sans domicile fixe ou les personnes en situation de handicap. Ensuite, il y a évidemment les guerres et les conflits. Dans ces situations, les femmes et les filles sont particulièrement exposées. Les enfants soldats de sexe féminin subissent des viols systématiques. Le viol et les mutilations des femmes sont utilisés comme armes de guerre.

— Mais il n'y a pas de conflits armés ici, en Suède.

La remarque m'a échappé – je vois aussitôt que Vijay trouve ma naïveté épuisante. Il écrase sa cigarette dans une bouteille d'eau minérale vide et se penche vers moi. Il me parle lentement, en articulant comme si j'étais une gamine.

— Non, mais beaucoup de filles et de femmes en Suède viennent de ces régions. C'est pourquoi leur problème est aussi le nôtre. Pas seulement sur le plan moral, mais sur le plan pratique. C'est nous qui devons nous occuper d'elles.

J'acquiesce d'un hochement de tête, plongée dans le mutisme. J'ai honte de mon ignorance. Sans réfléchir un instant, je suis partie du principe que la violence faite aux femmes concerne les femmes suédoises qui se font frapper par leurs mecs suédois dans les banlieues résidentielles où les pavillons ont poussé comme des champignons sur la terre fertile scandinave.

Il poursuit, comme s'il lisait dans mes pensées :

— Ce n'est pas aussi facile qu'on le pense. La définition des violences sexistes et sexuelles n'est pas univoque. Il ne s'agit pas seulement de violence physique au sein du foyer, mais de menaces, violences psychologiques, contrôle extrême. Mariages d'enfants, sous-nutrition délibérée des fillettes, contrôle de l'hymen. Vous savez.

— Alors, y a-t-il un dénominateur commun ? s'enquiert Aina.

Vijay opine de la tête en caressant sa barbe naissante, qui blanchit depuis quelques années.

— Le pouvoir. Le pouvoir et le contrôle. En fin de compte, il s'agit toujours de cela.

Je manifeste mon accord d'un signe de tête en laissant courir mon regard par la petite fenêtre sale qui laisse à peine entrer la lumière automnale.

Le pouvoir.

Est-ce si simple ?

Je me demande si c'est aussi ce qui motivait l'homme qui me traquait, qui voulait ma mort. Le pouvoir de contrôler mon existence. Le pouvoir de vie et de mort sur moi.

— Sa fille a tout vu, fait remarquer Aina à voix basse.

— Quel âge ? demande Vijay du tac au tac.

— Cinq ans.

— Ils n'en tireront rien. Tu sais combien il est difficile de conduire un entretien avec un enfant de cinq ans ? Encore plus de lui faire livrer un témoignage solide sur le plan juridique.

Il regarde par la fenêtre en secouant la tête, vers les champs boueux battus par la pluie. Un chien aboie au loin. Un vol d'oiseaux noirs fend le ciel, peut-être en route vers un pays chaud.

— Tu es sûr ?

Vijay soupire, le regard las.

— Ils feront évidemment appel à un psychologue spécialisé dans les témoignages ou à un enquêteur formé pour parler aux enfants. Ils l'interrogeront, mais elle ne dira rien qui pourra être utilisé. Les études montrent qu'il est très difficile d'obtenir des témoignages fiables d'enfants jusqu'à cinq ans. Ils n'ont pas la même appréhension de la chronologie que les adultes, ils mélangent l'imagination et la réalité. Ils peuvent se rappeler un détail, mais pas la globalité. Par ailleurs, elle est sans doute traumatisée : il est encore plus compliqué d'accéder aux souvenirs. Elle ne tient probablement pas à ancrer ce qui est arrivé dans sa mémoire. A-t-elle été blessée physiquement ?

— Non, pas que l'on sache. Elle a été découverte sous la table de la cuisine au milieu d'une flaque de sang. Elle tenait à la main un bloc à dessin et des crayons de couleur.

— Le crime a-t-il été commis dans la cuisine ?

— Oui, je crois.

— Il n'est même pas certain qu'elle ait été témoin de l'acte. Elle se trouvait peut-être dans une autre pièce et est venue dans la cuisine parce qu'elle cherchait sa mère, l'a trouvée, a pris peur et s'est cachée sous la table. N'est-ce pas ?

— Oui, j'imagine.

Aina paraît soudain livide. Elle se passe les mains sur les cuisses comme pour en chasser quelque chose. Ses ongles sont rongés jusqu'au sang et émaillés de restes de vernis bordeaux.

— Comment peut-on être dérangé au point de tuer quelqu'un qu'on aime ? Ou que l'on dit aimer ?

Mais Vijay ignore la question. La conversation ne semble pas le perturber le moins du monde, il continue son cours magistral avec une intensité visible. C'est sa spécialité, l'analyse des aspects pathologiques de la psyché humaine, les motivations des criminels et des violeurs, les origines du mal.

— Il est très rare que ces hommes-là tuent. L'an dernier, on a rapporté environ deux mille sept cents cas de violences aggravées contre des femmes – mais c'est sans doute très sous-estimé. Or, en Suède, environ dix-sept femmes meurent chaque année sous les coups de leur compagnon ou ex-compagnon. L'issue mortelle est donc relativement rare – même si c'est toujours trop. Si l'on s'intéresse au profil des coupables, ils souffrent dans quatre-vingts pour cent des cas d'une maladie psychiatrique, soixante pour cent ont déjà été condamnés à de la prison, et cinquante pour cent sont alcooliques. Je ne sais rien de cet homme, mais il est fort probable qu'il coche au moins une de ces cases.

Je m'abstiens de raconter que j'ai moi-même déjà rencontré Henrik, qu'il m'a cherchée et trouvée. Je n'ai surtout pas envie que Vijay et Aina se fassent du souci pour moi.

Aina hausse les épaules.

— Je ne pense pas qu'il soit alcoolique ni qu'il ait fait de la prison, mais qu'est-ce que j'en sais ? D'après Kattis, il était violent. Par ailleurs, il semblait très amoureux d'elle. Il a eu du mal à la lâcher. Elle aussi semblait avoir eu du mal à tourner la page.

Avec un petit rire, Vijay se penche vers Aina, repousse doucement une longue mèche blonde qui s'est échappée de son chignon négligé et la glisse derrière son oreille. Un geste qui paraît aussi intime que tendre.

— Ce n'est pas de l'amour, ma chérie. C'est du pouvoir. Ne l'oublie jamais.

Extrait d'un dossier médical de l'école élémentaire d'Älvängen.

La mère a appelé pendant une permanence téléphonique pour exprimer son inquiétude au sujet de son fils, scolarisé en classe de CE2. Elle explique que son fils se plaint de plus en plus souvent de maux à l'estomac ou à la tête, et dit qu'il est malade. La mère est obligée de le forcer à aller à l'école. Elle affirme que le garçon est victime de harcèlement scolaire parce qu'il est lent et un peu en surpoids. À une occasion, ses camarades lui auraient fait avaler des déjections de lapin, en lui faisant croire qu'il s'agissait de bonbons. Elle a peur que les autres enfants ne profitent de son fils parce qu'il est craintif et un peu naïf. Elle pense que ses camarades l'ont envoyé voler à la supérette en lui promettant des friandises et des magazines.
La mère semble très abattue, elle pleure pendant une grande partie de l'entretien. Elle dit qu'elle ne sait pas quoi faire, qu'elle ne veut qu'aider son fils, mais qu'elle n'arrive pas à entrer en contact

avec lui. Elle raconte que cette situation engendre de plus en plus de conflits dans la famille et que son mari la trouve timorée et pusillanime.
Je prends rendez-vous avec le garçon et sa mère. Je lui conseille également de prendre rendez-vous au centre de santé pour que son fils réalise des examens sanguins. Il s'agira de rechercher une éventuelle carence, par exemple en fer.

Sara Solberg, infirmière scolaire

Aina et moi descendons la rue Götgatan, recroquevillées à deux sous son petit parapluie rouge. Mon pull en laine, mon écharpe et mes chaussures fourrées ne suffisent pas à me protéger de ce froid humide.

— La vache, qu'est-ce que ça caille ! s'exclame Aina en rabattant les pans de sa fine veste en cuir contre sa poitrine.

— Tu devrais peut-être investir dans des vêtements un peu plus chauds ?

Elle esquisse un large sourire, comme pour balayer ma suggestion.

— Je ne vais pas sortir mes sous-vêtements thermiques et mon masque de ski dès maintenant. Par ailleurs, ajoute-t-elle en retrouvant sa mine sérieuse, les yeux baissés sur le trottoir détrempé, je suis un peu à sec en ce moment…

— Je peux te dépanner, si tu veux.

Elle secoue négativement la tête et repousse quelques mèches humides de son visage.

— C'est gentil, mais il faut bien que ça serve à quelque chose de pouvoir acheter à crédit.

Aina est presque toujours dans le rouge à la fin du mois. Notre salaire n'est pas extravagant, mais je sais que son loyer est bas et, comme ses dépenses sont par ailleurs limitées, je ne comprends pas ses difficultés économiques. Il m'arrive de lui prêter de l'argent qu'elle me rembourse toujours rubis sur l'ongle dès le début du mois suivant. Je pourrais lui faire part de mon avis sur sa manière de gérer son budget, mais à quoi bon. Aina est mon amie, elle est adulte et dispose de toutes les compétences nécessaires pour prendre des décisions seule.

Une voiture passe en trombe dans une flaque, envoyant une gerbe d'eau brunâtre sur le pantalon d'Aina.

— Connard ! hurle-t-elle en gratifiant le conducteur d'un doigt d'honneur.

— Aina, voyons… Tu cherches la bagarre ou quoi ?

— Tu n'as pas vu ? Je suis trempée !

— Je sais, mais on n'a pas le temps. Tu travailleras sur ton agressivité en cours de yoga, ou je ne sais où. On a déjà vingt minutes de retard.

Aina laisse échapper un long soupir en haussant les épaules. Elle tente de nouveau de mieux fermer sa veste en cuir.

— Elles viennent toutes ?

— Pas Hillevi. Elle est de garde.

Nous nous sommes donné rendez-vous au Pelikan pour dîner et parler de nos sentiments face à l'inimaginable. L'ex de Kattis a tué sa petite amie. Il l'a assassinée de sang-froid, en la rouant de coups de pied. Nous allons manger dans un pub, comme des personnes civilisées. Comme si nous allions passer un bon moment.

Nous aurions pu attendre la prochaine séance,

certes, mais lorsque Malin a émis l'idée de retrouver les autres participantes autour d'un repas, que Sofie et Sirkka ont étendu l'invitation aux animatrices du groupe, nous avons accepté avec plaisir. Après tout, il s'agit d'entraide, pas de thérapie du groupe. Ce n'est pas plus mal de se retrouver ailleurs qu'au cabinet. Force est de constater que ça m'ôte un poids.

Des effluves de friture et de laine humide flottent dans la salle faiblement éclairée. Le restaurant est bondé. Heureusement, nous avons réservé. Dans l'une des alcôves le long du mur, je devine une touffe de cheveux roux et je vois une main qui s'agite. Sirkka.

— Là-bas. Elles sont déjà toutes réunies.

Nous nous frayons un chemin entre les habitants de Södermalm, tout de noir vêtus, qui sirotent leur bière et nous arrêtons pour laisser passer une serveuse aux bras chargés d'assiettes de boulettes de viande et purée de pommes de terre.

Tous ces bruissements de voix nous enveloppent, ces personnes que nous ne connaissons pas, mais avec qui nous partageons cette sombre soirée automnale. Sur les tables sont disposées des bougies dont les flammes vacillent chaque fois que la porte s'ouvre.

— Salut, les filles !

Sirkka affiche un large sourire qui révèle une rangée de dents décolorées. Aina la serre dans ses bras, murmure un bonsoir, le nez enfoui dans sa tignasse rousse. Je donne une accolade à Malin qui revêt un t-shirt à manches longues portant l'inscription « Team Bosön 2009 ». Une odeur de savon flotte autour d'elle. Elle ébouriffe mes cheveux courts en riant. Ce geste me semble si intime que je me sens gênée. Lorsque je me retourne, Sofie s'approche de moi, elle aussi les bras ouverts. Elle m'enlace d'un geste gauche, muette, mais je vois qu'elle est heureuse de me voir. Au moment où je m'écarte d'elle, j'aperçois Kattis. Quel choc ! Ses cheveux gras tombent sur ses épaules, emmêlés, ses paupières sont si gonflées qu'elle parvient à peine à les ouvrir, ses lèvres ne sont qu'un mince trait. Ses joues sont écarlates, comme si elle était en colère ou venait de pleurer.

— Kattis…

C'est tout ce que je parviens à dire.

— Je sais, répond-elle avec un mouvement désespéré de la tête. Je fais peur à voir.

— Ce n'est pas ce que je voulais dire, je…

Elle émet un rire sec, détournant les yeux qui se posent sur le bar où les clients se pressent par groupes, gloussent, parlent fort et gesticulent. Son visage livide et impénétrable contraste violemment avec ceux, joviaux, des buveurs de bière. Elle serait davantage à sa place à un enterrement que dans un pub de Södermalm.

Je pose une main délicate sur son épaule et elle sursaute, comme touchée par un coup de jus. Elle croise ensuite mon regard et esquisse un petit mouvement du menton. Il semble que nous nous comprenions sans avoir besoin d'échanger une seule parole. Puis elle se laisse tomber sur sa chaise.

Je m'installe à côté d'elle et j'observe les autres femmes. Sofie, Sirkka et Malin ne semblent rien avoir remarqué, mais Aina oui. Elle me contemple depuis l'autre côté de la table en bois sombre. Une ride s'est creusée entre ses sourcils marqués. Elle doit s'inquiéter pour Kattis. Peut-être aussi pour moi.

Sirkka brise la glace

— Ah, mes pauvres enfants, c'est terrible, ce qui est arrivé.

Kattis reste figée sans répondre, le dos droit, les mains croisées et posées sur la table, le regard rivé sur le photophore au centre de la table.

— J'ai lu un article dans le journal, ajoute doucement Sofie. C'est tellement étrange que ça arrive à Gustavsberg. On a du mal à imaginer qu'il se passe quelque chose comme ça là-bas. C'est choquant.

— C'est encore plus choquant quand c'est ton ex qui a massacré quelqu'un, chuchote Kattis sans lever les yeux.

— Je suis désolée, j'ai été maladroite…

— Ne t'inquiète pas, marmonne Kattis en nous contemplant l'une après l'autre.

Son regard est empreint d'abattement, de désespoir. Ses yeux bouffis, rougis, évoquent une sorte d'indifférence qui m'effraie bien davantage que ses sanglots de l'autre soir, au cabinet.

— C'est incompréhensible, reprend-elle. Même pour moi. Pourtant, je savais très bien de quoi il était capable, vous voyez ?

— Tu dois être forte, maintenant, dit Sirkka en la regardant dans les yeux.

— À quoi bon ?

— Ça fait toute la différence. Pour toi.

— Mais elle, alors ? Susanne. Elle est morte ! J'aurai beau faire tout mon possible, jamais elle…

— Tu n'y peux rien. Tu ne peux aider que toi-même, réplique Sirkka, comme si elle savait exactement de quoi elle parlait. Tu commences par toi, avant d'aider les autres.

— Et comment je m'y prends, exactement ?

La voix de Kattis a beau n'être qu'un murmure, j'entends tous les mots, comme s'ils étaient glissés dans mon oreille.

— Ma chère petite, dit Sirkka en serrant la main blanche de Kattis, tu dois oublier cet homme. Tourner la page.

— Facile à dire.

— Tu le sais, insiste-t-elle. Tu ne seras libre que lorsque tu l'auras toi-même lâché.

Kattis retire brusquement sa main, se lève et reste un instant immobile près de la table, hésite, semble se concentrer, comme si elle allait prendre la parole.

— Je vais juste… Excusez-moi un instant, je reviens.

Elle s'éloigne vers les toilettes et nous nous dévisageons en silence.

— J'ai été trop dure, vous croyez ? demande Sirkka.

— Non, répond Aina, je ne pense pas. Elle a sans doute besoin de quelques minutes en tête à tête avec elle-même. Et les autres, comment allez-vous ? Y avez-vous beaucoup pensé ?

— Oui, commence Sirkka. Gustavsberg, ce n'est pas très grand. Beaucoup de gens se connaissent. De vue au moins. Les rumeurs vont bon train.

— La femme qui a été tuée, Susanne. Son fils était

dans le même lycée que des copains à moi, soupire Sofie.

— Je croyais qu'elle avait une petite fille ? dit Malin.

— Oui, mais elle avait aussi un fils plus âgé. Super chiant, apparemment. Au moins quand il était à l'école. Je crois qu'il a été placé dans une sorte de foyer, maintenant.

— Un foyer ? répète Aina.

— Oui, une institution pour toxicomanes ou délinquants. Je ne sais pas vraiment.

— Pour toxicomanes ou délinquants…

Aina jette un regard circulaire dans la pièce, comme si elle réfléchissait.

— Il faut dire qu'on parle beaucoup de cette femme, dit Sirkka. Je ne devrais pas colporter des ragots, mais tout de même. Apparemment, elle était…

— Quoi ? demande Malin. Elle était quoi ?

— Eh bien, ce ne sont pas mes mots, déclare Sirkka d'une voix posée en se frottant les mains comme pour les réchauffer, mais il paraît que c'est une… fille facile. Elle enchaînait les conquêtes. C'était un défilé constant rue Blåsippevägen. Pas étonnant que son fiston ait mal fini, peut-être ? Les enfants ont besoin d'une certaine stabilité, non ?

Malin se tortille sur sa chaise.

— Ce n'est pas contre toi, Sirkka, mais j'ai beaucoup de mal avec ce genre de propos. Elle multiplie les aventures, et alors ? Les hommes peuvent baiser autant qu'ils veulent sans se faire insulter ? Vous trouvez ça normal ? Les femmes doivent se serrer les coudes, ne pas se traiter de filles faciles à tout bout de champ. Je ne connais rien de pire que les femmes qui sabotent l'existence d'autres femmes. C'est un manque absolu de solidarité féminine. Ça devrait être puni de la peine de mort. Je ne déconne pas.

— Je suis d'accord, répond calmement Sirkka. Je ne répète que ce que j'ai entendu. Par ailleurs, je trouve que les hommes peuvent être des garçons faciles. C'est dit !

On apporte nos bières. Des verres embués, remplis de liquide ambré coiffé d'une mousse épaisse, sont disposés devant nous.

— Le Coca, c'est pour moi, fait remarquer Malin. J'ai arrêté… de boire.

Le silence se fait. Aina aspire bruyamment sa bière. Je m'étonne une fois de plus qu'elle soit incapable de boire en silence, qu'elle soit obligée de faire de petits bruits enfantins. Elle s'essuie la bouche de l'arrière de la main et observe le bar bondé.

— Je ne devrais pas aller voir Kattis ? s'enquiert Sofie.

— Non, répond Aina, je pense que ça va aller. Et toi, Sofie, est-ce que ça va, toi ?

— Comment ça ? demande Sofie en rougissant derrière son verre.

— Je veux dire… est-ce que ça te va de continuer dans le groupe de parole… malgré… ce qui s'est passé ?

— Bien sûr que oui, répond-elle du tac au tac. Ça me fait beaucoup de bien de vous voir. En plus… (Elle triture le lacet en cuir orné de perles bleues qui enserre son poignet.) Je pense que Kattis a besoin de nous.

Sa dernière phrase sonne comme une question. Je suis une nouvelle fois émerveillée par sa délicatesse. Elle écoute et prend toujours en compte l'avis du groupe.

— Je suis d'accord, renchérit Malin. On doit être là pour Kattis. Personnellement, j'ai la rage. Je pourrais le massacrer, ce type. Littéralement.

— Alors, tu ressens beaucoup de… colère ? dis-je.

Malin me gratifie d'un sourire.

— Oh, arrête ! Tu sais à qui tu me fais penser ?

— Euh, à une psy ? *Ta* psy.

Elle éclate d'un rire sans joie, mécanique et éteint.

— Exactement. Et étant donné ta compétence en la matière, tu dois bien comprendre que je sois furieuse.

— Tout à fait. Mais je ne sais pas…

— Quoi ?

Elle ouvre les bras, paumes vers le ciel.

— Je ne sais pas si la colère est vraiment constructive.

— Mieux vaut être en colère qu'avoir peur. Mieux vaut être forte que faible. Tu peux au moins être d'accord avec ça ?

— Si seulement tout le monde avait la même force de caractère que toi.

C'est la voix de Kattis. Elle est soudain de retour à table. Je ne l'ai pas vue revenir et j'ignore depuis combien de temps elle écoute notre conversation.

— Tu *es* forte, lui répond Malin en avalant une gorgée de Coca. Tout le monde a ça en soi. Il s'agit simplement d'entrer en contact avec sa force intérieure. C'est une question d'entraînement.

Kattis ébauche un sourire hésitant en se laissant tomber sur sa chaise. Elle lève sa bière vers la lumière et observe la flamme à travers, tourne un peu la tête de sorte que ses cheveux déferlent lourdement sur son épaule. Elle approche lentement son verre de ses lèvres, comme craignant de se brûler.

— Une question d'entraînement ? Comme à la salle de sport.

Petit gloussement collectif.

Malin affiche un air agacé.

— Bien sûr. Il n'y a aucune différence entre la force physique et la force psychique. Vous pouvez améliorer votre force mentale grâce à l'entraînement. Le cerveau est comme un muscle. Et quand on a fait ça, aucun connard ne peut plus vous marcher dessus.

— Il faut que tu me donnes des cours.

Kattis risque un vague sourire.

— Sans problème ! Quand j'aurai fini de te former, ma sœur, tu seras dure comme de la pierre. Mais pour ça, tu dois te donner à fond. Tout a un prix. Si tu veux changer ton corps ou ton esprit, tu dois consentir des sacrifices. Tu dois consacrer une partie de ta vie, de ton temps, à atteindre cet objectif.

— Mais est-ce qu'on veut vraiment devenir comme ça ? demande Sirkka.

Malin se fige, pose son verre et passe une main dans ses courts cheveux blond platine. Un ange passe.

— *Comme ça* ? C'est-à-dire ?

— Comme un homme, musclée, baraquée. Endurcie jusqu'au fond de l'âme. Après tout, nous sommes des femmes, dit Sirkka à mi-voix, en se frottant les mains.

Je comprends soudain que celles-ci la font souffrir. Comment ai-je pu passer à côté de ses doigts difformes, de ses poignets gonflés ? Ses lèvres s'étirent dans un sourire, lissant la multitude de ridules qui les entourent. Elle semble plus jeune et l'on devine son visage passé.

À l'époque.

Avant.

Malin a croisé les bras sur sa poitrine, et son regard s'est assombri.

— Plutôt ça qu'être une victime, oui.

— Est-ce que c'est nécessaire ? demande Sirkka. Devons-nous devenir des hommes pour nous soustraire à leur violence ? Devons-nous devenir comme eux ? C'est ça, la solution ? Ne pouvons-nous pas être nous-mêmes, sans nous faire violer, battre et… humilier ? C'est trop demander, peut-être ?

— Ce que je pense, lance soudain Aina en posant son verre presque vide avec un claquement qui fait sursauter l'assemblée, c'est que je suis d'accord avec Sirkka. Nous ne devons pas être obligées de changer. Toutes les femmes doivent pouvoir porter une jupe courte sans craindre de se faire violer. Toutes les femmes doivent pouvoir quitter une relation sans craindre de se faire tuer. Aucune fille ne doit se faire traiter de pute parce qu'elle assume sa sexualité. Mais… d'ici là, je veux bien participer à un cours d'autodéfense. Vous n'êtes pas d'accord ?

— Je me demande vraiment si un cours d'autodéfense aurait pu sauver la vie de Susanne Olsson, marmonne Sirkka.

— Susanne Olsson ? Elle s'appelait Olsson ?

On eût dit que le corps de Malin s'était changé en glace. Son verre se fige à mi-chemin de sa bouche.

Kattis hocha la tête affirmativement.

— Où habitait-elle ?

— Rue Blåsippevägen, je crois, répond Sirkka.

— Tu la connaissais ? demande Kattis.

Malin secoue énergiquement la tête en reposant son verre.

— Pas du tout, c'est juste que… Non, rien.

La serveuse nous apporte nos plats. Les femmes se lancent dans une discussion à bâtons rompus au sujet de Gustavsberg, s'étonnant du fait que presque tout le monde connaît Susanne d'une manière ou d'une autre. Des avantages et des inconvénients d'habiter dans une petite ville. Sirkka fait des moulinets avec ses bras maigres et ridés. Malin n'a pas quitté sa posture défensive, les bras croisés. Sofie regarde d'un côté puis de l'autre, l'air grave, comme si elle essayait de jauger la situation, de comprendre ce qui se passe. De déterminer à quel groupe elle appartient. Soudain, Aina éclate de son rire unique, tonitruant et déferlant comme une cascade, et rejette la tête en arrière.

Seule Kattis me regarde de ses grands yeux vides. Et j'ai la sensation que toutes les autres femmes disparaissent, s'effacent progressivement dans cette pièce bruyante, fusionnant avec les buveurs de bière. Le silence se fait. Il n'y a que son visage pâle et ses yeux sombres. J'aimerais tant la consoler – je veux être là pour elle, l'aider à porter ce terrible fardeau qui pour une obscure raison lui a été attribué.

Elle passe la langue sur ses lèvres minces et gercées, force un sourire qui se fige, se tord.

— Tu vas t'en sortir, lui dis-je.

Elle sourit de nouveau. Elle est belle. Qu'importe que ses cheveux sales pendouillent autour de son visage, que ses yeux soient rouges. Sa beauté transparaît.

— Tu n'en sais rien.

— Si, j'en suis convaincue.

À l'instant où je prononce cette phrase, je sais que je le pense vraiment. Une partie de moi, de mon intuition, sait que Kattis s'en sortira toujours. C'est une survivante, une femme qui parvient à remonter à la surface, bien qu'elle soit enfoncée dans le noir, une femme qui retombe toujours sur ses pieds.

Une femme qui peut être aimée et qui aime en retour.

Pas quelqu'un comme moi.

La migraine m'alourdit le crâne comme l'embout d'acier d'une chaussure coquée. Je traverse en courant la mare de boue, autrefois une pelouse, d'où jaillissent çà et là quelques malheureuses touffes d'herbe. Le vent fouette la mer, levant une écume blanche qui déferle sur les rochers où elle laisse des flaques de mousse grisâtre. Les gouttes de pluie me piquent les joues telles des aiguilles.

Il est dix-sept heures et la nuit nous enveloppe déjà.

Pourquoi diable avoir installé la salle de bains dans la dépendance ? Qui a eu cette brillante idée ?

Stefan. Toujours Stefan.

L'idée de Stefan : une maison au bord de la mer. Juste pour nous deux. Pour s'adonner à la plongée sous-marine.

L'idée de Stefan : si l'on construit la salle de bains dans la dépendance, on aura la place d'aménager une salle de séjour dans la maison principale.

Un interminable gémissement monte depuis la mer. Comme un animal à l'agonie. Un oiseau marin blessé, peut-être ? Je m'arrête un instant, serrant dans mon poing le sac en plastique de la pharmacie. L'objet qu'il contient est d'une légèreté trompeuse. Sans crier gare, il me revient à l'esprit. L'enfant. Encore ? Bon sang ! L'enfant décédé. Que nous avons tué. Je sais, j'ai subi une *interruption médicale de grossesse*, voilà les termes corrects. Pour de bonnes raisons, du reste. Une malformation fœtale sévère a mis un terme au rêve de fonder une famille que je partageais avec Stefan.

Et pourtant.

Je suis soudain transportée dans le passé, le jour où, après avoir réalisé mon deuxième test de grossesse, j'empruntais ce chemin en sens inverse pour partager la bonne nouvelle avec Stefan. Un jour où dans mon être profond régnait une sensation chaude et lumineuse. Une confiance en Stefan, en la vie peut-être.

Depuis, la confiance a été remplacée par une angoisse lancinante et indéfinissable qui irrigue mon corps. Si quelque chose grandit là-dedans, dans mes entrailles sombres, j'ignore comment je l'accueillerais. Serais-je capable de ressentir de nouveau cette foi en l'avenir ?

Une fois à l'abri dans la dépendance, je me laisse tomber sur la cuvette des toilettes. J'ouvre l'emballage plastique. L'objet ressemble à un thermomètre, mais effectue une mesure bien différente.

J'urine en croisant le regard de David Bowie. Depuis le mur, le même air de défi. Nonchalamment penché en arrière, son corps serpentin moulé dans une combinaison argentée. Chaussures compensées. Cheveux rouges. Maquillage outrancier.

Il me décoche un clin d'œil de connivence, j'inspire profondément avant de lire le résultat du test.

POLICE DE VÄRMDÖ, OCTOBRE

Sonja Askenfeldt fourre son paquet de cigarettes dans son sac à main en se demandant si elle n'est pas dans la police depuis trop longtemps. Aujourd'hui, elle va entendre une fillette qui a très probablement été témoin de l'homicide de sa mère et, pourtant, Sonja n'a qu'une idée en tête : passer par le magasin Polarn O. Pyret après le boulot pour utiliser ce vieux bon d'achat qui arrive bientôt à échéance. Il y a dix ans, elle aurait eu des douleurs à l'estomac pendant plusieurs jours avant ce genre d'audience.

Elle sait d'expérience qu'elle réagira une fois l'interrogatoire commencé. Il lui sera difficile d'entendre et d'enregistrer ce que la fillette lui racontera, mais, pour l'instant, elle reste de marbre.

C'est une journée de travail ordinaire.

Elle salue la professionnelle spécialisée dans les témoignages d'enfants.

— Bonjour, je suis Carin von Essen. Nous nous sommes déjà vues, n'est-ce pas ?

Sonja hoche la tête en souriant. Oui, elle a déjà rencontré Carin. Surnommée *Ras-la-touffe* par les mauvaises langues. Elle a animé une formation sur les techniques d'interrogatoire au printemps dernier. Par ailleurs, Sonja se souvient très clairement d'elle à la fête du personnel l'été dernier.

Cette soirée qui avait un peu dégénéré.

Elle se rappelle une tout autre Carin que la femme sérieuse et professionnelle qu'elle a devant les yeux – une femme d'une quarantaine d'années avec un bon coup dans le nez, enrobée, hilare, coiffée d'un petit chapeau pointu, une minijupe et des collants filés. L'une de celles qui entonnaient à tue-tête les chansons à boire, qui dansaient de la manière la plus déchaînée et aussi, peut-être, trop près des collègues masculins. Ça avait fait jaser – on avait raconté qu'elle s'était accroupie pour se soulager derrière un buisson au niveau du parking de la salle des fêtes. Un buisson qui n'était qu'une maigre touffe de végétation. Les collègues avaient gloussé. « Carin à la jupe ras-la-touffe derrière la touffe ! » C'était resté.

La voilà donc devant moi. Cheveux blonds au brushing du matin, gilet boutonné jusqu'au cou, propre sur elle, elle fait penser à une gentille maman, ou à une institutrice d'école maternelle. À l'instar de la plupart des enquêtrices spécialisées dans les audiences des enfants. Ce look a l'air contagieux.

Carin souhaite le bonjour à Roger, le collègue de Sonja. Aujourd'hui, il arbore ses bottes de cow-boy et une ceinture à grosse boucle de laiton représentant un aigle. Son visage s'illumine lorsqu'il aperçoit Carin, et Sonja éprouve une forme d'irritation teintée de honte.

Aurait-elle honte de Roger ? Son style vestimentaire ridicule la salirait-il, en quelque sorte ? Et ses réflexions pathétiques pleines de sous-entendus adressés à Carin von Essen ? Comme si Sonja ne les remarquait pas ! Sans compter le sobriquet méprisant dont il ose l'affubler derrière son dos.

C'est idiot, se dit Sonja. *Son accoutrement, ses commentaires machos et son sourire chevalin n'ont absolument rien à voir avec elle.*

Cela fait des années qu'elle travaille avec Roger – pas un mauvais flic, au fond. Mais qui a cessé de s'investir. La motivation sincère dont il faisait preuve il y a dix ans a lentement disparu, comme l'eau qui s'évapore d'une mare, ne laissant qu'un maigre dépôt. Ses sentiments et son énergie se sont étiolés. Ne reste qu'une mince couche d'empathie et d'engagement. Il vient bosser parce qu'il est obligé, parce qu'il faut bien rembourser le crédit et parce qu'il veut emmener sa femme et ses enfants à Tenerife cet hiver, comme tous les hivers. Comment lui jeter la pierre ? Dans ce métier, personne n'arrive à garder longtemps ses idéaux. Soit on craque, soit on devient… dur. On se forge une carapace afin de se protéger de la réalité à laquelle on est confronté chaque jour. On apprend à rire de la mort, du vomi, des adolescents toxicomanes. On apprend à apprécier les plaisanteries aussi d'ailleurs.

Et pourtant…

Il l'agace. Il a dépassé la limite ténue qui sépare la résignation de la paresse. De plus en plus souvent, elle est obligée de faire des heures sup pour rédiger les rapports dont il aurait dû se charger, quand elle devrait aller chercher les filles au centre de loisirs, aller faire du sport ou juste se poser avec un livre et une cigarette.

Mémo : elle doit lui en parler au plus vite. Elle en

a par-dessus la tête d'être aux petits soins avec lui comme avec le troisième gamin qu'elle n'a pas eu et dont elle ne veut pas.

Carin salue le père de la fillette. Lorsque l'on entend de jeunes enfants, les parents doivent être présents. L'homme semble stressé, figé dans une sorte de sidération. Cheveux hirsutes, yeux bouffis et rouges. Son vieux pull en laine est serré sur son abdomen.

— Pourquoi filmez-vous l'échange ? s'enquiert-il.

Sonja devine dans sa voix une méfiance qui confine à l'hostilité.

— Nous filmons toujours les entretiens avec les mineurs de moins de quinze ans, lui explique patiemment Carin. Pour éviter que les enfants n'aient à témoigner en personne lors d'un éventuel procès. On utilise la vidéo. Vous pouvez aller chercher Tilde et l'accompagner dans la salle d'interrogatoire.

Le père de Tilde acquiesce d'un signe de tête en caressant sa barbe naissante, sans pour autant avoir l'air convaincu.

— Je ne peux pas rester avec elle ?

— Non, comme je vous l'expliquais hier, seuls l'enfant et l'enquêteur entrent dans la pièce. Il est essentiel que l'enfant puisse se concentrer sur les questions et y répondre seul. En tant que parents, on est souvent tentés d'aider son enfant, ce qui peut avoir des conséquences sur le résultat. Vous attendrez ici, avec… Roger et… ?

— Sonja. Nous vous soutiendrons. Vous pouvez voir l'entretien à travers cette vitre et vous entendrez tout ce qui est dit. Si cela devient trop difficile pour Tilde, nous marquerons une pause. Entendu ?

— Entendu, répond-il sans conviction, en sortant de la pièce pour aller chercher Tilde.

— Je suggère que nous commencions, dit Carin en quittant la pièce à pas feutrés.

Sonja repense à ce que Roger lui a expliqué tout à l'heure. Il avait discuté avec Carin de l'entretien avec Tilde. Elle lui avait parlé de la difficulté à interroger les enfants, lui disant combien il est capital que le petit ou la petite se sente en confiance, que l'enquêteur pose des questions simples et ouvertes dans une langue compréhensible par une personne de cet âge. Tilde vient de fêter ses cinq ans, un âge où le vocabulaire est encore très limité – elle doit connaître entre mille et quinze mille mots. Du reste, ce n'est qu'autour de l'âge de cinq ans que se forme la mémoire sémantique, qui permet le stockage des connaissances. Avant, les enfants ont une capacité limitée à se souvenir de choses abstraites. Ils peuvent se rappeler un événement, en particulier un événement traumatique, mais peuvent avoir du mal à le raconter. Quant aux enfants de moins de trois ans, ils ne sont généralement pas interrogés, car la valeur de preuve de leur récit est très limitée.

Tilde et Carin s'installent autour de la table. La salle d'interrogatoire a été entièrement réaménagée afin de créer une atmosphère agréable. L'enquêtrice y a disposé des coussins, des plantes, des piles de feuilles et des livres.

Tilde se tient immobile. Ses cheveux blond foncé sont ramassés en une queue-de-cheval et sa robe en jean pend sur son corps maigre. Juchée sur une chaise bien trop haute pour elle, elle balance ses jambes qui sont loin de toucher le sol.

— Bonjour, Tilde, je m'appelle Carin von Essen et je suis policière. Sais-tu ce que font les policiers ?

Tilde hoche lentement la tête, sans répondre.

— Mon travail, c'est d'arrêter les personnes qui font des choses interdites. Qui se battent ou qui volent, par exemple. Je voudrais parler avec toi de ce qui est arrivé à ta maman.

Tilde effectue de nouveau ce geste lent de la tête, comme si elle comprenait réellement la gravité de la situation. Carin affiche un petit sourire avant de poursuivre.

— Parfait. Voilà comment nous allons procéder : je vais te poser des questions au sujet de ce qui s'est passé et j'aimerais que tu y répondes. Si tu ne sais pas, tu dis « je ne sais pas ». D'accord ?

— Oui.

La voix de Tilde est si basse qu'on la distingue à peine. Il n'en demeure pas moins que Sonja en a la chair de poule. Les crimes qui affectent les enfants sont la seule chose qui la touche profondément après toutes ces années dans la police. Il y a des scènes dont les enfants ne devraient jamais être témoins.

Regarde les photos, réponds aux questions, indique sur la poupée l'endroit du corps où le vilain monsieur t'a touché, montre-moi quel garçon de l'image a mis le bâton dans l'œil de ton petit frère, raconte-moi le jour où ta maman a été renversée par un train.

— Par exemple, si je te demande : « De quelle couleur est mon chat ? » Qu'est-ce que tu me réponds ?

Tilde hésite quelques instants en tripotant sa robe, elle semble plongée dans ses réflexions.

— Je sais pas.

— Exactement. Parce que tu n'as jamais rencontré mon chat, n'est-ce pas ?

— Nan, fait Tilde, les yeux rivés sur ses genoux.

— Très bien. Comme ça, tu sais comment ça va se passer. Si je dis quelque chose que tu ne comprends pas, tu me poses une question, d'accord ?

— Oui, fait-elle dans un murmure.

— Qu'est-ce qui est arrivé à ta maman, Tilde ?

Tilde reste muette un instant, semblant hésiter, puis elle commence son récit d'une voix forte et distincte.

— Le monsieur a tapé maman.

— D'où venait-il, le monsieur ?

— De la porte.

— Quelle porte ?

— La porte d'entrée.

— La porte d'entrée de l'appartement ?

— Oui. Il a cogné sur la porte tellement fort que maman a été obligée d'ouvrir. On n'a pas le droit de cogner comme ça sur la porte. Ça fait du *vacarme*.

— Qu'est-ce qu'il s'est passé après ?

— Le monsieur a tapé maman.

— Tu l'as vu ?

Tilde hoche la tête affirmativement sans ouvrir la bouche.

— Tu peux me raconter ce qu'il a fait ?

— Il a tapé maman.

— Comment a-t-il tapé ta maman ?

— Il a tapé maman et il a donné des coups de pied. Beaucoup beaucoup de coups de pied.

Pause. Carin glisse les doigts sur les manches de son gilet, comme si elle avait froid.

— Qu'est-ce qu'il s'est passé ensuite ?

— Maman est tombée. Il y a eu beaucoup de sang et ça a sali le tapis. On n'a pas le droit de salir le tapis. Il a pas arrêté, même si c'était tout sale. Même si c'était tout sale et maman était allongée par terre. Il a donné des coups de pied, et il a pas arrêté. Même si… maman… même si… On a pas le droit de faire ça.

La voix de Tilde est montée dans les aigus et elle serre ses petits poings sur ses genoux. Ses jambes ont cessé de se balancer, son corps est droit comme un piquet. L'élastique qui attachait ses cheveux fins a glissé, libérant les mèches sur ses maigres épaules.

— Qu'est-ce qu'il s'est passé après, Tilde ? demande Carin d'une voix posée, comme si l'entretien ne l'affectait pas.

Tout à coup, Tilde se laisse glisser de sa chaise, se plante devant la table, plaque les mains sur ses oreilles.

— Tais-toi, tais-toi, tais-toi, tais-toi ! hurle-t-elle.

Carin s'avance vers la fillette, pose une paume sur son dos, et attend que le silence revienne. Elle serre ses deux mains dans les siennes et s'accroupit face à elle de façon que ses yeux soient à hauteur de ceux de l'enfant.

— Et si on dessinait un peu, toutes les deux ? On continuera à parler de ta maman tout à l'heure.

À présent muette, Tilde acquiesce d'un signe de la tête et grimpe sur la chaise. Carin sort des feuilles et des crayons.

— Tu veux que je dessine ma maison ? demande Carin.

Signe affirmatif.

— Super. Ce n'est pas une très grande maison. Voilà.

Carin trace des traits sur la feuille.

— Et le chat ?

Carin a un petit rire.

— Tu te souviens du chat ? Ah oui, on ne peut pas oublier Adolf. (Elle dessine une petite forme, s'empare du crayon orange et en colorie l'intérieur.) Il ressemble à ça. Et puis, il y a un arbre. Un seul, parce que le jardin est très petit. Mais c'est un bel arbre. Chaque année, il donne beaucoup de pommes. En plus, on peut grimper dedans, il a des branches très solides.

— On a pas de jardin chez maman.

La voix de Tilde a retrouvé son calme.

— Non, toutes les maisons n'ont pas de jardin, mais chez toi il y a peut-être autre chose qui te plaît ?

— Notre télé est géante. Elle est accrochée au mur et elle est plate comme une crêpe.

— Ah, mais c'est formidable ! Tu te rappelles ce que tu faisais ce soir-là, avant qu'on frappe à la porte ?

— Je… ne sais pas.

— D'accord, c'est bien. C'est ce que tu dois dire quand tu ne sais pas. Si tu essaies de penser au monsieur qui a tapé maman. Tu as vu à quoi il ressemblait ?

— Je ne sais pas.

— Tu l'avais déjà rencontré ?

Tilde se tortille de nouveau, comme si la question la mettait mal à l'aise.

— Je ne sais pas.

— Le monsieur a dit quelque chose ?

— Le monsieur et maman ont crié.

— Tu te rappelles ce qu'ils ont dit ?

Hésitation.

— Ils ont beaucoup crié.

— Tu as entendu ce qu'ils disaient ?

— Je ne sais pas.

— D'accord, c'est très bien, Tilde. Tu nous aides beaucoup. Tu as reconnu la voix du monsieur ?

— Je ne sais pas.

— Mais tu crois que c'était un monsieur ? Pas une dame, ou une fille ?

— C'était un… magicien.

— Comment tu sais qu'il était magicien ?

De nouveau, la fillette observe Carin dans le plus complet silence, la mine grave.

— Pourquoi penses-tu que c'était un magicien, Tilde ?

— Il a pris la pièce.

— Qu'est-ce qu'il a pris ?

— La pièce.

Pause.

— Une pièce de monnaie ? Tu veux dire qu'il a pris de l'argent ?

— Oui.

Rapide coup d'œil de Carin à travers le miroir sans tain.

— C'était avant ou après avoir tapé ta maman ?

— D'abord, il a tapé maman, après il l'a fait.

— D'abord, il a tapé ta maman, après il a pris l'argent ?

— Oui.

Sonja soupire. La piste du cambriolage qui a mal tourné ne lui était pas venue à l'esprit. La violence est bien trop extrême. Mais si tel était le cas, quelle atrocité. Une mère célibataire massacrée à coups de pied devant son enfant parce qu'un toxicomane avait besoin de sa dose ? À vrai dire, c'est possible…

Roger s'approche de Sonja et lui souffle entre ses dents :

— Pas mal ! Ras-la-touffe marque des points.

Sonja ne parvient pas à réprimer un sourire assorti d'une bouffée de tendresse sans réserve pour son collègue consternant, tire-au-flanc et sexiste. Elle lui décoche un coup de coude amical en coulant un regard vers le père de Tilde, inquiète qu'il ait perçu leur humour déplacé, mais il continue de regarder par la vitre, comme hypnotisé, tandis que la sueur perle sur son front et glisse le long de ses tempes.

VÄRMDÖ, OCTOBRE

Un samedi parfait.

Une longue promenade le long de la plage. La mer qui tente de nous lécher les pieds.

L'heure est aux bonnets de laine, aux gants, aux pulls épais et aux gros manteaux. Le ciel gris et lourd pèse comme un bloc de béton. Des oiseaux noirs décrivent des cercles au-dessus de nos têtes, espérant peut-être glaner quelque chose à manger.

Après la balade, nous sirotons un chocolat chaud, installés dans mon vieux canapé râpé. La cheminée crépite et la radio est allumée. On parle des inondations – une partie de la route E18 a été emportée par les flots, comme un vulgaire radeau. Deux véhicules ont été balayés. Les deux conducteurs sont décédés. Une passagère a survécu en sortant par une vitre brisée, puis en grimpant sur le toit d'un fast-food situé en bord de route. Elle avait déjà réchappé au tsunami de 2004 en Thaïlande et racontait d'une voix fluette que ce qu'elle venait de vivre était pire. Son mari Rune n'est jamais remonté à la surface de l'eau boueuse. Après quarante années de mariage, après avoir vaincu un cancer et le tsunami, elle avait perdu l'amour de sa vie dans une coulée de boue le long de la E18.

Je contemple Markus, à côté de moi, en jean et sweat à capuche. Son visage aussi lisse que celui d'un enfant. Ses yeux empreints d'un soupçon d'inquiétude. Vais-je oser le laisser entrer dans ma sphère la plus intime, au point de m'exposer ?

De devenir aussi vulnérable que la femme de la radio ?

— Tout va bien ? demande-t-il de sa voix douce à l'accent du Norrland.

Je pose mes pieds sur ses genoux. Il masse mes plantes de pied, m'observe en silence.

— Bien sûr que tout va bien.

— Si seulement tu ne bossais pas sur tout ça…

— Tout ça quoi ?

— La violence, ces conneries-là. Le genre de choses qui occupent mes journées.

— Qu'est-ce que tu proposes ? Que je me consacre entièrement à la lutte contre l'arachnophobie et l'addiction au shopping ? Ces femmes ont véritablement besoin d'aide. Nous apportons notre pierre à l'édifice, Aina et moi. Sans compter Vijay ! Il a consacré sa vie à ce genre de problématiques.

— Mais ce tueur a l'air encore plus détraqué que la moyenne.

— Tu veux dire la moyenne des hommes, ou la moyenne des hommes qui lèvent la main sur leur femme ?

— Ha, ha ! Très drôle.

J'avale une gorgée de chocolat, me penche vers lui. Je l'embrasse et laisse courir ma langue sur ses lèvres.

— Tu es fâché ?

— Pas fâché. Juste inquiet.

— Je ne veux pas que tu t'inquiètes pour moi. J'en ai ras le bol que tout le monde s'inquiète pour moi.

— Je sais, mais cette fois j'ai peut-être une bonne raison. J'ai parlé avec la collègue chargée de l'enquête préliminaire sur le féminicide monstrueux commis rue Gustavsberg. Visiblement, c'est absolument horrifiant. La violence était… totalement disproportionnée. Il l'a rouée de coups de pied au visage au point de lui disloquer la tête. Tu comprends ce que je te dis ? Et devant sa fille !

Un malaise m'envahit brutalement. Je porte de nouveau la tasse à mes lèvres, le liquide chaud me brûle la gorge.

— Elle a vu quelque chose ?

— La fillette ? Je ne sais pas encore. Ils devaient l'entendre hier, je crois.

— Vijay dit qu'il est impossible d'interroger de si jeunes enfants.

Markus hausse les épaules.

— Je ne sais pas. Je crois qu'ils ont fait appel à un psychologue spécialisé dans les témoignages d'enfants ou un enquêteur chargé des affaires relevant de l'enfance.

— Vous l'avez embarqué ? Son conjoint ?

— Non, on ne peut pas arrêter quelqu'un comme ça. On n'est pas sûr que ce soit lui.

— Bien sûr que c'est lui. C'est toujours le compagnon.

— Non, c'est *presque* toujours le compagnon.

— C'est pareil.

— Pas d'un point de vue juridique.

— Comment peux-tu dire ça ? Il tue sa compagne à coups de pied devant sa fille et toi tu…

— Mais enfin, Siri ! Depuis quand prends-tu cette affaire autant à cœur ?

La nausée monte en moi, telle une vague, je manque de lâcher ma tasse sur le canapé et je suis obligée de courir vers l'entrée. J'ai à peine le temps d'ouvrir la porte en bois que je vomis sur le perron. L'air froid qui s'insinue sous mes vêtements calme la nausée pour un instant. Je respire profondément.

Il pose une main sur mon épaule.

— Siri, que se passe-t-il ? Tu es malade ?

J'appuie mon front contre la façade froide de la maison, faisant fondre le givre.

— Je crois que… je crois que parler de cet homicide, c'est un peu trop pour moi. On peut changer de sujet ?

Sans répondre, il me conduit dans la chaleur de la maison.

Concert de bruits nocturnes devant la fenêtre de notre chambre à coucher : le vent qui siffle entre les îlots qui émaillent la mer, les branches maigres qui griffent le corps de la maison comme des doigts, la pluie qui tambourine contre le toit en fibre-ciment. Une vague odeur de fumée flotte encore autour de nous.

Markus me soulève et m'assied à califourchon sur lui. Il me caresse les seins, laisse glisser ses grandes mains vers mes hanches où elles reposent un instant avant de glisser sur mon ventre et mes fesses.

— Tu n'aurais pas pris des formes ? glisse-t-il d'un ton taquin.

Je me retire de l'autre côté du lit, me cache sous la couette en plumes comme si cela pouvait dissimuler la vérité.

L'indicible.

Je sais que je dois lui en parler, mais je ne trouve pas les mots. Car comment peut-on dire une chose pareille ?

Je veux ton enfant, mais, toi, je ne te veux pas.

Le matin noir comme de la poix.

Le vent s'est calmé.

Je n'entends pas un bruit alors que je me dirige vers la dépendance, uniquement enveloppée de l'immense doudoune de Markus, une paire de bottes aux pieds. Le thermomètre a dû descendre au-dessous de zéro cette nuit, car les flaques d'eau sont couvertes d'une couche de glace de quelques millimètres qui se brise comme du verre sous mes semelles. Je n'ai aucun égard pour ce miracle de la nature : la fragile pellicule laiteuse dont le froid a habillé le sol.

Le haut-le-cœur secoue mon corps, des orteils à la tête, mais aujourd'hui j'arrive à temps. À genoux devant les toilettes, je hoquette et crache de la bile.

— Tu es sortie ? murmure-t-il d'une voix ensommeillée lorsque je me faufile entre les draps et glisse mes pieds glacés entre ses jambes musclées.

— Mouais. Aux toilettes.

Il m'attire contre son corps dont émane une chaleur idéale, sèche. J'ai toujours été fascinée par son physique, sa musculature, sa peau douce, ses mains qui savent toujours comment m'étreindre, ni trop fort ni pas assez.

Il me caresse le ventre, m'embrasse la nuque.

— Tu as vraiment pris des formes.

Sa voix est rauque, comme s'il était encore assoupi. Je m'écarte doucement de lui, vers l'autre côté du lit, pour autant que ce soit possible dans ce lit trop étroit. Je regarde vers les ténèbres qui s'étendent derrière la fenêtre, espérant qu'il se rendorme. Il n'est pas vraiment question de matin, plutôt d'une obscurité glaciale, silencieuse, qui emmitoufle ma maisonnette.

J'ai l'impression que nous sommes seuls au monde. Ni amis, ni famille, ni patients. Seuls Markus et moi existons et mon lit représente le centre de l'univers.

Est-ce un mal ou un bien ?

Je l'entends bouger, se dresser sur ses coudes. Il s'approche de moi. Se réveille.

Je devine sa question avant qu'il n'ait le temps de la formuler.

— Siri, y a-t-il quelque chose que tu devrais… me dire ?

Que répondre à cela, à part la vérité ?

— Tu sais déjà, non ?

Ma voix semble plus fragile que le givre posé sur le jardin.

— C'est vrai ?

Markus tâtonne dans le noir à la recherche de ma main et, lorsqu'il la trouve, il la serre de toutes ses forces.

— C'est vrai ? Dis-moi que c'est vrai.

Il est tout fou. On dirait un gosse qui vient de recevoir un cadeau. Quelque chose qu'il faut ouvrir, examiner et essayer.

Pas la peine d'y aller par quatre chemins. Je n'échapperai pas à cette conversation. Autant être franche.

— Oui, Markus. Je suis enceinte. Je veux garder l'enfant, mais… j'aimerais continuer… à vivre seule.

— Vivre seule ? Mais qu'est-ce que tu racontes ? Je ne comprends pas ! Comment ça, vivre seule ?

— Toute seule, dans cette maison, avec l'enfant. C'est simple, pourtant.

— Et moi alors ? Je suis… je vais devenir père ! Je ne comprends pas. Quelle est ma place ?

Tu n'as aucune place.

Je soupire.

— Markus, je ne sais pas. Je me sens perdue. Je ne sais pas si je suis prête à habiter avec quelqu'un.

— Ah, bon ! Mais tu es prête à mettre un gosse au monde ? Sans père ?

Sa colère est légitime ; à ses yeux, je dois être la plus grosse ordure du millénaire.

— Ce n'est pas comme s'il n'allait pas avoir de père. Tu seras là et…

— QUOI, LÀ ? s'écrie-t-il en bondissant du lit. *Où*, là ? Quel rôle vas-tu m'assigner dans ta vie ? dans la vie de mon bébé ?

— S'il te plaît, ne te fâche pas. Je ne sais pas. Je n'y peux rien. Ce n'est pas que je ne t'aime pas. Je ne peux pas… je ne veux pas… qu'on habite ensemble.

— Siri, j'en ai par-dessus la tête de tes délires. Tu

ne veux pas vivre avec moi, ni rencontrer ma famille. Je ne veux pas avoir un enfant avec toi si je ne suis pas présent. Je veux avoir mon mot à dire.

— Ah, bon. Mais ce n'est pas à toi d'en décider, n'est-ce pas ?

Un commentaire superflu à tout point de vue. Étais-je obligée de retourner le couteau dans la plaie ? de lui répéter son impuissance face à une décision que j'ai prise seule ?

Pourtant, c'est avec un calme olympien qu'il s'habille, qu'il s'empare de son sac à dos et qu'il se dirige vers l'entrée. Je l'entends enfiler son manteau. Je distingue la porte qui s'ouvre et se ferme et des pas qui s'éloignent – un bruit semblable à du verre brisé lorsque ses pas écrasent la couche fragile qui tapisse mon jardin, et je me dis que la glace n'est pas la seule chose qui s'est brisée.

Mon bureau est lumineux, mais il manque de charme. Il est plutôt impersonnel. J'en ai décidé ainsi. Mes patients ont rendez-vous avec la thérapeute Siri, pas une amatrice de pélargoniums, de tapis persans ou de photos d'art. Mes patients rencontrent une professionnelle à qui ils confient leurs angoisses sans rien attendre en retour.

Mia et Patrik sont installés dans les fauteuils recouverts de peaux de mouton grises. Aujourd'hui, c'est moi qui ai pris la chaise – je n'aurais pas supporté que Patrik confisque de nouveau le siège le plus confortable.

Tous deux semblent épuisés, vidés de leur énergie. Le visage pâle de Patrik passe du blanc au vert dans la lueur froide des néons. Des gouttelettes d'eau scintillent dans sa courte barbe brune. Mia a l'air de sortir tout droit du lit avec son survêtement informe, ses cheveux gras qui encadrent son visage livide et adipeux. Une touffe de cheveux emmêlés dépasse de son oreille droite, comme si elle avait dormi dessus et ne s'était pas coiffée.

— Non, ça ne va pas. Pas du tout.

Patrik secoue négativement la tête, dans un mouvement d'une infinie tristesse. Toute l'agressivité qu'il exprimait lors de nos rendez-vous précédents est comme envolée.

— Vous pouvez m'en dire plus ?

— Je ne sais pas, répond Patrik, d'une voix mal assurée. Je ne sais pas si ça va marcher.

Sa voix s'éteint et il pose sur moi un regard insondable, la mâchoire serrée, comme pris d'une crampe.

— Et vous, Mia ? Où vous situez-vous, aujourd'hui ?

— Où je me situe ?

Mia paraît désemparée. Lorsque nos yeux se croisent, j'ai l'impression de contempler une nappe de brouillard ; on n'aperçoit qu'un désert humide, un néant voilé, un vide infini.

— Je voudrais savoir comment vous vous sentez aujourd'hui ? Comment allez-vous ?

Silence.

— Ça va bien, merci.

Elle articule les mots mécaniquement et avec une lenteur affectée.

— Vraiment ? Si je comprends bien ce que dit Patrik, il semble douter de votre avenir commun.

Sans répondre, Mia regarde par la fenêtre et, à la différence de notre précédente réunion, elle reste d'une immobilité totale. Pas un mouvement. Nul tremblement à la commissure des lèvres. Nulle perle de sueur sur son front. Aussi immobile que mes fauteuils. Je me racle la gorge.

— Mia… je sais que vous avez traversé une phase très difficile, mais il est crucial pour le bon fonctionnement de la thérapie que vous vous efforciez de faire part de vos émotions. Autrement, nos séances ne mèneront à rien et je ne pourrai pas vous aider. Je ne peux pas faire le travail à votre place, Mia, si vous vous renfermez ainsi. Vous comprenez ?

— Oui…

Mia hoche la tête tout en fixant la fenêtre de son regard vide.

— Alors, dites-moi comment vous vous sentez.

— Bien… tout va bien, maintenant, répond Mia lentement, d'une voix posée, comme si elle lisait un texte destiné à de très jeunes enfants, s'appliquant à articuler chaque syllabe.

— Vous vous sentez donc mieux que la dernière fois ?

— Bien sûr.

Elle sombre dans le mutisme. J'attends la suite, l'explication. Qui ne vient pas.

— Qu'est-ce qui s'est amélioré ?

— Je trouve que tout va bien, c'est tout.

Même voix posée. Même mimique dénuée de tout sentiment. Même regard vide dans son visage pâle. Un long sanglot provenant de l'autre fauteuil vient rompre le silence. Patrik a replié son grand buste maigre et plongé la tête dans ses mains. Ses doigts massent son cuir chevelu et son corps est secoué de soubresauts.

— Mia, putain ! hurle-t-il d'une voix désespérée. Je veux que ça marche, merde ! Je sais que je t'ai dit des choses dégueulasses, je sais que je t'ai laissée tomber, tu as dû gérer les enfants, assumer toutes les responsabilités du foyer. Mais maintenant, je ne peux même plus… te parler. Tu es complètement amorphe… *Je ne sais plus où tu es, bordel !* Tu comprends ?

— Tenez, dis-je en glissant vers lui la boîte de mouchoirs en papier, mais il ne semble ni me voir ni m'entendre.

— Qu'est-ce que j'ai fait ? Pourquoi tu me rejettes ? Pourquoi c'est si dur ?

Je me tourne vers Mia qui n'a pas bougé d'un pouce. Son visage ne trahit pas la moindre émotion lorsqu'elle pose sa main épaisse sur celle de son compagnon. Il y a dans ce geste mécanique quelque chose de dingue, d'effrayant. Sa main repose comme un morceau de chair inerte sur celle de Patrik. Il fait soudain pivoter son poignet vers le haut et la serre fort.

— Bordel, Mia, on ne peut pas réessayer ? Je te promets que ça va s'améliorer. Je vais… t'aider. Je te le promets.

— Oui, bien sûr.

Markus et moi partageons un verre de vin sur les rochers lisses qui se jettent dans la mer, enveloppés dans des plaids. L'air est frais, mais il n'y a pas un souffle de vent, malgré le ciel de mauvais augure et les nappes de nuages noirs qui flottent à l'horizon.

Nous observons la mer en silence.

Markus fait lentement tourner le vin dans son verre, comme lors d'une dégustation. Il boit rarement, mais je devine qu'aujourd'hui le breuvage lui servira de béquille. Il se racle la gorge en posant délicatement le verre dans une petite faille de la roche, tapissée d'aiguilles de conifère.

Je plonge le regard dans l'eau sombre, le laisse courir le long du rivage où s'amoncellent des feuilles depuis longtemps jaunies. Je devine les algues glissantes, reflet d'un vert venimeux sous la surface lisse et noire, j'imagine le voyage des poissons dans un univers froid, obscur, infini.

Stefan, au milieu de cette étendue glaciale. La tête posée sur un coussin d'algues enchevêtrées. Des créatures marines piquées par la curiosité qui explorent son corps livide et spongieux. Du bout de leurs antennes, ou à l'aide de ventouses ?

Peut-être le goûtent-elles ?

Assez !

Stefan, toujours présent, malgré le passage du temps qui guérit les blessures.

Je suis la psychologue qui doit aider les autres à reprendre le contrôle de leur vie, tout en étant incapable de lâcher mon propre passé. Je suis humaine, dit Aina. « Comme n'importe qui. Imparfaite. Faible. Inapte. »

— Une question me taraude, dit Markus en me dévisageant de ses yeux clairs.

Son expression reflète un mélange d'effarement, de scepticisme et de… dégoût. Comme s'il venait d'apercevoir un insecte inconnu frétillant dans l'eau mousseuse qui lèche les rochers.

— Laquelle ?

Ma voix est rauque, faible, alourdie par la culpabilité.

— Est-ce que tu m'as aimé ? Vraiment ?

— Enfin, Markus, comment peux-tu me demander ça ? Bien sûr que je t'aime. Pourquoi parles-tu au passé ?

Markus fronce les sourcils, dubitatif.

— C'est ce que tu dis. (Pause.) Mais…

— Mais quoi ?

— Je me demande si tu sais ce qu'est l'amour.

Je me tortille, gênée de la tournure que prend cette conversation, mais je reste pour Markus.

— Qu'est-ce que tu entends par là ? Pourquoi je ne saurais pas ce qu'est l'amour ?

— Écoute, si tu m'aimais vraiment, comme moi

je t'aime, tu ne me ferais jamais ça. M'enlever mon enfant et…

— Qu'est-ce que tu racontes ? Je ne vais pas t'enlever ton enfant. Il est autant à toi qu'à moi. Je veux juste vivre seule. Comme aujourd'hui. Comme nous faisons aujourd'hui. C'est tout.

Markus entortille les franges du plaid autour de ses doigts jusqu'à couper la circulation du sang. Lorsqu'il prend la parole, sa voix n'est qu'un sifflement.

— Tu ne me ferais jamais ça si tu m'aimais. Comme je t'ai…

— Alors, d'accord ! Je ne t'aime pas comme tu m'aimes ! Peut-être que je t'aime à ma manière ? J'ai le droit, non ? Pourquoi ta manière est-elle la bonne ? Pourquoi ne peut-on pas continuer comme avant ? Continuer à…

— À quoi ? Vivre dans l'incertitude ? Être en couple et célibataires en même temps ? Vivre ensemble et séparés ? Être tout à la fois et par conséquent… n'être rien. Il faut se décider, Siri. Ne pas se décider, c'est aussi une décision.

— Alors, si c'est comme ça…

— Quoi ?

— J'ai déjà pris ma décision.

Je note les signes avant-coureurs de l'explosion – la mâchoire qui se crispe, la rougeur qui se diffuse sur sa peau d'ordinaire si pâle, sa manière de se lever, le corps rigide, mais pleinement contrôlé.

— Tu es *complètement malade, putain* ! Je te hais. Si seulement on ne s'était jamais rencontrés ! Tu as détruit ma vie, tu comprends ? *Tu comprends ?*

Chaque mot s'abat sur moi comme un coup de poing dans le ventre. J'en ai le souffle coupé, des haut-le-cœur. Je me détourne de lui par réflexe et regarde la mer qui repose paisible, dénuée d'exigences, en contrebas. Elle m'accueille. M'insuffle une quiétude.

— Tu es… glaciale… *insensible.* Est-ce qu'il t'arrive d'éprouver quelque chose ? hurle-t-il dans mon oreille.

Je me recroqueville en position fœtale, comme un enfant qui veut se protéger d'un coup. Mais nul coup ne s'abat sur moi. Au lieu de cela, je vois du coin de l'œil Markus qui balance le plaid à carreaux vers la mer. Il volette comme une feuille dans la brise fluette, se pose sur la surface miroitante, tangue un peu avant de sombrer.

Extrait du dossier médical scolaire,
école élémentaire d'Älvängen.

En CM2 B, la situation demeure difficile avec l'élève évoqué par l'instituteur, Monsieur Söderberg, lors de la dernière réunion. Son absentéisme demeure important. Quand il est présent, il reste en retrait. Lorsque le maître se montre ferme avec lui, il réagit avec agressivité. Il se montre obstiné. Difficile d'évaluer ses connaissances étant donné ses nombreuses absences. Ses difficultés en lecture et en écriture persistent.
La semaine passée, il s'est battu avec deux autres garçons dont l'un a été blessé au visage et a dû être recousu. Les parents ont été convoqués. Ils affirment que leur fils est victime de harcèlement depuis longtemps, allégations que les garçons accusés réfutent. Les parents exigent que l'école prenne à bras-le-corps ce problème de harcèlement. Aucun des enseignants ne l'a pourtant remarqué. Ils voient plutôt le garçon comme un loup solitaire, mais nous décidons tout

de même de convoquer les élèves incriminés pour comprendre ce qui s'est réellement passé. Nous conseillons par ailleurs aux parents de prendre contact avec une unité de pédopsychiatrie.

Siv Hallin, psychologue scolaire

L'obscurité encercle le cabinet.

Les fenêtres sont noires, lisses.

On ne voit que les reflets déformés de la pièce dans laquelle nous nous trouvons – les chaises placées autour de la table ovale, les silhouettes des femmes installées tout autour. Nul bavardage, nul rire ne vient rompre le silence. Comme si toutes les participantes retenaient leur souffle. Je ferme les yeux, tentant de rassembler mes forces afin de guider le groupe d'un bout à l'autre de la séance. Aina toussote. Je me tourne vers elle.

— Je comprends que les événements de la semaine passée aient soulevé de nombreuses interrogations. C'est terrible de sentir une telle violence aussi proche de nous. Je crois que notre soirée au Pelikan nous a fait le plus grand bien, nous avons pu commencer à en parler. Hillevi, quel dommage que tu n'aies pas pu être des nôtres.

Aina est calme, posée. Dans son pull en laine oversize et son jean élimé, elle ressemble à une écolière qui a enfilé les vêtements de son père, mais elle s'exprime avec une autorité naturelle. La tension qui imprégnait l'atmosphère semble immédiatement se dissiper.

Heureusement, elle a cette confiance en elle qui lui permet de prendre le contrôle de la situation.

— Je suis désolée de t'interrompre, Aina, mais j'ai réfléchi et j'aimerais vous dire quelque chose.

Les joues de Kattis se sont colorées. Elle ouvre les mains comme pour donner du poids à ses mots.

— Je ne comprends pas ce qui se passe, poursuit-elle dans un murmure rauque. Henrik a assassiné cette femme… Susanne… Pourtant, la police n'a pas levé le petit doigt. Pourquoi ils ne l'ont pas arrêté ? Il devrait être derrière les barreaux à l'heure qu'il est. C'est incompréhensible.

— Comment sais-tu que la police n'a pas réagi ? demande Malin en la contemplant avec intérêt.

— Comment je le sais ? Eh bien, primo, je sais lire. La police n'a interpellé personne, autrement ça aurait été écrit dans le journal. (Kattis agite le *Metro*.) Deuzio, j'ai aperçu Henrik dans le centre de Gustavsberg, pas plus tard qu'hier. En train de faire ses courses au supermarché. Je ne comprends pas que ce soit possible.

Elle jette un regard circulaire, sollicitant peut-être un soutien, voire simplement un signe de compassion. Ses yeux cherchent les miens et je tente d'exprimer toute ma sympathie, ce qui n'est pas difficile – je suis aussi indignée qu'elle par la situation.

— Peut-être qu'elle n'a eu que ce qu'elle méritait, grince Malin, plongeant de nouveau la pièce dans le silence tandis que nous essayons toutes de digérer ce qu'elle vient de dire.

Quand le regard de Kattis rencontre celui de Malin,

on y lit un doute mêlé d'étonnement, peut-être même de haine. Sirkka reste bouche bée, comme si elle s'apprêtait à dire quelque chose, mais aucun mot ne sort.

— Comment peux-tu déclarer une chose pareille ? murmure Aina qui, pour la première fois dans une situation professionnelle, semble perdre pied. Elle qui reste toujours maîtresse d'elle-même, qui a toujours réponse à tout, qui sait d'instinct comment juguler les tensions.

— Désolée, oubliez ce que j'ai dit, marmonne Malin.

Personne n'ose réagir.

— Ce n'est rien. Ce n'est pas ce que j'ai voulu dire. C'était juste une remarque à la con. On peut passer à autre chose ?

Ses bras sont croisés sur sa poitrine dans un geste défensif.

Aina me lance un regard interrogateur – de nouveau, je sens cette impuissance.

— Je sais que vous avez raison, que la police fait son travail, mais là, je suis au fond du gouffre. Et j'ai si peur…, balbutie Kattis.

Elle secoue lentement la tête et Hillevi, assise à côté, se penche vers elle.

— Ça va s'arranger, tu verras.

Elle lui sourit puis jette un coup d'œil à Malin. Je devine une lueur sombre et dubitative dans son regard, mais sa voix douce est si calme que je lui fais confiance, peut-être que tout peut s'arranger. Que tout va s'arranger. Peut-être que la remarque de Malin n'était qu'un malentendu, peut-être que Henrik sera arrêté aujourd'hui, peut-être pourrons-nous retrouver notre insouciance ; être de nouveau fortes et heureuses.

Peut-être est-ce possible ?

Avec un soupir, Kattis lève ses yeux rougis vers le plafond.

— Je pense qu'ils vont bientôt l'interpeller, dit lentement Sirkka de sa voix éraillée. Sinon, ça ne serait pas juste.

Elle expire profondément en frottant de nouveau ses doigts tordus les uns contre les autres.

— J'ai lu dans le journal qu'elle était défigurée, méconnaissable. Difficile à identifier. Comment peut-on faire une chose pareille ? Et sa fille qui a tout vu…

Sofie nous dévisage, cherche les explications que nous sommes impuissantes à lui donner. J'aurais aimé avoir quelque chose d'intelligent à lui dire, être capable d'agir comme une digne représentante du monde adulte. Je n'ignore pas que Sofie est adulte, par définition, mais j'ai du mal à ne pas la voir comme une enfant. Quand elle se recroqueville comme ça, sur sa chaise, je n'ai qu'une seule envie : la protéger, lui promettre que toutes ces horreurs ne lui arriveront pas.

— Je trouve ça atroce, moi aussi, mais comment pouvez-vous toutes être aussi sûres que c'est Henrik ? (Malin regarde autour d'elle, l'air agacée.) Bien sûr, c'est le coupable le plus probable, mais… on ne sait pas. On ne doit pas toujours se fier aux apparences.

— Qu'est-ce qui est si difficile à comprendre ?

Kattis semble calme, mais sa voix est tranchante lorsqu'elle se tourne vers Malin et poursuit :

— Ce connard était à ça de me tuer ! Il est capable

de tout. Parfois, il *faut* se fier aux apparences. C'était son mec, il est violent, elle meurt. CQFD.

— Tout ce que je veux dire, explique Malin en levant les mains dans une posture défensive pour essayer de désamorcer le conflit, c'est qu'on ne peut pas condamner quelqu'un sans connaître tous les faits. Sans l'avoir entendu. Je n'ai aucunement l'intention de nier ce qu'il t'a fait. Je suis désolée si je t'ai donné cette impression.

— Quelle que soit l'identité du coupable, c'est terrible, dit Hillevi. Ça me fait peur. J'ai peur que quelque chose m'arrive, ou arrive à l'une d'entre vous. Le plus important à présent, c'est que nous soyons là, que nous essayions d'agir sur notre propre vie.

Hillevi esquisse un sourire prudent – elle semble avoir endossé le rôle de maman du groupe. Celle qui doit tout arranger, jouer la médiatrice en cas de contentieux. Qui doit s'assurer que tout le monde va bien. Mais qui va s'occuper d'elle ? Quand Hillevi a-t-elle le droit de se montrer faible ?

— Je crois que Hillevi met des mots sur ce que nous ressentons toutes, intervient Aina. De la peur. Je trouve que tu dis quelque chose de très intéressant : nous ne pouvons pas changer ce qui s'est passé, mais nous pouvons influer sur notre propre vie. C'est la raison principale pour laquelle nous nous retrouvons. Pour nous aider les unes les autres à trouver des outils, à avoir la force de quitter la personne violente, pour reprendre confiance en soi, se défaire de son impuissance, du mépris de soi-même, se donner mutuellement le courage d'aller de l'avant.

Aina irradie, ses cheveux brillent sous la lumière et ses yeux pétillent. Je suis saisie d'étonnement. Aina n'est pas du genre à se lancer dans des discours enflammés, mais son engagement semble sincère. Après toutes ces années, il me reste encore des détails de sa personnalité à découvrir. Comme si elle avait senti mon regard, elle se tourne brièvement vers moi avec un sourire.

— Nous allons continuer à parler de l'aide que propose la société aux femmes victimes de violence, Siri l'évoquera tout à l'heure, mais d'abord je voudrais savoir si vous avez des remarques depuis la semaine dernière, hormis ce que nous avons déjà abordé.

Le regard d'Aina va de l'une à l'autre. Le silence règne. Sofie lève soudain le doigt, dans un geste aussi enfantin que touchant. Sa jeunesse et sa vulnérabilité n'en sont que plus évidentes.

— Je t'en prie, Sofie.

Aina lui adresse un sourire chaleureux. Sofie semble prendre son élan, baisse lentement sa main tremblante. Ses joues se sont empourprées. Des perles de sueur luisent sur son front tels de minuscules diamants sur un diadème.

— Eh bien… la semaine dernière, nous avons discuté de… Hillevi a parlé de… son fils. Je voudrais lui dire quelque chose.

Hillevi fixe attentivement Sofie, remarquant sa fébrilité et sa peur, et l'encourage d'un signe de tête.

— Dis-moi, s'il te plaît, Sofie.

La pédiatre, mère de trois enfants, penchée en avant, écoute avec un immense respect la jeune femme de dix-sept ans. Il est frappant de voir qu'ici, toutes les femmes sont sur un pied d'égalité. Indépendamment de leur identité, de leur emploi, de leur niveau d'éducation, du lieu où elles habitent. Ici, ce qui importe, c'est ce qui les rapproche, ce qui les lie. Pas ce qui les sépare.

— Tu sais, ce que tu nous as raconté au sujet de ton fils et de ton mari… Qu'il a frappé votre petit garçon. (Sofie n'ose pas croiser les yeux de Hillevi, préférant se concentrer sur le bloc-notes écorné posé devant elle.) C'est ce que j'ai vécu. Mon beau-père levait la main sur moi. Depuis toujours. Aussi longtemps que je m'en souvienne.

Hillevi hoche de nouveau la tête ; Aina marmonne quelques paroles encourageantes ; Sofie renifle et continue :

— Ma mère et lui ont toujours été fous amoureux. Ils le sont toujours. C'est comme ça que j'ai grandi, tu vois, avec l'image de ma mère et de mon beau-père comme deux personnages… de conte de fées. Ma mère aimait raconter comment elle avait rencontré Anders, dans un café en ville. Il est venu lui parler alors qu'elle lisait un livre, assise à côté du landau. Ce fut le coup de foudre. Ils se sont installés ensemble aussitôt. C'est le genre de couple qui ne peut s'empêcher de se toucher, alors que ça fait dix-sept ans qu'ils se connaissent.

— Ah bon ? Alors, qu'est-ce que tu fais ici si tout est pour le mieux dans le meilleur des mondes ?

Le ton sarcastique et mesquin de Malin me fait bondir. Avant que j'aie le temps d'agir, Aina s'est tournée vers Malin en levant un sourcil réprobateur. Malin balbutie des excuses. Qu'est-ce qui lui arrive, bon sang ?

Il faudra que nous ayons une conversation en tête à tête après la séance. Pour comprendre ce qui lui prend.

— Ce que j'essaie de vous expliquer, rétorque Sofie, agacée d'avoir été interrompue, c'est qu'Anders a un tempérament sanguin, mais il ne s'emporte jamais contre ma mère. Il l'a toujours adulée. Jamais il ne lui porterait le moindre coup. Mais à moi, oui. Je ne me rappelle plus à quel âge il m'a flanqué ma première raclée. J'ai l'impression qu'il me bat depuis toujours. Petite, je pensais que tous les pères faisaient ça. Que c'était normal. Ce n'est qu'à l'école primaire que j'ai compris que c'était interdit, lorsqu'on nous a parlé de la loi prohibant les châtiments corporels. Il ne frappait pas très fort. Il pouvait me gifler, me pousser. Si je rentrais en retard ou que je n'avais pas rangé ma chambre ou fait mes devoirs. Ma mère disait parfois : « Enfin, Anders, laisse Sofie tranquille », mais jamais elle n'intervenait. Elle n'essayait pas de l'empêcher de cogner ni rien. Elle justifiait toujours sa violence : « Anders traverse une mauvaise passe, c'est difficile au boulot », « Anders est fatigué » ou « Anders a mal au dos ». Il y avait toujours une bonne raison. Ma mère se plaçait toujours de son côté. C'était eux contre moi, en quelque sorte. J'avais l'impression d'être une gamine lambda qui avait débarqué chez eux pour perturber leur belle histoire d'amour. Ma propre mère trouvait que son mec était… plus important que moi.

— Ma chère enfant…

Sirkka frotte ses mains ridées en secouant la tête. Ses fins cheveux roux se balancent un instant au-dessus de ses épaules.

— Tu ne comprenais pas que c'était… mal ? C'est contre nature de traiter un enfant ainsi.

— Vraiment ? rétorque Sofie en plongeant son regard dans celui de Sirkka. C'est peut-être ça, la nature ?

— C'est-à-dire ?

Sirkka affiche un air de sincère étonnement.

— Je veux dire… Je nous compare souvent aux lions.

La voix de Sofie se brise, se changeant en murmure.

— Aux lions ? répète Aina.

— Oui, vous savez, quand un lion rencontre une lionne, il tue toujours ses lionceaux. Ceux qu'elle a eus avec un autre mâle. Je me dis souvent que c'est comme ça. Je ne suis pas sa fille. Il me rejette. C'est… naturel.

Un silence de plomb s'abat sur la pièce. Sofie baisse les yeux sur le sol en lino sans mot dire, mais il me semble distinguer un sanglot.

— Raconte-nous ce qui est arrivé ensuite, Sofie, l'encourage Aina.

— Eh bien… Anders s'est mis à boire de plus en plus. Il a toujours picolé. Ma mère et lui ont toujours aimé faire la fête, mais ça a monté d'un cran. Et quand il était soûl, il était encore plus furieux contre moi. C'était toujours moi, le problème. Il a commencé à me frapper violemment.

Les yeux luisants, le visage crispé et pourtant empreint de douleur, Sofie marque une pause. Son récit émeut le groupe tout entier. Qu'un homme maltraite sa femme, c'est grave, mais lever la main sur un enfant contrevient à nos instincts les plus profonds.

Sirkka s'essuie discrètement les yeux, Malin ouvre et ferme les poings, comme désireuse de régler elle-même son compte au beau-père de Sofie.

Et Hillevi… Hillevi ne lâche pas Sofie du regard. La mine austère, elle opine du chef avec une extrême lenteur, comme si elle venait de comprendre quelque chose.

— Un samedi soir, il m'a poussée dans l'escalier. Je me suis cassé le bras. Parce que j'étais rentrée en retard. Il enrageait chaque fois que je voyais mon mec, Victor, qu'il traitait de loser. D'après lui, je méritais mieux qu'un banlieusard tire-au-flanc. Mais le pire, ce n'était pas la violence physique ni les insultes. Le pire, c'est que ma mère a toujours pris sa défense, lui a toujours trouvé des excuses. Sincèrement, je me fous qu'il m'ait tabassée, mais que ma mère m'ait trahie…

Sofie s'interrompt pour fixer Hillevi.

— C'est pourquoi tu dois le quitter. Pour le bien de tes enfants. Ils doivent savoir que tu es leur mère. Que tu es de leur côté. Qu'on n'a pas le droit de battre les enfants. Voilà. C'est ce que j'avais à dire.

Hillevi approche lentement le bras vers Sofie. Ses joues sont blêmes, presque diaphanes, ses yeux mouillés de larmes. Elle effleure la main de la jeune fille.

— Je comprends, ma chère. Je comprends. Je te promets de ne jamais trahir mes enfants.

Des coups discrets frappés à la porte viennent briser l'atmosphère quasi hypnotique qui règne dans la pièce. Elin apparaît dans l'entrebâillement.

— Ah, pardon ! Je vous dérange…

Aina et moi échangeons un regard en voyant l'air

stupéfait de notre assistante. Aina lève les yeux au ciel et je me mords l'intérieur des joues pour refréner un rire nerveux. Elin est d'une gentillesse, mais elle est complètement à l'ouest. Elle devrait savoir que nous sommes occupées, que le moment réservé au groupe de parole est sacré.

Il n'y a aucune bonne raison de nous interrompre. *Presque* aucune.

Elle reste plantée sur le seuil, visiblement désemparée, les cheveux noirs relevés dans une coiffure élaborée, la peau comme d'ordinaire enduite de fond de teint très clair et les yeux soulignés de khôl.

— Euh… Il y a un homme… qui veut entrer.

Elle jette un coup d'œil par-dessus son épaule, l'air embarrassée. Je remarque une ombre derrière elle.

— Nous ne pouvons malheureusement pas le recevoir. Nous sommes en pleine séance. Tu vas devoir lui dire de revenir plus tard ou de téléphoner.

Elin hoche affirmativement la tête et commence à refermer la porte. Tout se passe très vite. L'ombre se détache du mur, bouscule violemment Elin qui est projetée à l'intérieur de la pièce.

— Laissez-moi entrer ! Je dois vous expliquer. Vous devez m'écouter. Écoutez-moi !

Le crâne glabre, irisé de pluie, ou de sueur, peut-être, luit dans la lueur du plafonnier. Comme la dernière fois, il porte son épaisse doudoune. Je reconnais immédiatement Henrik, l'homme qui a peut-être tué sa compagne, l'homme qui m'a abordée dans le noir, sur la place Medborgarplatsen.

Planté dans l'embrasure de la porte, il nous toise

de sa haute stature. Je note qu'il chancelle, ses yeux brillent d'un éclat fébrile, et une odeur légère, mais bien reconnaissable, d'alcool se diffuse autour de lui.

Elin, qui s'est retrouvée à genoux devant lui, ressemble à une petite poupée.

— Écoutez-moi, par pitié ! supplie-t-il d'une voix suraiguë.

Il semble anéanti ; le bronzage de la dernière fois paraît gris et sale ; son visage émacié est hérissé d'une barbe naissante.

— Je suis navrée, mais je vais vous demander de partir.

J'avance lentement vers Henrik, adoptant une posture aussi calme que décidée. Je dois lui donner une impression de confiance, alors que la panique m'envahit. Mes doigts tremblent, mon cœur bat la chamade, amplifié jusqu'à des centaines de décibels, mon estomac se noue. Dans mes tympans monte un bruit qui gonfle, devient un gémissement, un cri.

Henrik me fixe de ses yeux bleus rougis. La colère, la peine, le désespoir – plonger dans ses pupilles équivaut à se noyer dans une mer de sentiments douloureux.

— Oui, oui, je vais partir, mais d'abord vous devez m'écouter. Vous devez m'écouter. Elle doit m'écouter.

Il brandit l'index en direction de Kattis, pelotonnée sur sa chaise, les bras plaqués de part et d'autre de sa tête, le corps secoué de convulsions.

— Regarde-moi, enfin ! Regarde-moi, Kattis ! On va discuter, toi et moi. C'est ce que tu veux, non ? Saisis ta chance. Je suis là. C'est le moment de parler ensemble.

Henrik trébuche, manque de tomber sur Elin, mais se rattrape in extremis à mon siège.

— Merde, maugrée-t-il dans sa barbe.

Il se redresse, le corps imprimé d'un léger mouvement de balancier.

— Nous sommes vraiment désolées, mais il va falloir que vous sortiez, autrement nous devrons faire venir le vigile, affirme Aina d'une voix autoritaire, comme si nous pouvions convoquer un agent de sécurité par la pensée – car nous ne disposons d'aucune alarme. Celle que Vijay devait commander n'est pas arrivée – peut-être même ne l'a-t-il jamais commandée.

— Vous n'allez pas appeler un vigile à la con, vous allez m'écouter ! Je vais vous raconter ce qui se passe vraiment. Compris ? (Il a soudain un sanglot, et des larmes se forment au coin de ses yeux.) Putain de merde ! Merde ! répète-t-il, comme agacé par sa propre sensibilité.

Je contemple les participantes. Sirkka est assise, raide comme un piquet, les yeux rivés devant elle ; Sofie, en pleurs, s'appuie contre Hillevi qui lui caresse les cheveux ; Kattis cache toujours sa tête entre ses bras et Malin foudroie Henrik de son regard haineux. Elin est assise par terre, chamboulée, recroquevillée, tel un monceau de vêtements noirs et de chaînes argentées.

— Bien sûr, nous allons vous laisser parler, dit Aina en s'approchant lentement de Henrik.

Elle s'exprime d'un ton tranquille, presque ordinaire, en articulant comme si elle parlait à un enfant.

— N'avancez pas ! Restez où vous êtes, grogne-t-il en levant un bras.

J'aperçois dans sa main un objet brillant. En métal. Une crosse ? Une arme ?

— Aina, assieds-toi ! Laisse Henrik s'exprimer. Allez-y, dites-nous ce qui vous amène.

J'agite la main pour faire reculer ma collègue. J'ignore si elle a vu l'arme, mais je comprends tout à coup que la situation a changé. Un homme agressif, connu pour ses faits de violence, peut-être même un assassin, qui est venu ici pour se venger, et qui a apporté un flingue. Il y a une seule chose qui m'échappe : pourquoi ici ? Pour blesser Kattis, peut-être, mais pourquoi en public et non pas dans un lieu discret ?

— Vous allez m'écouter !

Henrik me dévisage, avec ce besoin de reconnaissance dans les yeux.

— Nous allons vous écouter, oui. Allez-y, racontez-nous, répète Aina de la même voix calme.

— Faites-moi confiance. Elle a un pet au casque ! Vous comprenez ? Un vrai pet au casque.

Henrik brandit l'objet en métal en direction de Kattis qui lève la tête vers lui, le contemple, comme mise à nu. Vulnérable. Désemparée. Mais pas effrayée.

— C'est une menteuse, continue-t-il en balbutiant. Je ne l'ai jamais touchée, vous m'entendez ? Je ne l'ai jamais… frappée. Je le jure devant Dieu. Je n'ai jamais levé la main sur une femme. Vous m'entendez ? C'est elle qui est un… monstre. Elle me poursuit. Elle est tarée et elle va vous manipuler, vous aussi. Et vous…

Il a un petit gloussement étouffé qui se change en

cascade de rire bruyant, qui bouillonne et emplit toute la pièce.

— Elle vous a déjà dupées, vous comprenez ? (Il rit de nouveau, au point de buter sur les mots, au point de se pencher en avant et d'appuyer un bras contre son genou.) Vous m'entendez ? Elle a déjà… Et vous êtes tombées dans le panneau. Toutes autant que vous êtes ! C'est incroyable ! Elle vous a déjà… *Vous comprenez ?*

Son rire s'éteint et la pièce retrouve son calme. Pas un mot n'est prononcé. Henrik semble penaud. Il se tourne vers Kattis et, lorsqu'il reprend la parole, ses mots lui sont adressés. Nous autres ne sommes que spectatrices.

— Susanne est morte. Je l'aimais. Je l'aime encore. Maintenant, tout est fini, espèce de sale pute ! T'es contente, hein ?

Des sanglots. Sa peine, sa douleur crèvent les yeux.

— Tu as gâché ma vie !

Sa voix n'est plus qu'un murmure. On entend le ronron du lave-vaisselle dans le coin-cuisine, le vrombissement des voitures qui passent dans la rue Götgatan. Le temps paraît retenir son souffle. Sur la grande horloge murale, la trotteuse chemine lentement, les secondes qui s'écoulent résonnent. Pas un geste, pas un bruit dans la pièce.

Henrik s'est laissé tomber sur une chaise. Il respire lourdement, s'essuie le nez et les joues de la manche de sa doudoune qui crisse à chaque mouvement. Il tient son arme, pleinement visible à présent. J'ignore si c'est un pistolet ou un revolver, quels sont ses caractéristiques, son calibre. Je n'y connais rien. Markus possède une arme de service dont il prend soin comme d'un bébé et il m'interdit d'y toucher. Rangée sous clé, conformément au règlement.

J'ignore de quelle arme il s'agit, mais je sais qu'elle peut blesser. Ou tuer.

Henrik paraît épuisé, comme si sa vie était déjà terminée. Des images de prise d'otages défilent dans ma tête. Des morts et des blessés. Le preneur d'otages qui se suicide, des unités policières spéciales qui sont appelées pour assurer la médiation. Pour parler calmement, établir le contact, parler d'humain à humain.

Mais l'arrivée de flics présuppose que quelqu'un sache que nous sommes ici avec Henrik. Or personne n'est au courant. Il n'y a personne d'autre dans le cabinet aujourd'hui. Sven a posé sa journée pour se rendre dans sa maison de campagne et, sans doute, rechuter.

— Pourquoi, Kattis ? Et qu'est-ce que tu fous ici, avec ces grognasses ?

Avec un nouveau regard circulaire, Henrik brandit son arme. Dans un sanglot, Sofie se blottit contre Hillevi.

— Comment pouvons-nous t'aider, Henrik ? Nous voulons t'aider. Dis-nous ce qu'il te faut pour que tu ailles mieux. Nous t'écoutons.

Encore Aina. Toujours ce calme, cette confiance. Ni peur ni inquiétude ne transpirent.

— C'est une folle ! Je veux juste que vous compreniez ça. Elle ment comme elle respire, elle fabule. C'est le diable en personne !

Les efforts d'Aina en vue de le rasséréner semblent

voués à l'échec. Henrik est en proie à un délire. Kattis se lève soudain. Visage exsangue, dénué d'expression, baigné de larmes. Yeux écarquillés. Mains ouvertes vers Henrik.

— Je suis désolée, Henrik. Tout est ma faute. Je le comprends, maintenant.

Elle s'approche de Henrik, la tête basse, comme une condamnée à mort vers l'échafaud. Qu'a-t-elle prévu ? De se sacrifier ?

J'ai une brusque envie de lui tendre la main, de la consoler. Si seulement je pouvais la retenir, l'arrêter, mais je n'ose pas. Quelque part au fond de moi, je me rends à l'évidence : je n'ai pas le cran. Je ne suis pas prête à donner ma vie pour sauver quelqu'un.

Je m'imagine ailleurs, je pense au petit être qui grandit en moi, un humain en devenir.

Un enfant.

Je pense à Markus, à ses mains chaudes, à son corps, son rire. Markus et un bébé. Tellement compliqué et là, soudain, si simple.

— Non !

Le hurlement de Hillevi vient briser le silence. Bondissant de sa chaise, elle se plante entre Kattis et Henrik.

— Non, répète-t-elle. Fichez-lui la paix ! Partez d'ici. Allez-vous-en !

Henrik dévisage Hillevi avec étonnement, comme s'il avait du mal à appréhender la situation. Sans bouger d'un iota, Hillevi plonge son regard dans le sien et secoue lentement la tête.

— Vous allez partir d'ici maintenant. Donnez-moi

votre arme. Nous allons vous aider. Nous allons nous assurer que vous receviez de l'aide.

— Vous ne comprenez pas.

La voix de Henrik n'est plus qu'un murmure rauque dans lequel on devine un désespoir grandissant. Il pose un regard vitreux, presque effrayé, sur Hillevi, fait un pas en arrière et lève son arme.

— Arrêtez-vous, bordel !

De nouveau la sensation que le temps a cessé d'exister. Nous sommes tous prisonniers de l'instant, incapables d'avoir prise sur cet événement.

Hillevi s'approche de Henrik. Mon corps entier se glace. Henrik est ivre, peut-être fou. Sans doute terrifié. Il a une vision déformée de Kattis, il est dans un délire paranoïaque. S'il se sent menacé par Hillevi, il peut arriver n'importe quoi. Elle ne devrait pas être si près. Elle devrait reculer.

Kattis reste immobile, les yeux fermés. Sofie est seule et abandonnée, maintenant qu'elle ne peut plus s'appuyer sur Hillevi. Malin et Sirkka se sont retranchées dans le mutisme.

Je remarque subitement Elin, oubliée dans un coin de la pièce, un téléphone portable à la main dont l'écran diffuse une faible lumière. Elle hoche la tête en me regardant et je comprends qu'elle est parvenue à envoyer un message. Les secours sont en route. Elle dissimule prestement l'appareil dans ses vêtements noirs.

Hillevi lève les bras, manière de signaler qu'elle est inoffensive, qu'elle ne lui veut pas de mal. Hillevi, si petite face à Henrik, le géant. Henrik reste immobile à la contempler, l'arme au poing.

Et puis.

La trotteuse de l'horloge murale fait un nouveau bond. Une voiture klaxonne au loin. Le lave-vaisselle émet un bip indiquant qu'il a terminé son œuvre. Quelqu'un prend une profonde inspiration. Hillevi esquisse un pas en avant. Ce n'est ni un grand pas ni un mouvement brusque. Une petite progression décidée. Mais Henrik sursaute et son doigt écrase la détente.

Le corps menu de Hillevi tombe en arrière, sur la table placée au centre du cercle de chaises, renversant au sol les plats de viennoiseries et les mouchoirs en papier. Du coin de l'œil, je vois les roulés à la cannelle, éparpillés sur le tapis de couleur, qui absorbent lentement le sang, se teignent de rouge, jusqu'à ressembler à de pauvres pelotes de laine.

Henrik fixe sa main, ébahi, comme s'il ne comprenait pas ce qui venait d'arriver, ce qu'il venait de faire.

Jamais je n'aurais pu me douter du vacarme assourdissant d'un coup de feu dans une pièce fermée ni du silence qui suit, qui anéantit le son, l'emplissant de vide. De néant.

Plus tard. Des bruits. Des mouvements. Des silhouettes qui entrent et sortent en courant de la pièce. Des faisceaux bleus qui balaient la salle, provenant des ambulances et des voitures de police alignées sur la place. Elin dans un fauteuil Lamino, enveloppée dans une couverture de survie, le regard fixe. Agenouillée à côté, une femme empressée qui lui demande comment elle se sent, si elle a besoin de voir un médecin.

Sirkka, Sofie et Malin, assises dans un coin,

paraissent minuscules, abandonnées. À l'autre bout de la pièce, Kattis parle avec un agent de police. Son teint est cadavérique, ses gestes sont raides, j'imagine qu'elle est choquée.

Une main se pose sur mon épaule et je sursaute. Mon corps est toujours dans un état d'intense agitation, signalant le danger, me poussant à me battre ou à fuir. Faisant volte-face, je découvre Markus, en jean et pull à capuche informe.

— J'ai entendu qu'il y avait eu des tirs dans un cabinet de psys de la place Medborgarplatsen. Je suis venu aussi vite que j'ai pu. J'ai eu peur que ce soit toi…

Il bredouille, se détourne pour dissimuler son émotion.

— Putain, Siri, j'ai eu tellement peur…

Sans mot dire, je me laisse enlacer, bercer comme une enfant. Je passe les doigts sur les bouloches de son pull en laine, je hume l'odeur de Markus, si familière, si rassurante.

— Markus ! Comme je suis heureuse de te voir ! s'exclame Aina, à côté de nous, le visage rougi et maculé de mascara.

Elle ne semble pas avoir conscience de pleurer.

— Tu sais quelque chose ? Comment va Hillevi ?

Elle contemple Markus, les traits tirés. Je relâche mon étreinte à contrecœur, esquisse un pas un arrière et l'observe, à la recherche d'indices.

— Je ne sais rien, ou plutôt rien de plus que ce qui a été dit à la radio. Un coup de feu, une femme touchée, l'auteur s'est enfui à pied et n'a pas été arrêté.

— Où est-il ?

Je scrute la pièce, me remémorant le visage de Henrik juste après le coup de feu. On aurait dit un gosse réveillé en sursaut : vide, le visage las, dénué d'expression. Le regard de sidération qu'il a posé sur son arme, comme s'il s'agissait d'un nouveau jouet dont il venait de saisir le fonctionnement.

Et Hillevi… gisant sur la table tel un animal à l'abattoir, ses bottines masculines à épaisse semelle, mais de toute petite taille, pendaient à ras du sol et sa jupe noire était remontée, dévoilant un maigre bassin.

On aurait cru une enfant.

Sirkka, courbée sur elle, tentant de stopper l'hémorragie de ses mains fripées, rougies.

Le sang…

Tout ce sang qui dégoulinait sur le tapis en jute devenu écarlate.

— Nous ne l'avons pas trouvé. Mais ce n'est qu'une question de temps.

Aina dévisage Markus, essayant de lui faire comprendre ce que nous avons vu. Expliquer l'inexplicable.

— Elles vont avoir besoin d'elles.

J'indique du doigt Sirkka, Malin et Sofie, qui n'ont pas bougé de leurs chaises. Frigorifiées, oubliées.

— Elles vont être prises en charge par des ambulanciers et des agents. Elles sont témoins, on va s'occuper d'elles. Et de vous aussi.

Markus semble s'être apaisé. Après tout, il est en terrain connu : les scènes de crime et les catastrophes font partie de son quotidien.

— Hillevi. Tu dois te renseigner. On doit savoir comment elle va.

Aina offre à Markus un visage implorant. Markus esquisse un signe de tête affirmatif en s'éloignant vers un homme qui semble avoir un poste de commandement. Ils échangent quelques phrases, Markus se tourne vers nous, peut-être pour expliquer qui nous sommes, Aina et moi. L'homme remue les lèvres, hoche la tête, ses gestes et expressions indéchiffrables. Impossible d'en déduire ce qui est arrivé à Hillevi. Markus revient vers nous. Son regard est impénétrable. Sa posture neutre, professionnelle.

Markus nous indique de le suivre dans le coin-cuisine désert. Nous prenons place sur les chaises. Mes mains tremblent – je ne supporte plus de les voir. Une immense fatigue m'écrase soudain, et je n'ai plus la force d'assister à ces secousses qui me rappellent ce que nous venons de traverser. Ce que je ne parviens pas à digérer.

— Hillevi a été touchée à l'abdomen, commence Markus en nous interrogeant du regard, comme pour obtenir une confirmation de notre part.

Aina hoche faiblement la tête.

— Elle a perdu beaucoup de sang, énormément de sang. On ne peut pas subir une telle hémorragie sans…

— Effectivement, sa blessure a beaucoup saigné.

Lorsque Markus se racle la gorge avec embarras, je sens au creux de l'estomac comme une boule glacée. Je sais ce qu'il va dire. Je sais que personne ne peut perdre autant de sang sans succomber.

— Hillevi a été transportée à l'hôpital Söder où l'on

a constaté son décès. Sans doute est-elle morte dans l'ambulance, mais son décès a été constaté à l'hôpital. C'est la règle – on ne peut pas…

Il se tait, comme s'il avait senti que nous n'avions pas la force d'écouter des détails annexes à propos de qui peut constater un décès et où. Aina et moi nous contemplons, assimilant lentement les mots.

Hillevi est morte.

Lovée dans le canapé, enveloppée dans ma couverture, je grelotte. J'ai l'impression que le froid ne quittera plus jamais mon corps. Sur la table devant moi, Markus a posé une tasse de thé, peut-être avec l'espoir que la boisson chaude apaise mes nerfs.

Dehors, le vent siffle entre les cimes des pins et la pluie frappe les vitres en cascades irrégulières.

L'envie d'un verre de vin me dévore. Je sais qu'il y a un cubi dans le placard au-dessus du frigo, il y a toujours un cubi dans ce placard, mais je pense à l'enfant et je sais que je dois m'abstenir. Je ne peux plus m'autoriser à boire, bien que l'angoisse me ronge, paralyse mon corps. Mon attrait pour l'alcool est tellement plus fort que ce que j'ai bien voulu admettre. Or je connais les conséquences de cette boisson sur le fœtus et je ne peux pas m'en rendre responsable. Je pense à l'enfant qui grandit en moi, à celui que j'ai perdu. Je refuse de faire courir le moindre danger à mon bébé. La dive bouteille attendra. Malgré la sensation de brûlure dans l'estomac, la légère nausée et le pouls trop rapide et trop violent. Markus m'a poussée à prendre du Diazépam, prescrit par le médecin de garde, mais les anxiolytiques ne sont pas sans risques non plus. Pas d'alcool, pas de médicaments. L'angoisse, simplement.

Markus fait les cent pas dans le salon comme un lion en cage. Je vois bien qu'il est tiraillé entre la nécessité de rester à la maison avec moi et l'envie de se barrer, de se jeter corps et âme dans le travail. Même si le dossier de l'assassinat – ou du meurtre – de Hillevi n'est pas amené à se retrouver sur le bureau de Markus, c'est la police de Nacka qui s'occupe de l'enquête sur la mort de la petite amie de Henrik, un de ses collègues, en d'autres termes. Le potentiel lien entre ces deux crimes va évidemment être examiné.

— Pourquoi vous ne l'avez pas coffré ?

Ma voix résonne étrangement, les mots sont difficiles à prononcer ; ils reposent telles des pierres encombrantes sur ma langue râpeuse.

— Qui ? Henrik ?

Markus s'est immobilisé, ses déambulations fébriles stoppées pour un moment.

— Oui, bien sûr, qui d'autre ? Pourquoi ne l'avez-vous pas foutu en taule ? Il avait déjà tué sa petite amie et, si vous l'aviez arrêté, Hillevi ne serait pas… Et maintenant il s'est volatilisé ! Et si vous ne le retrouviez jamais ?

Je me tais. Mon esprit rejoue la scène pour la énième fois. Hillevi, plantée devant Henrik, qui tente de communiquer avec lui, le coup de feu qui part, Hillevi qui bascule contre la table. Et le sang. Le sang qui coule sur le tapis, qui se mélange aux éclats de porcelaine et aux roulés à la cannelle. La scène est irréelle et pourtant implacable. Impossible de s'y soustraire.

— Siri, les apparences sont parfois trompeuses. (Markus cherche mon regard, tend la main vers moi et effleure délicatement mon épaule.) Nous l'avons interrogé. J'ai vérifié avec mes collègues. Il avait un alibi, il ne peut pas avoir tué la femme. Un alibi solide, du reste. Il était dans un bar avec ses employés. Il possède une entreprise dans le secteur du bâtiment. Dix personnes ont attesté que Henrik était avec eux, à écluser des bières et à pousser la chansonnette – il paraît que c'était une soirée karaoké. Le personnel du bar a confirmé. Ils se souviennent de lui. Il était soûl, un peu collant avec les serveuses.

— Comment pouvez-vous être aussi catégoriques ? dis-je d'un ton pugnace, quasi agressif. C'est un homme violent, qui n'hésite pas à agresser les femmes, on le sait ! Kattis a raconté…

Je m'arrête, consciente que je suis en train de violer le secret professionnel, de dévoiler des noms et des informations que je suis censée taire.

— Kattis, son ex ? Qui fait partie de ton groupe de parole ?

Je hoche affirmativement la tête. Les enquêteurs finiront bien par s'en rendre compte – ils vont examiner les participantes au groupe, ce qui a été dit, afin d'essayer de comprendre et d'expliquer, de mettre des mots sur la conduite de Henrik, d'établir des liens, de tenter de dégager une vision d'ensemble.

— Eh bien, disons que la version de Henrik ne concorde pas exactement avec celle de Kattis. Il nie en bloc, affirme qu'il n'a jamais levé la main sur elle. Qu'elle ment.

— Ben voyons ! C'est toujours comme ça ! Combien d'hommes violents reconnaissent leur culpabilité et acceptent la sanction ou le traitement ? Comment peux-tu le défendre ! Vous avez fait une putain d'erreur et tu t'efforces de la dissimuler en clamant son innocence !

Je sens les larmes me monter aux yeux et elles coulent, salées, le long de mes joues et dans mon cou. Je me sens blessée, impuissante, désespérée.

— Siri, bon sang, tu ne m'as pas écouté ou quoi ? Henrik avait un alibi. Il ne peut pas avoir tué sa petite amie. Et les flics ne sont pas devins – on ne peut pas prévenir un crime dont on n'a pas connaissance. En outre… (Markus hésite. Il est lui aussi soumis au secret professionnel et en a peut-être déjà trop dit.) Eh bien… l'agente qui a annoncé à Henrik la mort de sa petite amie a raconté que ça l'avait détruit. Il s'est effondré, littéralement. S'il jouait la comédie, c'était la meilleure représentation qu'elle ait jamais vue, a-t-elle rapporté. Ils ont dû faire appel à un soignant qui lui a administré un calmant.

— Il n'empêche que ça peut être lui. Il a pu payer un sbire. Il est déséquilibré. Il faut être taré pour se promener comme ça, avec une arme. Et me suivre dans le noir, m'alpaguer sur la place Medborgarplatsen. C'est Kattis qu'il voulait blesser, pas Hillevi.

— Siri, la première chose que nous faisons quand nous découvrons une femme sans vie, c'est de nous intéresser à sa situation familiale. Nous savons que le coupable est le plus souvent le mari, le conjoint, le petit ami. C'est terrible, mais c'est ainsi. Nous avons fait des recherches sur Henrik, examiné sa relation avec Susanne Olsson. Tout portait à croire que c'était un type lambda. Hormis la plainte pour violences conjugales déposée par son ex, nous n'avons rien sur lui. Quelques excès de vitesse seulement. Il n'a jamais été condamné, il s'occupe bien de son entreprise, ses employés l'apprécient. Aucune des personnes avec qui nous avons parlé n'a évoqué des tendances violentes. Tout le monde semble bien s'entendre avec lui, exception faite d'un voisin qui trouve qu'il a une trop grosse BMW et qui est convaincu qu'il travaille au noir, ce qui est sans doute vrai. Il a perdu pas mal d'argent au PMU, mais, à part ça, il a l'air d'un type ordinaire. On n'avait rien sur lui, rien de concret. Hormis les accusations de Kattis. On ne pouvait pas prévoir.

Markus lève les paumes au ciel dans un geste d'excuse, s'agenouille et prend ma main. Il me caresse les cheveux.

— Et l'arme ? Que faisait-il avec un flingue ? Quelle personne lambda, innocente, en possède un ? Ouvre les yeux, Markus, il est instable, et tu le sais.

Je me suis assise sur le canapé, repoussant ma couverture. Je n'ai plus froid. Comme si la peine et la rage avaient remis mon corps en état de fonctionnement. Dehors, la tempête se déchaîne, la pluie fouette les carreaux et les rafales malmènent les branches et les troncs. La nature elle aussi semble furieuse.

— Je ne sais pas exactement, mais en tout cas il est membre d'un club de tir. Il a une licence. Il a participé à des concours de tir au pistolet lorsqu'il était plus jeune. Nous pensons qu'il a utilisé l'arme pour laquelle il possédait un permis. Si tu veux mon avis, Henrik n'a pas tué Susanne, mais quelque chose s'est passé quand on lui a annoncé sa mort. Ne me demande pas quoi, c'est toi la spécialiste. Mais il s'est effondré, il a pété un plomb. Il est devenu fou, si tu veux. Il a fait de Kattis le bouc émissaire, la responsable de tous ses malheurs.

— Kattis ? Il ne peut tout de même pas penser qu'elle est impliquée dans la mort de Susanne ?

— J'ignore ce qu'il pense, mais il avait peut-être l'impression qu'elle sabotait sa vie avec toutes ces accusations de maltraitance. Et puis, Susanne a été tuée. Je crois que c'était trop pour lui, tout simplement. Il a sombré dans la folie. Toi qui connais ce domaine, tu estimes que c'est possible ?

Je hausse les épaules.

— J'imagine que oui. Il a pu avoir un épisode psychotique. Ça peut arriver.

Markus affiche soudain une mine cynique et désabusée.

— Siri, les gens ont parfois des délires incompréhensibles. La semaine dernière, nous avons eu affaire à un infanticide suivi d'un suicide. Une mère célibataire s'était donné la mort après avoir tué sa fillette de cinq ans. Elle était persuadée d'être persécutée par un cartel de drogue sud-américain. Elle ne voyait pas d'autre issue. Son ex-mari les a trouvées mortes dans la chambre à coucher lorsqu'il est venu chercher sa fille pour le week-end. Elle avait administré des médicaments à sa fille avant d'en avaler elle-même. Son médecin a expliqué qu'elle souffrait de schizophrénie paranoïaque qu'elle contrôlait grâce à un traitement. Le problème, c'est qu'elle l'avait interrompu.

Markus secoue la tête.

— Ce que je veux dire, c'est que, quand on est malade, on peut faire une fixette sur n'importe qui. La femme de ton groupe, Kattis, dit qu'il la harcèle, non? Il fait peut-être une fixation? Il pense qu'elle est la cause de tous ses malheurs? Qu'est-ce que j'en sais?

Il m'observe. Une bourrasque semble attraper la maison dont les murs paraissent tout à coup fins comme du papier, et j'ai l'impression que tout le bâtiment va s'envoler. Il poursuit:

— Peut-être qu'ils souffrent tous les deux d'une obsession morbide l'un pour l'autre. En tout cas, nous n'avons rien sur lui. Rien de concret. Globalement, nous avons très peu d'éléments matériels. Nous savons que c'est un homme, c'est tout. Il n'y a aucun témoin à l'exception de la fillette. Mais une enfant de cinq ans, punaise... C'est un cauchemar pour la police. Un homicide sans preuves.

Nous gardons le silence un instant. Markus se racle la gorge.

— Écoute, Siri...

Je le vois qui s'agite et, connaissant Markus, je sais ce qu'il s'apprête à dire. Nos yeux se croisent. Ces iris bleus, ce visage franc, l'archétype du policier gentil et rassurant. Je distingue aussi des ombres noires sous ses yeux, une barbe de trois jours et un habillement un peu plus négligé que d'habitude. Markus souffre de ce qui se passe entre nous. Le jeu qui semble avoir une vie propre – même moi, je n'ai pas accès aux règles.

— Il faut qu'on parle. De nous.

— Je sais.

J'ai répondu du tac au tac, bien consciente qu'il a raison. Nous devons parler. Ce qui est arrivé à Hillevi ; les terribles minutes dans le cabinet avec Henrik ; l'idée que tout pourrait se terminer brutalement. L'angoisse, l'épouvante. Je vois soudain les choses différemment. Je ne sais toujours pas ce que je veux, si je veux ou non vivre avec Markus, mais la peur de le perdre m'est quasiment insupportable. Et l'enfant, l'enfant qui a choisi de rester. Cette grossesse qui n'était pas prévue, qui m'a laissée interdite et chamboulée.

— Siri… j'ai vraiment cru que c'était toi, que tu étais blessée. Et je me suis répété que je devais te le dire. Te dire qu'on doit au moins essayer. C'est aussi mon enfant. Je crois que je t'aime et que… je veux être avec toi. Je t'en prie, Siri, ne me rejette pas.

— Je ne peux rien te promettre…

Je plonge les yeux dans ceux de Markus.

— Je ne peux rien te promettre, mais on peut essayer.

POLICE DE VÄRMDÖ, OCTOBRE

La petite salle d'interrogatoire carrée a retrouvé son ameublement spartiate. Une table, quelques chaises, un néon au plafond. Disparus les jouets, les crayons de couleur et les monceaux de papier que l'enquêtrice spécialisée dans les témoignages d'enfants avait apportés pour que Tilde soit un peu plus à son aise. Sur la table, des microphones. Ni tableaux ni bibelots. Rien qui puisse être utilisé pour frapper. Sur l'un des murs, un grand miroir sans tain qui donne sur une autre pièce depuis laquelle les collègues peuvent suivre les échanges. C'est là, derrière cette vitre, que se tient Roger Johnsson, une main sur la hanche.

Marek Dlugosz est installé sur une chaise tournée vers la fenêtre. Ah ! Il fait moins le malin, maintenant. Pas comme lorsqu'ils l'ont cueilli, où il a fait un sacré raffut. Ils auraient presque pu le poursuivre pour outrage à personnes dépositaires de l'autorité publique, il s'en est fallu d'un cheveu.

Il vient de fêter ses seize ans et a donc largement atteint la majorité pénale, fixée à quinze ans. Il devrait remercier sa bonne étoile – ils étaient bien lunés ce jour-là.

Roger glisse une main sur son crâne dégarni, se

laisse tomber sur un siège en soupirant et gobe un comprimé pour ses brûlures d'estomac. Mémo : le café, c'est fini pour aujourd'hui, même si la fatigue l'envahit. Il se promet de fumer moins de clopes, ou du moins d'en choisir de plus légères. La douleur l'oblige à changer de position, à étirer le dos et à bomber la cage thoracique.

À l'époque, les petits malfrats comme Marek ne le faisaient pas sortir de ses gonds. Il les écoutait, même. Il se posait avec eux, leur consacrait du temps, tentait de les comprendre.

Comme s'il y avait quelque chose à comprendre.

À l'époque, il laissait l'indulgence primer le droit. Il fermait les yeux sur pas mal de leurs conneries. Il croyait qu'il pouvait les aider à s'en sortir, apporter sa pierre à l'édifice.

Comme si ça avait servi à quelque chose.

Il avait déambulé dans le centre de Gustavsberg, joué le grand frère en ville, était à tu et à toi avec la plupart des gosses, il essayait de comprendre les petites frappes. Il s'efforçait d'aider ceux qui étaient vraiment tombés dedans et d'avertir ceux qui se trouvaient dans la zone à risques.

Mais… il avait tiré un trait sur tout ça. Arrive un moment où l'on ouvre les yeux. On se trouve à la croisée des chemins, on doit choisir entre soi et eux, pour ne pas perdre la raison, péter un plomb, tout simplement.

Combien de fois a-t-il proposé d'intercéder, pour ensuite se faire embobiner ? Combien de fois les petits cons l'ont-ils entubé ? promis que c'était la dernière fois qu'ils chouravaient, se tapaient dessus, fumaient des pétards ?

Les images passent en un éclair dans son esprit. Johnny Lanto dans la petite Opel qui était bonne pour la casse ?

Merde, pourquoi faut-il qu'il pense à ce type ? Ça fait un bail.

Johnny Lanto lui avait aussi donné sa parole : il n'emprunterait plus la voiture de son père. Tant que Roger ne le dénonçait pas à son vieux. « Parce qu'il m'aurait flanqué une telle raclée que je n'aurais pas pu marcher pendant plusieurs jours » – et ça, Roger ne le voulait pas, n'est-ce pas ?

L'image suivante : ce qui fut le visage de Johnny Lanto. Une bouillie de chair et de sang. Avant même d'extirper ses papiers d'identité de son portefeuille, Roger savait que c'était Johnny. Ses cheveux blonds mi-longs, son épais anorak bleu. L'Opel démolie, retournée comme un coléoptère sur sa carapace, dans le pré couvert de glace.

Tous ces petits merdeux qu'il a vu mourir. Tous ces connards de délinquants. Il n'en avait pas sauvé un seul.

Hanna, qui lui avait juré qu'elle était clean. Et que tout allait bien, qu'elle était heureuse d'être enceinte, même si c'est vrai qu'elle était bien trop jeune. Il l'avait cru, il lui avait tapoté la tête, ses longs cheveux roux doux sous ses doigts, et lui avait souhaité maladroitement bonne chance.

L'image suivante : Hanna, étendue sur le sol dégueulasse des chiottes du centre commercial, son corps maigre tordu dans une position anormale. Une main posée contre le carrelage blanc, comme si elle le caressait. Le visage blafard, les lèvres bleues. Raide dans la mort comme un bout de bois. Son ventre arrondi sous son t-shirt. La seringue tombée à côté d'elle.

Adieu, Hanna. Goodbye, adios *Hanna. Sans ma naïveté confinant à la connerie, tu serais peut-être en vie aujourd'hui. Et ton gosse aurait joué au foot avec les jumeaux. Ils auraient eu le même âge.*

Voilà pourquoi Roger Johnsson avait arrêté de caresser les voyous dans le sens du poil, arrêté de faire des courbettes aux malfaiteurs.

Sonja Askenfeldt, qui vient d'entrer dans la pièce, s'installe en face de Marek, dos à Roger. Elle rassemble ses documents, attrape un stylo de ses doigts osseux et débute l'entretien en récitant la date et le nom. Ses cheveux bruns fourchus sont attachés en une queue-de-cheval lâche maintenue par un élastique orné d'un papillon – l'aurait-elle emprunté à sa fille ?

Sonja est douée – fiable, méthodique, compétente d'une manière que l'on voit rarement de nos jours. Elle comprend les gens et elle est balèze en interrogatoires. Les jeunes fraîchement sortis de l'école supérieure de police sont incollables pour ce qui est des analyses techniques, des drogues de synthèse et des crimes d'honneur, mais ils ne sont pas foutus d'interroger un suspect, même pas un gosse de seize ans.

Surtout pas un gosse de seize ans.

— Le soir du 22 octobre, tu te trouvais dans l'immeuble en question. Que faisais-tu là ?

— Je vous l'ai déjà dit. Je distribuais de la pub. Vous le savez déjà, pourquoi vous insistez ?

La gestuelle de Marek trahit la nervosité – les bras croisés contre sa poitrine dans une posture défensive, ses pieds qui tambourinent contre le sol.

— Quel type de pub ?

— Quoi ? Bah, juste de la pub.

— Pour quoi ?

— Euh, Ica, et autre chose aussi. Je me souviens plus.

— Pour quelle entreprise travailles-tu ?

— Entreprise ?

— Oui, j'imagine que tu n'as pas pris l'initiative d'aller chercher les prospectus Ica dans le magasin de la place ?

— Ah, je comprends. Ça s'appelle Distribution publicitaire suédoise. Je crois.

Sonja griffonne quelque mot dans ses papiers et repousse quelques mèches qui tombent sur son visage.

— Que s'est-il passé quand tu es arrivé devant chez Susanne Olsson ?

— La porte était ouverte.

— Comment ? Entrouverte ou grande ouverte ?

— Non, juste un peu. Je l'ai remarqué quand j'allais glisser le prospectus.

— Qu'est-ce que tu as fait ?

— J'ai poussé la porte.

Sonja tapote ses papiers du bout de son stylo.

— Pourquoi ?

— Pour… déposer le prospectus par terre.

— Pourquoi ne pas l'avoir mis dans la boîte aux lettres ?

— Je ne voulais pas que…

— Quoi ?

— La porte aurait pu se fermer et…

— Oui, et alors ?

— Je me suis dit que quelqu'un avait pu la laisser ouverte exprès.

Sans répondre, Sonja prend quelques notes, traçant les petites lettres anguleuses que Roger connaît par cœur.

À l'époque, il la trouvait belle. Avant qu'elle devienne si maigre, qu'elle perde son éclat et que la peau de ses pommettes se tende pour ressembler à du cuir. Il ne ressent plus rien lorsqu'il la regarde, aucun désir de se frotter contre ces fesses faméliques, d'embrasser ces lèvres à l'odeur de nicotine.

La rumeur veut que son mec l'ait quittée pour une assistante dentaire de vingt-trois ans originaire de Riga. Il ignore si c'est vrai, il ne lui a jamais posé la question. Cela fait dix ans qu'ils travaillent ensemble, mais il ne lui a jamais demandé. Certaines choses doivent rester privées, surtout dans ce genre de boulot.

— Qu'as-tu vu en ouvrant la porte ?

— Il était là. Le portefeuille.

— Tu n'as rien vu d'autre, rien entendu d'autre ?

— Non, il faisait noir, et j'écoutais de la musique.

Sonja hoche la tête.

— C'est là que tu as pris le portefeuille ?

— Oui, je vous l'ai déjà dit. Pourquoi vous me demandez encore ?

— C'est moi qui pose les questions, ici. Réponds. Pourquoi as-tu pris le portefeuille ?

Marek marmonne quelques mots inaudibles.

— Articule ! Tu n'es pas chez ta mère, là. On ne parle pas polonais ici.

— Je voulais le mater.

— Pourquoi ?

Marek a un haussement d'épaules.

— Réponds !

— OK. Je voulais voir s'il y avait du fric dedans, genre.

— Que tu voulais voler ?

— Je ne sais pas. J'ai pas réfléchi, OK ? Je l'ai, genre, pris. C'est tout.

La voix de Marek grimpe de plusieurs octaves, devient rauque, et Roger note à travers la vitre une rougeur qui se diffuse sur ses joues.

— La fillette affirme que celui qui a tué sa mère a pris l'argent. Qu'est-ce que tu en dis ?

Marek écarte les bras en ouvrant les mains dans un geste de grand désarroi.

— Qu'est-ce que vous voulez que je vous dise ? J'en sais rien, moi. Je l'ai pas tuée, je l'ai juste trouvée. J'aurais pu la laisser là, mais au lieu de cela j'ai aidé la gamine. Et ça me retombe sur la gueule ! Comment vous croyez que je me sens ?

— Marek, nous pensons que tu es allé chez Susanne et sa fille le soir du 22 octobre, que tu as pris son portefeuille et que tu l'as agressée jusqu'à ce que mort s'ensuive. Nous avons un témoin qui confirme cette version.

— Mais putain ! C'est n'importe quoi ! Je n'ai pas, je n'ai jamais… tué quelqu'un… blessé quelqu'un…

Impassible, Sonja feuillette la liasse de papiers posée devant elle.

— Écoute-moi bien, je vais te lire ce document. Voyons voir. L'an dernier, coups et blessures volontaires, vol à l'étalage… Juillet de cette année…

— Mais je n'ai jamais TUÉ quelqu'un. Tu m'entends, SALE CONNASSE !

Presque sans réaction, Sonja Askenfeldt se penche avec une lenteur théâtrale vers le micro. Elle regarde l'heure, annonce tranquillement une pause dans l'interrogatoire et éteint l'enregistrement. Une seconde plus tard, elle abat sa paume sur la table si violemment que Marek bondit sur sa chaise avant de plonger le visage dans ses mains.

Roger sourit. Sonja va briser ce petit con polonais en un rien de temps.

PLACE MEDBORGARPLATSEN, NOVEMBRE

Je suis au cabinet, dans mon bureau, surnommé la salle verte, à côté d'Aina qui me serre la main de toutes ses forces.

Elle n'est que l'ombre d'elle-même. Pour une fois, elle est plus mal que moi. Les larmes ruissellent le long de ses joues écarlates, elle s'essuie le nez du revers de la manche de son pull en mohair mauve en secouant la tête.

— Tout le monde, mais pas Hillevi. C'est injuste. Qui va s'occuper de ses enfants ? Le père ? Qui les bat ?

J'étreins sa main sans répondre. Que dire ? C'est la première chose à laquelle j'ai pensé une fois le choc passé. Ses fils, ses trois petits garçons qui avaient peur de leur père au point que l'un d'entre eux s'était fait pipi dessus en apprenant qu'il allait venir le chercher à l'école. Que va-t-il leur arriver ?

Je serre dans mon poing libre un bout de papier humide et, me tournant vers Aina, je plonge mon regard dans ses yeux rougis.

— Allez, appelle, m'encourage-t-elle.

Avec un signe de tête affirmatif, je m'empare du téléphone. Je déplie la feuille sur le bureau, scrute les chiffres griffonnés à la hâte : il s'agit du numéro de la directrice de Solgården, le foyer pour femmes où vivaient Hillevi et ses enfants.

Au bout de cinq sonneries, une voix fluette teintée d'un accent à consonance espagnole résonne dans le combiné.

— Solgården, Mirta à l'appareil.

D'une voix éteinte, sans doute peu naturelle, j'explique que Hillevi faisait partie de mon groupe de parole, qu'elle avait parlé des violences que son mari faisait subir à ses enfants, que j'étais présente au moment de sa mort.

— Ses enfants, dis-je. Que va-t-il leur arriver ? Je n'arrête pas d'y penser. En plus, le père a frappé l'un des garçons. Vous devez être au courant, non ? Ses fils ne doivent surtout pas retourner chez lui.

— La situation est tragique, répond Mirta, comme si elle ne m'avait pas entendue. Cela fait des années que je travaille ici et jamais une des femmes n'avait été tuée. Elles ont été battues, violées, mais jamais tuées. *Dios mío*, nous avons été incapables de la protéger.

— Ce n'est pas son mari qui l'a tuée.

— La violence des hommes à l'égard des femmes… (Elle s'interrompt et pousse un profond soupir.) Que puis-je faire pour vous ?

— Les enfants…

— Les enfants ont été pris en charge par l'aide sociale à l'enfance et placés dans un foyer d'accueil à Nacka en attendant les conclusions de l'enquête.

— L'enquête ?

— Oui, l'aîné, Lukas, a raconté que son père l'avait

frappé. Nous avons informé les services sociaux, obligation qui nous incombe si nous apprenons qu'un enfant est victime de violences. C'est la loi. L'unité familiale des services sociaux a diligenté une enquête en urgence, mais, si vous voulez mon avis, les enfants seront de retour chez leur père d'ici quelques semaines. Ça se passe souvent comme ça. Les accusations du garçon sont très difficiles à prouver et le père est à présent le seul responsable légal… vu la situation. C'est peut-être cynique de ma part, mais je pense que ça va finir comme ça.

À l'autre bout du fil s'élève un cri si perçant que je manque de lâcher le combiné. J'entends la dénommée Mirta réprimander quelqu'un, sans doute un enfant, en espagnol.

— Je suis désolée, c'est un peu la pagaille aujourd'hui. Nous venons d'accueillir trois nouvelles femmes. La vie doit continuer, ici aussi…

Le silence s'installe, aucune de nous ne sait quoi dire. Puis Mirta reprend la parole :

— Hillevi, elle avait quelque chose de particulier, non ?

— Oui, vraiment.

— Elle avait une force qu'elle transmettait à toutes les femmes, ici.

Ma gorge se noue soudain. Je ne sais quoi lui répondre.

— Cette femme était un ange, dit Mirta avec douceur. C'est la vérité.

— Un ange. Oui, vous avez raison. C'était un ange.

Nous parcourons à pied la courte distance qui sépare le marché Söderhallarna du petit appartement d'Aina, situé au 27 de la rue Blekingegatan. Le crachin froid qui arrose la ville et les feuilles qui s'amoncellent autour de l'église Allhelgonakyrkan rendent la chaussée extrêmement glissante. Aina garde le silence, voûtée dans le vent et la pluie, son écharpe rouge enroulée autour du cou, les mains plongées dans ses poches, les yeux rivés sur l'asphalte humide.

Une fois chez elle, elle allume des bougies et fait chauffer de l'eau pour un thé. Muettes, nous nous installons à la table de la cuisine démodée. J'ai presque la sensation que Hillevi se trouve avec nous, dans le petit logement. J'ai l'impression de humer son parfum doux, androgyne, d'admirer son visage fin, semblable à celui d'une poupée, et ses mains parfaitement manucurées.

— Je suis effondrée…

Aina ronge son ongle de pouce en contemplant, par la fenêtre, la rue où l'eau sale ruisselle dans le caniveau.

Je hoche la tête, trempe les lèvres dans le thé brûlant et effleure le bras de mon amie. Dans le regard qu'elle pose à présent sur moi, je décèle quelque chose de noir, une colère réprimée qui ne cherche qu'à sortir. Une frayeur m'envahit soudain. Elle possède un côté si sombre, elle peut être si tranchante.

Soudain, c'est une autre rage, une autre noirceur qui me revient en mémoire.

— Tu sais, avec ce qui est arrivé à Hillevi… Ça a été tellement intense, ça nous a pompé toute notre énergie. J'y ai tellement pensé, au point que j'ai presque oublié quelque chose. Tu te rappelles ce que Malin a dit pendant la séance, avant que Hillevi se fasse tirer dessus ?

— Malin ?

— Oui, avant l'arrivée de Henrik. Elle a dit quelque chose de bizarre au sujet de cette femme, tuée à coups de pied. Susanne. Qu'elle n'a eu que ce qu'elle méritait. Tu te rappelles ?

Les yeux marron d'Aina rencontrent les miens ; elle repose sa tasse sur la petite coupelle d'un mouvement lent.

— Oui. Qu'a-t-elle bien pu vouloir dire ? Ça m'a fait froid dans le dos.

Mon corps est traversé d'un frisson et je sens un élancement dans l'estomac

— Il y a un truc pas clair avec Malin, tu ne trouves pas ? Tous ses laïus sur la force physique, l'autodéfense, et maintenant ça.

Aina reste un instant silencieuse, la tasse serrée entre ses mains.

— Oui… C'est possible. Et Kattis alors ? Elle est encore plus bizarre.

— Kattis ? Mais non ! Qu'est-ce que tu racontes ?

Aina lève une main comme pour me faire ravaler mes mots.

— Bon sang, Siri ! Tu n'es pas du tout objective ! Vous êtes comme cul et chemise, avec Kattis ! Vous vous tenez la main au cabinet, vous vous téléphonez pour pleurnicher. Ça te paraît approprié ? Tu trouves ça éthique ?

Les joues d'Aina se sont empourprées, sa mâchoire s'est crispée.

— Voyons, Aina… (J'ai un petit rire.) Tu ne serais pas un peu… jalouse ?

J'ai posé la question à brûle-pourpoint et, une fois les paroles prononcées, je prends conscience de leur poids.

Fronçant les sourcils, Aina se penche en arrière sur la vieille chaise branlante.

— Peut-être. À l'époque, on était comme les deux doigts de la main…

Ses mots sont cuisants comme une gifle – je me détourne. Elle a raison. Oui, nous nous sommes éloignées. Peut-être du fait de ma relation avec Markus, peut-être parce que nous n'avons pas suffisamment cultivé notre amitié. Peut-être le temps l'a-t-il endommagée, lui donnant une forme différente.

Je tends la main vers la pile de serviettes en papier représentant un mât de la Saint-Jean. J'en saisis une, la montre à Aina, incrédule.

— C'est peut-être le moment de revoir la déco de cette cuisine ?

Aina me répond par un sourire.

— Bah, c'est Carl-Johan ! Il a rapporté ça la semaine dernière. J'ignore où il va dénicher toutes ces babioles.

— Carl-Johan… Ça fait un bout de temps que tu le fréquentes, non ?

Aina se tortille, soudain tendue.

— Oui, un certain temps.

— Tu as quelque chose à me raconter ?

— Pas du tout.

Les histoires de mecs d'Aina sont légendaires. Il y a toujours de nouveaux hommes dans sa vie. Au fil des années, je les ai vus aller et venir. Des jeunes et des vieux, des chevelus et des chauves, des barbus et des glabres. Des éboueurs et des directeurs. Des Suédois et des étrangers. Aina ne fait aucune discrimination. La diversité semble être le maître mot. C'est pourquoi je suis étonnée qu'elle sorte encore avec cet homme. Il aurait dû être jeté aux oubliettes depuis longtemps.

— Tu ne serais pas…

Elle agite la main d'un geste défensif.

— Bien sûr que non.

Mais elle baisse les yeux et ses joues s'empourprent.

— Mon Dieu, fait-elle avec un profond soupir. On est obligées de parler de mes histoires de cul ? Hillevi est morte.

Nous méditons en silence sur ce constat tandis que le thé refroidit dans les grandes tasses en céramique.

— L'objectif quand vous venez seul est évidemment que vous puissiez évoquer des sujets que vous évitez quand Mia est présente. Cela n'est pas nécessairement lié à votre relation. Il peut s'agir de problématiques personnelles.

Patrik et moi avons pris rendez-vous pour une discussion en tête à tête. J'ai vu peu de patients ces derniers jours. J'ai eu besoin de ralentir, ce qui n'est peut-être pas très surprenant vu ce qui s'est passé. Dans mes rêves, c'est moi et non Sirkka qui tente d'arrêter le sang qui jaillit de l'abdomen de Hillevi, les mains à demi enfoncées dans son corps chaud où le cœur palpite encore. Au moment précis où je réalise combien la situation est désespérée, je me réveille en sursaut, trempée de sueur, la couverture enveloppée autour de mon ventre comme un serpent.

Assis face à moi, Patrik soupire en croisant les bras sur sa poitrine. Son corps dégingandé tremble de frustration.

— Je vois. Mais ce n'est pas *moi* qui ai des problèmes.

— Votre couple bat sérieusement de l'aile, ce n'est pas un problème pour vous ?

— Ce que je veux dire, c'est que ce n'est pas *ma faute*.

— Je vois. On est quand même d'accord pour dire qu'il y a un problème.

Patrik pousse un long soupir théâtral tout en glissant une dose de snus sous sa lèvre supérieure. Il s'essuie la main sur son jean trempé et tourne la tête vers la fenêtre. Encore de la pluie. Une bruine fine mais interminable, doublée de temps à autre de rafales.

L'odeur du pull en laine mouillé envahit mes narines, me renvoyant soudain aux senteurs de mon enfance – les moufles en laine trempées par les batailles de boules de neige, les sous-pantalons en laine, moites de sueur, qu'il fallait ôter après le ski et, plus tard, des baisers au goût de vin blanc sur un tapis persan humide, un soir d'automne. Différentes nuances de laine. Des souvenirs olfactifs, filtrés par les dédales obscurs de la mémoire.

Semblant remarquer que je suis ailleurs, il hausse ses épaules maigres d'un air interrogateur.

— C'est Mia, le problème, finit-il par lâcher dans un murmure.

— Les causes et les effets sont souvent très complexes dans une relation de couple. Les problèmes de l'un d'eux influencent toute la relation. À l'inverse, on peut dire que le problème de fond ne réside pas nécessairement chez la personne qui va le moins bien.

— Ça, c'est des conneries, si vous voulez mon avis, dit Patrik en me dévisageant, le visage inexpressif, au-dessus de la petite table sur laquelle sont entassés une carafe d'eau, des verres et des boîtes de mouchoirs.

Il est nonchalamment penché en arrière, toujours vêtu de sa veste en cuir noire détrempée, comme s'il refusait de reconnaître que nous allions passer une heure ensemble ici. Il semble plutôt désireux de signaler qu'il est sur le point de partir.

— Patrik. (J'hésite une seconde, réfléchissant à la meilleure manière de formuler les choses.) Vous êtes souvent en colère quand nous nous voyons. Surtout contre Mia. Pouvez-vous me dire ce qui déclenche cette rage ?

— Ça crève les yeux, non ?

— Vraiment ?

— On ne peut pas faire comme Mia. C'est une putain de… trahison ! Elle abandonne… les enfants. Quand on met des gosses au monde, on doit assumer une certaine responsabilité… Vous n'êtes pas d'accord avec moi ?

— De quelle manière estimez-vous que Mia vous a trahi ?

Patrik soupire pour la énième fois depuis le début de notre conversation.

— Je ne sais pas comment je pourrais être plus clair ! Elle est accro aux anxiolytiques. N'est-ce pas la trahison ultime ? Le pire qu'on peut faire pour blesser ceux qu'on aime. Elle préfère ses comprimés à nous. C'est aussi simple que ça.

— Donc, vous vous sentez rejeté ?

— Rejeté, rejeté… ce n'est pas de moi qu'il s'agit. Il s'agit des enfants. Et du fait que c'est elle qui l'a choisi. Comment peut-on préférer une boîte de cachetons à ses propres gosses ? À leur âge, on dépend entièrement de sa mère. Je dois reconnaître que ça me met hors de moi.

Silence. Sa semelle frappe doucement le sol. Nerveusement.

— Patrik, je me pose une question. Avez-vous vécu cela à un autre moment de votre vie ? Quelqu'un qui vous aurait négligé ? Pendant votre enfance ?

Lorsque Patrik se pétrifie en plein mouvement et cligne des yeux plusieurs fois, je comprends que je suis sur la bonne piste. Je me penche en avant et le fixe du regard, j'accorde à cet homme efflanqué, en colère, toute mon attention thérapeutique.

— Et quel est le rapport ?

— Nous ne le savons pas encore, n'est-ce pas ? Dites-moi, avez-vous déjà vécu quelque chose de similaire ?

— Peut-être.

Il se remet à taper du pied, soupire et plonge son visage dans ses mains.

— Ma mère… elle picolait.

— Votre maman était alcoolique ? Quel âge aviez-vous quand ça a commencé ?

— Je ne sais pas. Elle a toujours bu, je crois. Mais je l'ai compris à l'âge de six ou sept ans.

— Quelles étaient les conséquences de son problème sur votre relation ?

— Eh bien… ma mère n'était pas toute la journée dans les vapes. Et ce n'est pas comme si on avait les services sociaux au cul, si vous voyez ce que je veux dire. Mais elle pouvait être tellement lunatique ! Elle oubliait souvent de nous donner à manger. Je dînais presque toujours chez des copains après l'école. Tout le monde se portait volontaire. J'ai grandi à Domarö, dans l'archipel de Stockholm. C'est un petit village. Les gens s'entraident. On… ne colporte pas de ragots. Comme tout le monde était au courant que ma mère levait le coude, ils mettaient la main à la pâte. Mais personne… n'a jamais rien dit. En plus, il arrivait qu'elle nous colle des raclées. Ou qu'elle nous passe des savons. Je ne sais pas ce qui était le pire. Je m'occupais de mon frère cadet.

— Combien de temps cela a-t-il duré ?

— Je suis parti de la maison à l'âge de seize ans. Ma mère est morte quand j'en avais dix-huit. Un accident de voiture, rien à voir avec l'alcool. Enfin, je crois.

— Que ressentez-vous quand vous pensez à votre mère ?

— Je ne pense jamais à elle, réplique-t-il du tac au tac.

Son regard est soudain fixe, ne se détourne pas du mien.

— Bien sûr que vous pensez à elle. Allez, efforcez-vous de mettre des mots sur vos sentiments.

— Je suis… je crois que je suis… en colère, dit-il avant de poursuivre, après une seconde d'hésitation. Ha ! je ne l'aurais jamais cru, ça fait si longtemps que je n'y ai pas pensé. Mais c'est comme ça. Je suis en colère, c'est tout.

— Qu'est-ce qui vous met en colère ?

— Le fait qu'elle nous ait négligés, qu'elle a fait de son addiction une priorité.

Je me penche vers lui.

— Comme Mia, donc ?

Patrik me contemple, muet, les mains tremblantes. Ses yeux s'humectent et son visage a soudain pris un air enfantin en dépit de sa barbe de trois jours. Son regard s'est fait suppliant.

Je me contente de hocher silencieusement la tête.

De nouveau, la pluie.

Les gouttes frappent violemment mon pare-brise. Les essuie-glaces tentent de rivaliser avec les trombes d'eau, émettant un bruit soporifique et pourtant, d'une certaine manière, rassurant.

J'ai réorganisé mes rendez-vous pour me dégager un jour de congé. Je suis en route vers Stockholm, dépassant des maisons de campagne qui semblent solitaires et abandonnées dans la grisaille automnale. L'été, le trajet jusqu'à la ville est émaillé de scintillements marins, de voiliers et de groupes de touristes. Aujourd'hui, le paysage et l'autoroute sont quasi déserts. Je croise de temps en temps un autre véhicule dont les phares jaunes se reflètent dans l'asphalte humide et, à hauteur du détroit de Baggensstäket, un bus me double, balançant une gerbe d'eau qui submerge plus encore ma petite voiture. À part cela, rien.

En l'absence de distraction, je laisse libre cours à mes ruminations. Ce que je me suis ingéniée à repousser est maintenant une réalité, une nouvelle fois prouvée par un « plus » bleu clair sur un bâtonnet en plastique.

Un enfant.

Je tente de savoir quand c'est arrivé. Bien sûr, je suis adulte, je sais comment on tombe enceinte, et comment se protéger. Je n'ai néanmoins aucune idée du jour où cela s'est produit. Je vais être maman. J'ai du mal à m'y résoudre. Seule la nausée qui a pris possession de mon corps rend ma grossesse palpable. Exactement comme la dernière fois.

À l'époque. Avec Stefan.

L'enfant qui allait devenir le nôtre. L'enfant qui n'a jamais vécu. Et à présent, un autre enfant. Si surprenant. Si étrange. Incompréhensible. Je pense à Markus. Son authentique bonheur en apprenant la grossesse et sa douleur face à ma réaction. L'espace d'un instant, la honte me submerge, me brûle l'œsophage, parce que je suis incapable d'aimer Markus comme il m'aime. Je ne peux pas, n'ose pas, ne veux pas. Je n'ai même pas la force de comprendre pourquoi, je sais seulement que quelque chose en moi refuse de lâcher prise.

Il existe aussi quelque part une pensée presque magique – je détruis tout ce que je touche. Tous ceux que j'aime meurent. Si je lâche prise, si je cède aux demandes de Markus… alors quoi ? L'idée est agaçante, irrationnelle. Déprimante et nullement constructive.

Je m'engage dans Södermalm, approchant de mon but. Des silhouettes solitaires dissimulées sous d'immenses parapluies noirs foulent les trottoirs à la hâte, un groupe d'enfants arrive de l'école, indifférents à la pluie. Les vêtements trempés et les cheveux plaqués sur leurs visages, ils sont occupés à shooter l'un après l'autre dans un vieux ballon de foot et à manger des chips dans un paquet qui passe de main en main.

Encore quelques rues et j'y suis. Miraculeusement, je trouve une place de stationnement juste devant l'entrée et je me précipite en courant vers la porte en verre du bâtiment en brique. Une fois à l'intérieur, je suis les panneaux indiquant le cabinet de sages-femmes. En équilibre sur une jambe, je glisse le pied dans une surchaussure en plastique bleu mise à disposition dans un panier.

Le guichet d'accueil étant désert, je m'installe dans l'un des grands fauteuils et feuillette un magazine tout en examinant mon environnement. Sur un autre siège, une femme énorme discute au téléphone. Je l'entends parler d'hypertension artérielle, d'hospitalisation et de prééclampsie tout en caressant distraitement son ventre proéminent.

Au loin résonnent des cliquetis de porcelaine et des rires étouffés. Sur les murs, des tableaux Ikea, des affiches indiquant le numéro vert pour les femmes victimes de violence et un appel à participation à un projet de recherche sur l'expérience de la douleur pendant l'accouchement.

Partout, des journaux sur la grossesse et les enfants.

Une porte s'ouvre. Une femme d'une cinquantaine d'années à l'épaisse chevelure bouclée fouille du regard la salle d'attente. Elle porte une tunique au motif floral en broderie. Un pendentif en bronze volumineux repose entre ses seins. M'apercevant, elle incline la tête sur le côté.

— Vous êtes Siri Bergman ?

Je hoche la tête sans répondre. Je sens la nausée monter, j'ai soudain peur de vomir dans cette salle d'attente bien ordonnée, mais je me dis qu'ici, dans cet endroit destiné aux femmes enceintes, cela doit être plus toléré qu'ailleurs.

— Bonjour, Siri, je suis Monica Wall, sage-femme. Soyez la bienvenue.

Elle serre ma main moite dans la sienne, qui est chaude et sèche, m'indique son cabinet, et je m'installe sur une chaise devant un grand bureau. Au-dessus de la table, le mur est recouvert de photos de bébés. Des faire-part de naissance envoyés par les parents. Je me demande si un cliché de mon enfant sera accroché là, un jour, mais la pensée est si abstraite que je la laisse filer.

Monica présente les sujets que nous aborderons au cours du rendez-vous d'inscription d'aujourd'hui. Je l'entends parler taille, poids, tension artérielle et formulaires à remplir.

— Et où est le papa ?

— Le papa ?

Ma réponse est vide comme un écho. Monica me contemple, ses yeux d'un bleu clair rare rencontrent les miens.

— Vous êtes peut-être seule. Cela arrive souvent. Nous avons des groupes pour les mamans solos. Ici, on les appelle les « mamans célibattantes ». Certaines sont très bien entourées. Ce n'est pas parce qu'il n'y a pas de père qu'elles sont nécessairement seules.

Elle m'adresse un sourire encourageant et je suis obligée de déglutir plusieurs fois pour me débarrasser du goût amer sur ma langue.

— Il y a un papa, mais il ne pouvait pas venir

aujourd'hui. Nous nous fréquentons, mais nous ne vivons pas ensemble…

— Je comprends, fait Monica en souriant. Il peut venir avec vous quand il veut. C'est aussi son enfant, et nous incitons les pères à s'impliquer. Est-ce que c'est votre premier enfant ?

Nouveau sourire. Je me sens de plus en plus agacée par cette femme rayonnante, calme, rassurante. Qui semble avoir réponse à tout.

— J'ai subi un avortement thérapeutique. Mon enfant, cet enfant… le fœtus…, souffrait d'une malformation qui ne le rendait pas viable hors de l'utérus. Ça a été dépisté lors d'une échographie de contrôle. C'était il y a cinq ans.

Monica me tend une boîte de mouchoirs – je pleure sans m'en rendre compte. Les hormones, sans doute. Ces hormones à la con.

Monica ne semble pas affectée, comme si elle croisait des mères larmoyantes tous les quatre matins. Du reste, ça doit être la réalité. Elle continue sa batterie de questions. Dernières règles, maladies, pilule. Je réponds au mieux de mes capacités et elle conclut que la seule manière de déterminer l'âge gestationnel est une échographie, étant donné que j'ai eu des saignements qui ressemblaient à des menstruations tout en étant enceinte.

— Est-ce que vous fumez ?

Elle lève les yeux de son écran où elle a commencé à remplir un formulaire concernant ma santé.

J'hésite.

— Si oui, vous pouvez obtenir de l'aide pour arrêter.

Nous collaborons avec un centre de santé qui propose des séances d'hypnose.

— Je suis une fumeuse très occasionnelle. Pas régulière.

D'un air satisfait, Monica remplit son formulaire. Je réprime un nouveau haut-le-cœur. Je sais quelle est la question suivante. J'ignore simplement comment y répondre. La question tant redoutée, qui met un nom sur mon angoisse, qui me fait penser à des lésions fœtales, des malformations, de petites cellules nerveuses fragiles.

— Quelle quantité d'alcool buvez-vous ?

— Je viens de découvrir que je suis enceinte, alors, euh, j'ai bu avant de savoir que… Mais je suis très raisonnable. Vraiment. (Je croise ses yeux clairs en souriant.) Je ne bois presque jamais, juste un verre de vin de temps en temps quand il y a quelque chose à célébrer.

Monica sourit en retour.

— Parfait. Vous pouvez monter sur la balance, dit-elle en indiquant un pèse-personne électronique dans un coin de la pièce.

Extrait de dossier médical,
unité de pédopsychiatrie.
Premier rendez-vous.

Rendez-vous avec le garçon de onze ans et ses parents. Le garçon présente des problèmes d'agressivité à l'école. Les parents expliquent que leur fils, qui est grand et corpulent, est victime de harcèlement et peine à se contrôler quand on se moque de lui. Raison pour laquelle il se bat souvent avec ses camarades. Le garçon se plaint de la méchanceté des autres enfants et ne veut pas aller à l'école. Les parents ont du mal à l'y envoyer.
Les parents décrivent leur fils comme un garçon calme et serein, mais qui a toujours été un peu « différent ». Ils ne parviennent pas à préciser ce terme. Ils évoquent des difficultés d'apprentissage à l'école et une propension à rester dans son coin. Il a toujours préféré passer du temps avec ses parents qu'avec des camarades. Il aime bidouiller des moteurs avec son père qui possède un garage automobile. Les parents estiment

que leur relation entre eux est bonne, même si certaines tensions émergent du fait des difficultés de leur fils. Le père déclare qu'il trouve parfois sa femme trop laxiste, qu'il faut être plus ferme avec leur fils et lui fixer des limites claires. La mère est d'accord, mais argue qu'il est difficile d'être dur avec le garçon lorsqu'on voit combien il souffre. Le garçon semble réservé. Il évite de croiser mon regard, garde les yeux rivés sur ses mains. Il explique laconiquement ce qui est arrivé, sans exprimer d'émotions fortes. Il semble qu'il conserve beaucoup d'agressivité en lui pour se défendre de ses propres forces destructrices. Il dit qu'il trouve que ses camarades sont méchants et qu'il est toujours exclu. Il y a quelque temps, deux d'entre eux lui ont joué un « mauvais tour » : ils ont baissé son pantalon et ont montré son sexe, en le qualifiant de « zguègue de gros lard » à une fille dont le garçon était amoureux. Le garçon a raconté qu'il avait senti une chaleur se diffuser dans son corps et qu'il avait voulu « écrabouiller » les autres garçons. Étant donné sa grande taille et sa corpulence, il les a maîtrisés et a frappé l'un d'entre eux au visage. Ce dernier a dû recevoir huit points de suture. Le garçon n'exprime aucun regret. Il estime que son camarade « l'avait bien cherché ». Il dit aussi que les autres enfants ont toujours été cruels envers lui et qu'il veut arrêter l'école. Lorsque je lui demande ce qu'il voudrait faire à la place, il répond qu'il souhaiterait travailler dans le garage de son père.

Conclusions :

Garçon de onze ans dont l'attitude alterne entre agressivité et extraversion, et passivité et introversion. Enfant unique de parents vivant ensemble. Le père est mécanicien, possède sa propre entreprise. La mère est fleuriste. Les parents présentent une attitude surprotectrice et de contrôle. Il est probable que le comportement du garçon soit une réaction à cette attitude. Les problèmes à l'école sont très probablement liés au fait que les parents ont du mal à le laisser partir. Son taux d'absentéisme confirmerait cette hypothèse.

Les difficultés de l'enfant peuvent être vues comme un symptôme d'une dynamique familiale pathologique. Je leur recommande des séances de thérapie familiale. Les parents ont rendez-vous avec moi dans deux semaines.

Anders Krepp, psychologue clinicien
et thérapeute familial

Markus pose les assiettes sur la vieille table à rabats, puis les verres en ligne et les couverts en deux piles.

— C'est bien comme ça ?

— Oui, bien sûr, chacun se servira dans la cuisine. Il n'y a que Vijay et Aina, pas besoin de mettre les petits plats dans les grands.

Avec un sourire, il déplie son long bras musclé et m'attire vers lui avec une autorité évidente. Il sent le shampoing. J'enfouis mon nez au creux de son bras, contre le tissu gris de son pull à capuche.

Le sentiment qui croît en moi est difficile à définir. Quelque part, un espoir grandit, une sorte de confiance dans l'avenir qui m'est étrangère depuis des années, assortie d'un bonheur doux et chaud qui coule dans mes veines, comme si le soleil me caressait en plein novembre, dans l'obscurité de Stockholm.

Au moment où Markus débouche l'Amarone, on frappe à la porte. Je me faufile dans la petite entrée balayée par les courants d'air, me penche en avant pour jeter un coup d'œil par le judas que Markus a fait installer après mon agression dans la maison.

Les visages d'Aina et Vijay, grotesquement déformés par la lentille, me sourient.

Vijay brandit une bouteille de vin.

J'ouvre la porte, laissant entrer un souffle glacial, et je les serre tous les deux dans mes bras.

Un peu plus tard, nous sommes attablés dans la cuisine à nous délecter du bœuf bourguignon de Markus. Le crépitement des flammes dans l'âtre nous parvient depuis le salon. Une vague odeur de fumée flotte dans la maison. Malgré ses vêtements chauds et ses chaussettes tricotées, Aina semble frigorifiée – elle a les jambes repliées contre sa poitrine et glissées sous son gros pull en laine. Les larges bougies posées sur la table jettent un éclat chaud sur ses joues.

Devant la fenêtre, l'obscurité est telle que je ne distingue ni les arbres de la crique ni les scintillements du ciel reflété dans l'eau. J'entends cependant les vagues à travers le simple vitrage.

Vijay lance un regard hésitant à Aina, puis à moi, avant d'aborder prudemment le sujet.

— Comment vous sentez-vous… à présent ? Après tout ce qui s'est passé ?

Aina avale une gorgée de vin, fixe le noir au-dehors et hausse les épaules.

— J'ai du mal à savoir, c'est un maelström de sentiments. J'y pense tout le temps. Sans exagérer, c'est la première chose à laquelle je pense en me réveillant et la dernière avant de m'endormir.

— Et moi, j'en rêve, dis-je, regrettant immédiatement mon intervention en voyant l'inquiétude dans les regards.

— Tu en rêves… littéralement ? demande Vijay d'une voix enjôleuse – je sais bien ce qu'ils pensent tous. Que je suis encore trop faible, incapable de faire face à ce genre de situation. Que dans le meilleur des cas, je perds en professionnalisme, dans le pire des cas, ma santé mentale est mise en péril.

Vijay repousse quelques grains de riz de son sweat, lequel arbore le logo d'un groupe de hard rock des années soixante-dix. Je me dis qu'on ne sait jamais vraiment avec Vijay – soit il est fan de cette musique, soit c'est une nouvelle mode, qui m'est inconnue, qui ne parviendra jamais jusqu'à mes boutiques de fringues ringardes.

— Bah, laissez tomber, dis-je en balayant la question d'un geste de la main, mais, devant leur mine sceptique, je me sens obligée de préciser. Oui, j'en ai rêvé, mais dans mon rêve, ce n'était pas Sirkka qui essayait de sauver Hillevi en plaquant les mains contre la plaie, c'était moi.

Le cauchemar me revient, aussi limpide qu'un souvenir – tout ce sang qui dégouline, mes mains qui se noient à l'intérieur du corps chaud et palpitant. La vie qui quitte Hillevi à mesure que la flaque sur le sol du cabinet s'étend, et les roulés à la cannelle qui, absorbant le liquide, se teignent de rouge, comme d'immenses roses.

Des roses de sang.

— Est-ce que tu parviens à la sauver ? m'interroge Markus.

— Bah, non, évidemment !

Ma réponse est un peu plus tranchante que nécessaire.

— Tu ressens peut-être de la culpabilité vis-à-vis

de sa mort ? poursuit-il, et je sens l'agacement monter d'un cran.

— Tu ne crois pas que tu vas un peu loin dans l'interprétation de mon rêve ?

Je m'efforce de contrôler ma voix, de ne pas m'emporter, par peur de gâcher cette soirée qui avait si bien commencé.

Aina semble avoir perçu la tension qui flotte entre Markus et moi, car elle vole à mon secours.

— Qu'est-ce que tu en penses, Vijay ? Tu crois que c'est aussi Henrik qui a tué Susanne ?

— Ma chérie, enfin, je n'en sais rien. Ça ne serait pas sérieux de me lancer dans des conjectures sans en savoir plus sur le crime.

— Tu peux bien en dire quelque chose ? Qui fait ce genre de choses ?

Vijay pousse un profond soupir en se tortillant sur sa chaise.

— Bon, d'accord. Elle se trouvait chez elle quand le ou la coupable est arrivé(e) : d'après nos informations, elle lui a ouvert. Ensuite, on l'a rouée de coups de pied. Elle en est morte. La personne est partie. La fille de la victime, assise sous la table de la cuisine, a été témoin du crime, mais n'a pas pu identifier le tueur. C'est juste ?

— Tout à fait, marmonne Markus. La fillette dit que c'était un homme, qu'elle l'a vu, mais ne l'a pas reconnu. Elle était incapable de le décrire.

Vijay, plongé dans ses pensées, caresse son menton piqué de barbe avant d'adresser un signe de tête à Markus.

— Qu'a-t-elle dit d'autre ?

Markus hausse les épaules, l'air affligé.

— À vrai dire, ils n'en ont pas tiré grand-chose. Ils avaient fait venir une collègue spécialisée dans les enfants, et d'après ce qu'on m'a dit elle a fait du bon boulot…

Vijay lève la main pour interrompre Markus.

— Ce n'est pas votre faute. Tes collègues ont fait de leur mieux. Elle est trop petite, tout simplement. Un enfant de cinq ans ne peut pas livrer un témoignage fiable. Que sait-on de plus ? La violence était extrême et les coups surtout dirigés vers le visage ? Pas d'autres armes ou objets utilisés ? (Nouveau signe de tête vers Markus.) Des éléments techniques ont-ils été trouvés sur place ?

— Quelques-uns. Les experts penchent pour un homme, au vu de la force déployée et la taille des traces de mains et de chaussures retrouvées sur place. Ils pensent aussi que le coupable portait des gants, les empreintes le laissent croire. Des résidus de talc ont été retrouvés, du type que l'on trouve sur certains gants chirurgicaux. Du reste, ils ont relevé différentes fibres – des poils de chien, de chat, de lapin et hamster – toute l'arche de Noé, des restes de nourriture et des éclats de métal dont les techniciens pensent qu'ils proviennent de soudure.

— Intéressant, très intéressant.

Vijay bascule en arrière pour observer le plafond.

— Qu'est-ce qui est intéressant ? s'enquiert Aina.

— Les gants. Cela peut signifier que l'acte a été prémédité, ce qui signalerait un crime différent de celui que tu nous as décrit.

— Tu peux préciser ? demande Markus.

— Alors… Il existe plusieurs modèles de classification des meurtriers et criminels violents, mais le plus simple et le plus facilement applicable est celui qui distingue deux catégories de violence : la violence réactive et la violence instrumentale. Dans le premier cas, comme son nom l'indique, l'agresseur tue en réaction à quelque chose : une provocation, la présence d'une personne ou peut-être un comportement qui réveille d'anciens traumatismes. Ce n'est pas prémédité. S'il utilise une arme, il la trouve sur place : une pierre ou un couteau de cuisine par exemple, qu'il abandonne ensuite sur le lieu du crime. La violence peut être importante et la scène du crime est souvent désordonnée, pleine d'éléments techniques, étant donné que l'acte n'était pas planifié. La plupart des homicides tombent dans cette catégorie. Les violences intrafamiliales ou les échauffourées dans les bars résultent de cette sorte de violence. Souvent, l'agresseur connaît la victime. Donc… à première vue, on pourrait avoir affaire à ce type de violence, mais…

Vijay marque une pause rhétorique, balayant du regard les convives. Il jouit d'être le centre de l'attention et de partager son expertise – je sais que c'est son péché mignon. Souriant, il plaque ses paumes l'une contre l'autre comme il fait toujours lorsqu'il s'apprête à dire quelque chose d'important.

— Quoi ? demande Aina, impatiente.

— Il y a un hic. Les gants. Le meurtrier portait des gants. Cela ne colle pas avec la violence réactive. Il ou elle avait prévu son coup. Enfin, c'est vrai que la violence instrumentale peut évoluer vers une violence réactive. Et puis, nous avons cette violence disproportionnée, extrême, qui peut signifier que le coupable lui-même a un historique de traumatismes répétés. Au moment où il se retrouve dans une situation où il exerce une violence, ses anciens traumatismes se réveillent, conduisant à un déchaînement de violence. C'est possible. La violence instrumentale s'est changée en violence réactive.

Markus me regarde, haussant discrètement les sourcils. Je sais qu'il trouve que Vijay intellectualise l'affaire, qu'il reste prisonnier de modèles théoriques qui ne s'appliquent pas toujours à la réalité. C'est pourtant Aina qui pose la question :

— Qu'est-ce que ça veut dire ? Tu crois que c'est Henrik ou pas ?

Après un instant d'hésitation, comme s'il réfléchissait à la manière la plus juste de s'exprimer, Vijay répond :

— Je crois que le crime était prémédité. Pas seulement à cause de l'utilisation des gants. Il y a aussi les coups portés au visage : c'était quelque chose de personnel. D'après ma connaissance très limitée du cas, je pourrais dire que ça peut être lui.

— Henrik a un alibi, rétorque Markus.

— Oui… (Vijay hésite de nouveau.) Mais ce sont ses employés qui le lui ont fourni, non ?

— Oui, ils travaillent pour sa société de BTP. Pourquoi ?

— Ils se trouvent dans une position de dépendance vis-à-vis de lui. Ils peuvent vouloir lui filer un coup de main, ou avoir subi des pressions. Ça n'aurait rien d'étonnant. Du reste, le fait que Henrik ait tiré sur la femme de votre groupe prouve bien qu'il est capable de tuer. En réalité, il est peu probable que l'assassin soit quelqu'un d'autre que Henrik – d'un point de vue purement statistique. Peu probable, mais pas impossible.

— Pourquoi peu probable ?

— Pour la bonne et simple raison qu'on aurait deux meurtriers en liberté, ce qui est statistiquement moins probable, même si c'est… envisageable. (Nouvelle hésitation.) Il est possible qu'un inconnu ait tué Susanne. Imaginez Henrik dans cette situation : sa compagne vient de mourir et on l'accuse d'être coupable. L'enfant, qui n'est pas le sien, certes, mais qui lui est proche, lui est retirée. On peut avoir une crise psychotique pour moins que ça, non ? Cela pourrait expliquer l'assassinat dans votre cabinet. Toujours est-il que c'est… fondamental que la police n'écarte aucune piste. Cela me rappelle une affaire à Gävle en 2005. Un homme de vingt-neuf ans, qui vivait dans la cabane de jardin de ses parents adoptifs, a tué deux de ses sœurs, adultes elles aussi, à quelques mois d'intervalle. La police et le procureur étaient si sûrs que le premier homicide avait été perpétré par le conjoint de la victime qu'ils n'ont pas cherché plus loin, malgré certains éléments techniques probants. S'ils avaient agi différemment, la seconde femme serait peut-être encore en vie.

— Alors, tu dis que ce n'est pas Henrik ? demande Markus.

Vijay soupire de nouveau, plus profondément, frustré d'être incompris.

— Pas exactement. Je dis que ça peut être quelqu'un d'autre, mais que statistiquement, le plus probable, c'est que ça soit lui.

— Je vois, dis-je. Mais la question de la violence réactive versus la violence instrumentale… Si c'était planifié, quel serait le motif ?

— Bah ! Dans les cas de violence instrumentale, le passage à l'acte peut être provoqué par n'importe quoi – l'argent, la vengeance, des pulsions sexuelles. Ici, rien ne porte à croire qu'il y a eu des violences sexuelles, n'est-ce pas ? J'image qu'il ne s'agit pas de ça ici. Qu'a dit Henrik quand on l'a interrogé ? Vous avez eu le temps de le faire avant qu'il ne tue la femme de votre groupe et qu'il disparaisse dans la nature ?

— Il a clamé son innocence. Il affirme qu'il n'a jamais levé la main ni sur Kattis ni sur sa conjointe, Susanne. Que Kattis ment sur toute la ligne, qu'elle essaie simplement de le détruire. Et qu'il était au pub le soir de l'homicide de Susanne, ce que confirment des témoins.

— Ça pourrait être quelqu'un qu'elle ne connaissait pas, après tout, suggère Aina. Un stalker. Quelqu'un qui a jeté son dévolu sur elle et qui l'a traquée jusque chez elle, à Gustavsberg ?

— On parle beaucoup de stalkers en ce moment. À quoi ressemble le stalker typique ? demande Markus.

— Peut-être peut-on commencer par en donner une définition, lance Vijay avec un rictus triomphant, avant d'engloutir un gros morceau de bourguignon.

Markus opine du chef, étonné.

— Ah bon, il existe une définition ?

Vijay a un sourire indulgent, comme s'il s'adressait à l'un de ses étudiants les moins brillants.

— Il en existe même plusieurs, mais la meilleure est selon moi celle de Meloy en 1998 : le stalking représente la persécution et le harcèlement conscients, malveillants et répétés d'un autre individu. Si l'on s'intéresse aux profils des stalkers, ce sont majoritairement des hommes, souvent avec un passé criminel et des problématiques psychiatriques ou d'addiction. Ils sont en moyenne plus intelligents que d'autres types de criminels, même s'il existe des sous-groupes de stalkers qui présentent plutôt une intelligence moindre et une incompétence sociale.

— Si j'ai bien compris, ils peuvent à la fois être plus intelligents et plus bêtes que l'individu lambda. Nous voilà bien avancés.

Vijay se contente de hausser les épaules devant la mine sceptique de Markus.

— Ce n'est pas une science absolue. Quoi qu'il en soit, les stalkers souffrent souvent de pathologies psychiatriques : schizophrénie, trouble de la personnalité borderline, narcissique ou antisociale. Sans compter les facteurs environnementaux. Le stalking commence souvent après une expérience de perte, par exemple une relation qui se termine, un deuil ou tout simplement un licenciement.

— Ça, ça peut rendre fou ?

— Sans doute, si l'on est une personne vulnérable.

Vijay trempe un morceau de baguette dans la sauce

brune avec un grand sourire. Markus secoue la tête, comme incrédule face aux affirmations de Vijay.

— Non, Markus, fait Vijay, sans cesser de sourire, ses dents d'une blancheur éclatante ressortant sur sa peau cuivrée. Si tu te faisais virer, tu ne sombrerais pas dans la folie. Toi, ce serait plutôt dans les jeux vidéo.

Gêné, Markus remplit le verre de vin d'Aina, puis le sien.

— Mais…, se lance Aina. N'y a-t-il pas des femmes stalkeuses ?

— Bien sûr, mais c'est beaucoup plus rare. J'ai récemment lu une étude passionnante réalisée sur environ quatre-vingts stalkeuses aux États-Unis, au Canada et en Australie. Elle révèle que le profil est assez différent des stalkers hommes. Il s'agissait principalement de trentenaires célibataires, hétérosexuelles et titulaires d'un diplôme de l'enseignement supérieur. On note souvent un trouble mental sous-jacent, le plus commun étant la personnalité borderline. Les stalkeuses ont moins tendance à se montrer violentes que les hommes, mais, si la femme a eu une relation amoureuse avec la victime, le risque augmente de manière marquée.

Un courant d'air frais s'engouffre par la fenêtre mal isolée, me frôle et je frissonne – toute cette discussion, la mort, la haine, me rend malade.

— C'est forcément un homme qui a tué Susanne ? s'enquiert Aina.

— Les techniciens en sont presque certains, et la fillette l'a confirmé lors de ses auditions.

— Statistiquement, ce type de crimes est commis

par des hommes. Neuf crimes violents sur dix, ajoute Vijay.

— Pourrait-il s'agir d'un cambriolage qui a mal tourné ? La petite a visiblement dit que le tueur avait volé de l'argent, dit Markus.

— Tu te rappelles exactement ce qu'elle a dit ?

— Pas tout à fait. Le coupable aurait « pris la pièce », elle a raconté qu'il faisait de la magie.

Un rictus peiné se dessine sur les lèvres de Vijay.

— Ce n'est pas parce qu'elle dit qu'il a pris de l'argent que ça s'est vraiment passé comme ça. On ne sait jamais avec les gamins. Ils ont une imagination fertile, non ? Personnellement, je serais très étonnée s'il s'agissait d'un vol avec violence ayant entraîné la mort. (Vijay marque une pause afin de glisser un sachet de snus sous sa lèvre.) Mais les gens font parfois des choses complètement aberrantes, donc, en théorie, c'est possible. Même si la violence est trop extrême pour…

Il se gratte la gorge, comme plongé dans une profonde réflexion, regarde le plafond et reprend :

— Les coups de pied au visage, c'est quelque chose de très personnel qui témoigne d'une haine sauvage. Les vols qui tournent à l'homicide ne ressemblent généralement pas à ça. La victime peut se faire tabasser parce qu'elle a refusé de lâcher son portefeuille, ses clés de voiture ou son sac à main, mais la violence est moindre que ce qu'on voit ici. Bien sûr, il y a des exceptions ; si l'agresseur ou les agresseurs étaient drogués, cela pourrait expliquer le déferlement de violence. Par exemple, le Rohypnol, ou plus exactement le Flunitrazepam, le nom de la substance active, induit une anesthésie émotionnelle, permettant à un individu de commettre des actes très graves, très violents. Elle est souvent utilisée par les criminels. Vous le saviez ? Elle est recommandée sur des forums pour les personnes qui cherchent à apaiser leur anxiété ou leur inquiétude avant de perpétrer un cambriolage, un braquage ou un passage à tabac. Bref. La fillette a dit que l'agresseur avait pris de l'argent ? Ce n'est pas pour ça qu'il s'agit d'un vol qui a mal tourné. Il n'est pas rare qu'un assassin emporte des choses ayant appartenu à sa victime : du fric, des souvenirs. Ce qui ne signifie pas qu'il l'a tuée dans l'objectif de la dévaliser.

Soudain, la nausée déferle en moi, prend possession de toutes les cellules de mon organisme. Sans un mot, je bondis hors de la pièce, bien consciente des regards d'Aina et de Vijay dans mon dos. Une nouvelle fois, j'ai tout juste le temps d'atteindre la dépendance avant de recracher tout le bœuf bourguignon de Markus dans la petite cuvette.

Je reste un instant assise par terre.

Bowie me sourit depuis le mur, mais si je ne m'abuse il me dévisage avec inquiétude sous son ombre à paupières bleue.

Nuit de novembre.

Je suis blottie contre le corps de Markus. Ses mains reposent sur mon ventre.

— Tu l'as pris ce rendez-vous ?

— Oui. Jeudi prochain. Tu m'accompagnes ?

— Quelle question ! Je vais voir notre bébé. C'est incroyable ! Quand vas-tu en parler à Aina ? Elle sera déçue si elle est la dernière à savoir.

Je m'abstiens de répondre, bien consciente qu'il a raison. Au lieu de cela, je presse mon corps contre le sien, me laissant bercer par le fracas régulier des vagues et le sifflement du vent.

— Je t'aime, murmure Markus en déposant de légers baisers sur ma nuque.

Je ne dis rien, mais cette nuit-là, pour la première fois depuis une semaine, je ne rêve pas de Hillevi. À l'inverse, je dors d'un sommeil de plomb, paisible, sans me réveiller une seule fois.

Il s'est passé quelque chose au cabinet.

Il me semble que le néon émet une lumière plus chaude. Les murs vert clair paraissent éclairés de l'intérieur. Je me rends compte que ce qui a aussi radicalement transformé les caractéristiques de la pièce est le couple assis en face de moi. Radicalement transformés, eux aussi. Patrik, le dos droit, un sourire aux lèvres – un petit rictus satisfait, peut-être ? Mia, une femme différente de celle que j'ai vue la dernière fois. Certes, cela fait un certain temps que je ne les ai pas reçus – les maladies des enfants et les obligations professionnelles de Patrik les ont contraints à reporter notre séance plusieurs fois. Le changement n'en est pas moins frappant. Les cheveux châtains de Mia encadrent délicatement son visage et elle s'est maquillée. Même si son ombre à paupières verte n'est pas du meilleur goût, elle lui donne bonne mine. L'effort vestimentaire est également notable, un jean bleu marine et un chemisier noir ont remplacé la traditionnelle combinaison en polaire.

Mais surtout, Mia est assise dans le fauteuil et Patrik sur la chaise. J'ignore pourquoi ce détail attire mon attention, mais cela me semble un signe important.

Une main tendue de la part de Patrik. Son derrière osseux à lui inconfortablement installé sur le bois dur en échange de son investissement familial accru à elle.

— Vous avez l'air… en pleine forme. J'espère que vous allez aussi bien que vous le laissez paraître.

Mia glousse, affichant un air gêné, comme si j'avais posé une question intime.

— Oui. C'est… un miracle, dit-elle d'une voix que je ne reconnais pas – sa voix rauque, à peine audible, a été substituée par une voix d'alto mélodieuse.

Elle jette un coup d'œil hésitant à Patrik qui n'a pas quitté son sourire. Ils ont l'air espiègles tous les deux, comme deux ados qui viennent de faire l'amour dans les toilettes. C'est peut-être le cas, qu'est-ce que j'en sais ?

Il se gratte la tête, dévoilant les racines noires de ses cheveux décolorés, et rajuste ses lunettes sur son nez.

— Mia a raison. C'est… merveilleux. J'ai l'impression qu'on est sur la bonne voie.

— Racontez-moi. Qu'est-ce que vous avez fait pour que ça marche ?

Mia fixe le plafond, semblant réfléchir.

— Pour commencer, nous avons appliqué vos conseils – établi un planning pour le partage des tâches ménagères. Et nous avons travaillé sur votre modèle pour trouver des solutions au problème. Ça fonctionne, bien sûr. Mais…

— Mais quoi ?

— Mia a arrêté les médicaments, souffle Patrik en serrant la main de Mia.

Une rougeur monte le long du cou de la femme,

tandis qu'elle hoche la tête. Au bout de quelques minutes de silence, je finis par demander :

— C'était difficile ?

Mia semble d'abord incapable de répondre, se contentant de secouer la tête.

— Pas du tout. C'est ce qui… m'étonne. Je n'ai eu aucune difficulté. Dès que Patrik a cessé d'être… en colère, dès qu'il m'a ouvert les bras… je ne sais pas. Je crois que je n'avais plus besoin des médicaments.

— Comment vous sentez-vous, maintenant ?

— Mieux. Ça fait longtemps que je ne me suis pas sentie aussi bien. C'est étrange. Je me sens si… forte. Comme si je pouvais gravir une montagne, m'occuper d'enfants qui ont la gastro plusieurs nuits d'affilée sans dormir, courir un marathon. Bah ! Je ne sais pas. Ça vous semble ridicule, peut-être ?

— Pas le moins du monde, dis-je en lui effleurant le bras.

Je sens le tissu synthétique fin et luisant, froid et glissant sous mes doigts.

Mia et Patrik sourient de concert, un peu timidement peut-être. Je réfléchis un instant en silence – ça paraît trop simple. Un couple en crise. La mère qui prend des benzodiazépines pour supporter. Et puis, quelques semaines plus tard, tout redevient normal. Exit la dépendance, exit les conflits, des mains qui se touchent délicatement quand ils se croisent dans la cuisine, des joues qui s'empourprent. L'accord et le désir. La collaboration. Une soudaine aspiration à comprendre l'autre. De l'empathie. Est-ce aussi simple que cela ? si banal ?

— Je crois que vous devez m'aider à comprendre…

Je prends des pincettes, rétive à remettre en question ou en péril leur entente fragile.

— Comment ça s'est passé lorsque vous vous êtes retrouvés ? Mia, était-ce vraiment aussi simple que ça ? Un jour, vous avez décidé de jeter tous les comprimés dans les toilettes ?

— Oui, c'était aussi simple que ça, répond Mia en glissant la main dans ses cheveux propres pour repousser une mèche derrière son oreille.

— Non, ce n'est pas tout à fait ça. D'abord, c'est moi qui me suis secoué, dit Patrik. Je crois qu'au moment où j'ai compris pourquoi j'éprouvais cette colère contre Mia, elle a disparu. On a discuté et je lui ai parlé de ma mère…

— Et j'ai senti que j'étais obligée d'arrêter le Sobril pour lui, complète Mia, de plus en plus exaltée.

Ses mains grassouillettes tournoient devant son visage comme des moineaux.

— Bravo. Vous avez fait un excellent travail, si je puis m'exprimer ainsi – nous ne sommes pas à l'école. Vous vous êtes vraiment donné du mal. Sachez cependant qu'il est facile de retomber dans de vieux schémas. S'il se passe quelque chose de difficile, si vous vous disputez. Vous êtes encore vulnérables. C'est bon à savoir en amont que ce type de rechute n'est pas anormal. L'essentiel, c'est que nous mettions en place un plan pour que les progrès accomplis tiennent dans la durée.

— Il n'y aura plus de problème, répond calmement

Mia. Je me sens si forte, je vous l'ai déjà dit ? Je crois que je peux réussir n'importe quoi.

Je me tourne vers Patrik qui ne répond pas. Il se contente de hocher vigoureusement la tête en tirant sur son t-shirt à l'effigie des Smiths.

Vendredi matin.

Éveillée en sursaut par un craquement violent, je m'assieds dans mon lit, droite comme un piquet, mais je ne distingue que les bruits habituels de la maison – le bourdonnement du frigo, la pluie qui martèle la fenêtre et le sifflement du vent.

L'obscurité dehors est si dense que j'imagine qu'un grand animal noir s'est enroulé autour de ma petite maison pour hiberner.

Je me lève, enfile mon peignoir râpé et me glisse dans le salon où un courant d'air frais court le long du carrelage et me fait frissonner. Je consulte l'heure – six heures et demie, le réveil ne va pas tarder à sonner.

Bien que la pièce soit plongée dans le silence, je note immédiatement que la fenêtre centrale est abîmée : une longue fissure court d'un coin à l'autre, comme si on avait jeté une lourde pierre contre la vitre.

Je reste longtemps postée devant, à observer les ténèbres au-dehors, incapable de discerner quoi que ce soit, hormis un maigre reflet dans l'eau au pied des rochers. Le vent a forci pendant la nuit – j'entends les pins fouetter la façade. Une grosse branche a dû tomber contre la vitre. C'est déjà arrivé, mais le verre s'en était sorti indemne. Pas cette fois.

Il fait toujours nuit dehors lorsque je me faufile entre les églantiers pour aller aux toilettes dans la dépendance. Un vent glacial s'engouffre sous l'ample t-shirt que j'utilise comme chemise de nuit.

Markus est parti à Västerås, suivre une formation de préparation aux catastrophes. Quant à moi, j'ai mal dormi, je me suis réveillée plusieurs fois avec des palpitations, baignée de sueur. Je ne me rappelle aucun rêve, seulement un sentiment oppressant de panique et d'angoisse. Et la sensation que tout est trop tard. Que le mal est fait, qu'un processus inéluctable s'est enclenché.

La petite allée de terre battue n'est pas gelée, mais presque. Mes bottes en caoutchouc s'enfoncent de quelques millimètres dans le sol dur. Je brandis devant moi la grande lampe, torche que j'emporte toujours. Le faisceau lumineux balaie la pelouse humide et les rochers situés au-delà. Avant, j'avais la phobie de l'obscurité ; à présent, le noir ne suscite en moi qu'un léger malaise. Une sorte de vertige peut-être désagréable, mais nullement handicapant.

Au moment où ma main se referme sur la poignée, un bruit dans mon dos me fait tressaillir. Comme quelque chose que l'on traîne sur le sol, je pense à un animal blessé.

Je fais volte-face et pointe ma torche vers la maison, la porte d'entrée, les façades en bois défraîchies, puis vers le sol, les touffes d'herbe jaunies, les branches noueuses de pins que la tempête a arrachées, les tas d'aiguilles de conifère couvertes de givre le long de la maison. Rien ne sort de l'ordinaire. Je n'entends que les vagues qui s'écrasent en rythme contre les rochers.

— Markus, c'est toi ?

Personne ne répond.

Je décide que c'est un animal, rien de plus.

Nous devrions peut-être nous installer en ville, me dis-je une nouvelle fois. À bien des égards, vivre ici est peu pratique, mais quelque chose me retient.

Stefan ?

C'est comme si je pensais que la distance qui nous sépare allait augmenter si je quittais la maison.

Notre maison.

Markus est partagé – il serait plus enclin à vivre à Stockholm, dans le quartier de Södermalm, mais, puisqu'il travaille à Nacka, le trajet est plus rapide d'ici. Sans compter qu'il n'ignore pas ma réticence à déménager.

La porte de la dépendance s'ouvre avec un grincement. Je me hâte d'entrer pour me réchauffer. La petite salle de bains bénéficie d'un ameublement spartiate dont la seule décoration est le collage de photos de David Bowie sur un mur. Je me laisse tomber sur les toilettes, urine tout en me lavant les dents. Si un jour je déménage, je voudrais une vraie salle de bains, avec du carrelage mural, le chauffage au sol et une baignoire.

Un luxe qui fait rêver.

Lorsque je retourne vers la maison, l'air semble encore plus froid et humide. Les fenêtres luisent comme deux yeux jaunes de chat. J'enjambe une flaque d'eau qui vient de se former au bas du perron. Je distingue le moteur d'un bateau qui se rapproche.

Une fois dans la chaleur toute relative de la maison, j'allume un feu dans le poêle et vais me préparer un thé. Et là, plantée dans la cuisine, la théière à la main, celle rétro couleur pistache que mes sœurs m'ont offerte, je distingue un nouveau bruit. Comme si l'on frappait contre la baie vitrée du salon.

Incrédule, je m'y dirige. Sous mes pieds, les dalles semblent plus froides que d'ordinaire, mais le poêle a déjà commencé à chauffer le salon et les bûches enflammées crépitent.

Je ne la vois pas immédiatement; je devine d'abord, devant les portes-fenêtres noires, les contours d'un visage livide aux yeux enfoncés qui me contemple, alors que je me tiens immobile, transie de peur. Puis le visage se rapproche, se presse contre la vitre, et je la reconnais.

Malin.

J'entrouvre la baie vitrée. Elle ne porte pas de manteau, seulement un gilet fin et des baskets. Ses yeux sont rouges et gonflés, son teint blafard.

— Je peux entrer?

— Mais… que s'est-il passé?

— S'il te plaît, laisse-moi entrer. Tu nous as dit qu'on pouvait toujours te contacter si ça n'allait pas et… je ne pouvais pas rester chez moi, alors, je suis venue. J'aurais dû t'appeler avant, pardon. J'aurais dû appeler, mais…

Sans un mot, j'ouvre la porte et elle se faufile à l'intérieur à la manière d'un chat.

— Entre. Tu grelottes.

Elle m'adresse un signe de tête, frotte ses mains l'une contre l'autre et, sans la moindre hésitation, se dirige vers mon canapé beige pour s'y laisser tomber.

Je m'avance doucement vers elle. J'enveloppe son corps frigorifié, agité de frissons, de la couverture en tartan.

— Comment se fait-il que tu n'aies rien sur le dos ? Il est arrivé quelque chose ?

— Je suis au bout du rouleau, au fond du trou…

Regard vide, épaules crispées remontées vers les oreilles. Cheveux blonds humides collés sur son crâne.

Je m'assieds à côté d'elle dans le canapé, prends sa main dans la mienne. Tout son corps tressaille, à cause du froid et d'autre chose peut-être. De la peur ?

— Malin, que s'est-il passé ?

Elle ne réagit pas, comme si elle ne m'entendait pas. Elle tremble sous la couverture, les yeux dans le vague. Et si elle était vraiment en hypothermie ? Je devrais peut-être l'emmener chez un médecin.

— Tu veux un thé ?

Elle hoche la tête sans me gratifier d'un seul regard ; je me dirige vers la cuisine pour faire chauffer de l'eau.

— Tu veux autre chose ? Une tartine ?

Elle secoue négativement la tête.

Je ne suis pas tout à fait à mon aise dans cette situation. N'étant pas proche de Malin, je ne l'aurais jamais invitée dans des circonstances ordinaires. Certes, Aina a encouragé toutes les femmes à téléphoner si elles ressentaient le besoin de parler, mais débarquer chez moi à sept heures du matin ? Ce n'est pas vraiment normal. J'apporte une tasse de thé à Malin et m'installe à côté d'elle.

Ses mains tremblent au point que la tasse de thé brûlant, lorsqu'elle la soulève, déborde et dégouline sur le canapé et sur ses doigts. Elle ne semble guère le remarquer.

— Tu sais, pendant un temps, j'avais l'impression de tout contrôler, murmure-t-elle.

— Qu'est-ce que tu contrôlais ?

Elle lève les yeux sur moi en esquissant un infime sourire.

— Moi-même. Après le viol, le monde entier s'est effondré. À un moment, j'ai cru que j'étais en train de perdre la raison. Et puis… je me suis astreinte à une discipline de fer, j'ai commencé à manger sainement, à faire encore plus de sport. J'ai totalement arrêté de boire, car j'avais peur de lâcher prise, justement. Et tu sais quoi ? Ça a marché. J'ai retrouvé ma vie, ma santé mentale. Mais de temps en temps… tout revient. Par exemple, quand je le croise, le violeur. Ça m'est arrivé une fois, dans le centre-ville. J'ai eu une violente crise de panique, j'ai eu l'impression de vriller… je refuse ! Je veux maîtriser ma vie, je ne veux pas tomber dans ce précipice, je ne veux pas perdre les pédales.

— Ça n'arrivera pas, Malin, même si tu as cette impression. Plus tu fuis ces sentiments, plus tu les nourris. Le mieux serait que tu prennes ces émotions à bras-le-corps plutôt que d'aller courir chaque fois que tu sens l'angoisse monter.

— Mais maintenant, tout fout le camp ! gémit-elle

en cachant son visage sur ses genoux, contre le plaid à carreaux.

Je lui prends délicatement la tasse des mains et la pose sur la table.

— Il est arrivé quelque chose qui a déclenché ce sentiment ?

— Je suis au fond de ce trou noir et j'ai l'impression de péter les plombs.

— Tu dois me raconter ce qui s'est passé, Malin. Autrement, je ne peux pas t'aider.

— Bon, soupire-t-elle en relevant la tête. La nana qui s'est fait buter par son mec. Susanne… C'est l'une des femmes qui ont donné un alibi à mon violeur. Au début, je n'en avais pas la moindre idée, mais quand Kattis a révélé son nom et son lieu de résidence, j'ai compris tout de suite. Elle n'était pas la seule, ils étaient cinq, donc ce n'était pas uniquement sa faute. Mais tu n'imagines pas le temps que j'ai passé à haïr ces gens, à désirer leur mort ? Maintenant, c'est arrivé : je ne sais pas si j'en suis heureuse ou révoltée. D'un côté, je peux penser qu'elle le méritait ; d'un autre, je sais bien à quel point je suis malade de penser ça, et je ne veux pas être malade. Et puis la police est venue me poser tout un tas de questions, si je connaissais Susanne, ce que je pensais d'elle. Ils sous-entendaient que je pouvais avoir quelque chose à voir avec sa mort. Comme si je n'avais pas assez souffert. C'est ce que je leur ai dit, que je suis une victime de viol. Que je veux simplement que ma vie redevienne comme avant. Mais c'est impossible, car à présent tout ce qui m'est arrivé me revient en pleine figure. Je ne peux plus dormir, plus manger, je ne peux même plus me concentrer suffisamment longtemps pour regarder une simple émission télé, j'ai l'impression que je suis en train de sombrer dans la folie. Pour de vrai.

La pluie s'est enfin arrêtée. La chape de nuages a été balayée, laissant apparaître un ciel bleu pâle de novembre. Le vent est tombé, l'eau lisse de la crique n'est traversée que de menues vaguelettes. Quelques oiseaux marins, doucement ballottés par les flots, s'enfoncent de temps en temps dans l'eau noire pour remonter aussitôt.

L'ornithologie, ce n'est pas mon domaine – j'ignore de quelle espèce il s'agit, ce qu'ils mangent, où ils nichent. Si Markus avait été là, il aurait pu m'éclairer, il est passionné par la nature, connaît les plantes et les animaux, sait allumer un feu à l'aide de deux pauvres bouts de bois et a un sacré sens de l'orientation.

Un vrai scout.

Mais Markus est toujours à Västerås et je suis seule à la maison, seule avec mes pensées et mes prises de décision.

Malin est rentrée chez elle. Elle a dormi quelques heures sur mon canapé, puis elle est partie, manifestement pétrie de mauvaise conscience de m'avoir dérangée. Je suis installée devant mon ordinateur à essayer de travailler – la seule patiente de la journée a décalé son rendez-vous et j'ai décidé de rester chez moi.

Je réfléchis à l'histoire de Malin – pourrait-elle être impliquée dans ce qui est arrivé à Susanne ? Je tente de décortiquer sa réaction – la discipline extrême peut être une protection contre l'impuissance, l'humiliation et la peur.

En dépit de mes efforts, je ne parviens pas à penser à autre chose. Je fais un peu de ménage, la vaisselle, prends une nouvelle fois les mesures de la chambre pour vérifier qu'il y a bien la place pour un lit bébé.

Le crépuscule s'installe – encore une journée qui s'achève.

Le lendemain matin, j'ai cinq messages sur mon répondeur. Quatre d'Elin, au cabinet, qui veut déplacer des rendez-vous, mais ils sont si brouillons que je comprends à peine de quoi elle parle. Je note dans mon agenda qu'il faut que je la rappelle lundi.

Le cinquième vient d'un certain Roger Johnsson, il se présente comme l'enquêteur chargé de l'affaire Susanne Olsson. Il m'enjoint de le recontacter au plus vite.

Roger Johnsson répond au téléphone avant même la première tonalité, comme s'il avait passé la matinée du samedi à attendre mon coup de fil. Sans préambule, il demande à me voir, aujourd'hui. Je suggère d'attendre lundi, mais il affirme que c'est urgent et me prie de passer au commissariat dans la journée. Et quand je lui demande de quoi il s'agit, il se fend d'une réponse évasive, une stratégie que m'a décrite Markus. Il veut que j'en sache le moins possible pour pouvoir observer mes réactions spontanées lorsqu'il me verra. Nous prenons rendez-vous pour l'après-midi, au commissariat de Nacka Strand. Où travaille également Markus. Les deux hommes sont collègues, se connaissent, prennent parfois un café tous les deux, mais ne bossent pas ensemble sur cette enquête.

J'ouvre la baie vitrée. Les oiseaux ont disparu et un étrange silence s'est installé sur ma petite crique. Il n'y a presque plus de vent et l'eau gris anthracite s'étend, luisante. Des nuages noirs venus du nord ont assombri le ciel. L'air semble plus froid.

Il semblerait qu'une tempête se prépare.

Roger Johnsson est un homme d'une cinquantaine d'années, en chemise, veste et jean fermé par une ceinture à grosse boucle en laiton. Il porte la moustache, ce qui est rare chez les Suédois. Pour une obscure raison, il me fait penser aux hommes de la série télé *Dallas*. Il ressemble à un pote de Bobby Ewing, sans le chapeau. Un anachronisme vivant en chemise de cow-boy débarqué tout droit du Texas des années quatre-vingt.

— Voyons voir, Siri. Vous vous demandez sans doute pourquoi vous êtes ici. (Lorsqu'il pose les yeux sur moi, je devine un léger sourire derrière sa moustache touffue.) Je voudrais vous parler de Malin Lindbladh. Vous êtes témoin du tir mortel de la place Medborgarplatsen. J'aurais quelques questions qui concernent cet événement, ainsi qu'un autre acte violent. Markus vous a peut-être parlé de l'enquête.

Roger se penche en avant et me scrute avec intensité, à tel point qu'un malaise m'envahit. J'ai l'impression de me trouver nue devant lui. Heureusement, je ne suis que témoin. Je suis sûre qu'il mène des interrogatoires musclés, je n'aimerais pas être à la place d'un suspect.

Nous sommes installés dans son bureau au commissariat de Nacka. Dehors, la nuit est déjà tombée, bien qu'il ne soit que quinze heures. La lueur des lampadaires se reflète sur l'asphalte humide ; de temps en temps, on aperçoit une silhouette voûtée, en route vers la gare routière ou peut-être le ferry, sous la pluie battante descendue du nord. Le bureau exigu est encombré de livres, de documents et de classeurs. La radio diffuse à bas volume une émission musicale de balades. Une auditrice dédie une chanson de Ronan Keating à son amoureux.

— Vous n'avez pas été impliquée dans une autre affaire il y a un ou deux ans ? Un de vos patients n'a pas été tué dans votre jardin ? Ça paraît casse-gueule de suivre une thérapie chez vous… J'ignorais qu'une psychothérapie pouvait être mortelle.

Il éclate d'un rire bref et chevalin. Je sens le malaise et l'agacement monter. Roger Johnsson doit connaître mon passé, savoir ce que j'ai vécu, ce qui ne l'empêche pas de me railler. C'est aussi incompréhensible que révoltant.

— Vous vouliez me poser des questions ? dis-je, pour changer de sujet.

— En effet. Malin participe à un groupe pour les femmes battues que vous animez, n'est-ce pas ?

Roger me contemple, le regard empreint d'une pitié mêlée de condescendance. Je me sens minuscule, exposée. La police ne devrait-elle pas être là pour aider les gens comme moi ? Servir et protéger ? À moins que cela soit réservé aux séries policières américaines ?

— C'est un groupe de femmes victimes de violences

sexistes et sexuelles, pas seulement des femmes battues, comme vous dites. Quant à Malin, je ne peux pas vous en parler. Je suis tenue par le secret professionnel. Les personnes viennent me voir en toute confidentialité.

— En toute confidentialité, oui… Malin nous a elle-même informés qu'elle participait à ce groupe de parole avec vous et que nous pouvions vous parler. Nous disposons de cette information. Nous l'avons interrogée concernant l'homicide de…

Il hésite, comme s'il ne parvenait pas à retrouver le nom de Hillevi.

— … la patiente qui participait au même groupe. Toujours est-il que vous voudrions vérifier quelques informations. Pouvez-vous nous parler de ce groupe ?

Il m'encourage du regard.

— Eh bien… C'est un groupe de parole. Pour les femmes victimes de violences sexistes et sexuelles de la commune de Värmdö. L'idée, c'est que les participantes y puisent la force de poursuivre le travail sur leurs traumatismes, même après avoir cessé de se réunir.

— Ah, bon. Ça m'a l'air… bien, j'imagine. Dans la police, nous avons rarement le temps de donner aux victimes toute l'attention qu'elles méritent.

Je vois une lueur dans son regard, faible mais néanmoins présente. De l'empathie, peut-être ? J'imagine qu'il existe un investissement personnel sous son visage de marbre et son énorme moustache.

— Malin Lindbladh a été violée à Gustavsberg il y a deux ans. Vous êtes au courant.

— Oui, c'est un des sujets que nous avons abordés lors de nos discussions.

— Alors, elle vous a raconté ce qui est arrivé ?

— Oui, dans les détails. Elle a aussi expliqué que vous aviez laissé le coupable s'en tirer.

— Ce n'est pas nous qui décidons si un individu est coupable ou innocent et quelles sont les suites judiciaires. Le tribunal l'a innocenté.

— Parce que ses copains lui ont fourni un alibi, oui.

Roger hausse les épaules.

— Ça arrive. On ne réussit pas toujours à mettre les criminels derrière les barreaux. Vous devez le savoir aussi. Mais puisque vous êtes au courant de ce qui est arrivé à Malin, vous savez peut-être que Susanne Olsson était l'une des cinq personnes qui ont fourni un alibi à la personne inculpée pour viol.

— Oui, elle me l'a confié. Pas aux autres femmes du groupe, mais à moi.

— Qu'est-ce qu'elle en a dit ?

— Rien de plus. Que Susanne Olsson avait fourni un alibi à l'homme et que vous l'aviez interrogée à ce propos. Elle est très remontée.

— Remontée, pourquoi ?

— Ce n'est pourtant pas très étonnant. Tout ce qui s'est passé, l'interrogatoire au commissariat, fait revenir à la surface les souvenirs du viol et du procès, ce qui aggrave son mal-être.

Roger hoche affirmativement la tête, comme s'il comprenait, en caressant sa moustache poivre et sel.

— Quelle est votre image de Malin Lindbladh ?

Votre diagnostic clinique. Est-elle fiable, comme on disait à l'époque ? Peut-on lui faire confiance ?

Je repense à la Malin qui est arrivée chez moi. L'épuisement qui se lisait sur ses traits, son corps voûté. L'effroi, le désespoir.

— Je trouve qu'elle est fiable, oui. Un peu particulière, peut-être, mais fiable, oui.

— Particulière, dans quel sens ?

Je me tortille sur la chaise inconfortable, redoutant d'utiliser une formule malheureuse qui éveillerait des soupçons superflus à l'égard de Malin.

— Je crois qu'elle allait très mal après le viol. Elle s'impose et impose à son corps une discipline extrême à travers le sport, un régime spécial et d'autres types de mesures afin de contrôler l'angoisse. C'est mon impression. Mon diagnostic clinique, dis-je en inclinant la tête sur le côté.

Roger sourit.

— Et sa fiabilité ? Est-ce que vous lui faites confiance ?

Je réfléchis un instant au récit de Malin – elle ne semble avoir ni menti ni exagéré. Je ne vois aucune raison de douter de sa parole.

— Oui, je pense qu'elle est fiable. On ne peut jamais être sûr à cent pour cent, évidemment, mais je trouve que… oui, je lui fais confiance.

Roger Johnsson me répond d'un sourire narquois.

— C'est intéressant ce que vous dites… que l'on ne peut jamais être sûr à cent pour cent. Vous avez plein de collègues en psychiatrie médico-légale qui sont prêts à prêter serment pour tout et n'importe quoi. Songez au cas Tomas Qvick, par exemple.

Il hoche la tête, comme s'il me plaignait d'exercer un métier qui regorge de charlatans naïfs et de messieurs Je-sais-tout pathétiques.

— Mon jugement est qu'elle est crédible, et qu'on ne peut jamais être sûr.

Il opine de nouveau, croise mon regard et referme son petit carnet de notes noir avec un claquement sec. Notre conversation est terminée.

Extrait de l'enquête sociale consacrée à un mineur de quatorze ans et son entourage.

Le garçon aurait violemment agressé le propriétaire d'un magasin de sport, âgé de trente-quatre ans. Ce dernier avait accusé le premier de vol à la tire. Une plainte a été déposée au commissariat. L'enquête est en cours. Le garçon reconnaît avoir porté des coups à l'homme, mais argue que celui-ci le tenait fermement en menaçant d'appeler la police.
Il aurait été pris de panique et se serait débattu.
Il admet aussi être entré dans la boutique dans le but de subtiliser une montre de running, mais refuse d'en dire davantage.
Les parents du garçon affirment qu'il a toujours éprouvé de grosses difficultés scolaires.
Son absentéisme est allé croissant au cours des dernières années. Le garçon s'est mis à fréquenter une bande de jeunes plus âgés, lesquels pourraient être impliqués dans des délits et/ou consommer de la drogue. La famille a été en contact avec un centre de pédopsychiatrie,

mais a trouvé les conseils inutiles. La médecine scolaire a également été incapable d'enrayer le comportement destructeur du garçon et de le faire retourner à l'école.
Les parents se disent désespérés. Ils sont extrêmement préoccupés par l'évolution de leur fils. Tous les conflits à ce propos ont eu des conséquences négatives sur leur couple et ils envisagent à présent de se séparer. Ils pensent néanmoins que cela pourrait accroître les difficultés du garçon, lequel supporte mal le changement. La mère reconnaît avoir peur de se retrouver en tête à tête avec lui. Ses crises de rage peuvent devenir violentes lorsqu'il est contrarié. Il l'a déjà agressée physiquement parce qu'elle avait éteint son ordinateur après lui avoir rappelé plusieurs fois que le temps consacré aux jeux vidéo dépassait la durée qu'elle avait autorisée. À cette occasion, il l'a secouée et traitée de « grosse pute ». Les parents estiment que le garçon pourrait avoir besoin d'être placé en foyer.

Jovana Stagovic, assistante sociale

Réunion au cabinet.

Elin affiche une mine contrite. Un tas de factures s'empile sur ses genoux. Lorsqu'elle est arrivée au bureau ce matin, elle arborait une tignasse rousse et non plus noire et avait troqué son habituelle tenue gothique contre une robe années cinquante et de lourdes bottines.

— Qui doit valider les factures, alors ?

— L'un de nous trois, peu importe qui, riposte Sven d'un air las. Ce n'est tout de même pas sorcier ! Tu ne peux pas les payer sans notre accord.

Les joues d'Elin s'empourprent. Elle fixe la table sans répondre.

Aina foudroie Sven du regard en posant une main maternelle sur celle d'Elin.

— Écoute, Elin, il ne s'agit que de mille couronnes, ce n'est pas la fin du monde. Oublions ça.

— « Registre des adresses suédoises SARL » ? Comment as-tu pu être assez bête pour tomber dans le panneau ? Cette entreprise n'existe pas. C'est une escroquerie.

Lorsque Sven passe les doigts dans ses cheveux gras grisonnants, une odeur de sueur se diffuse dans la pièce. Aina et moi sommes toutes les deux inquiètes pour lui.

Je repense à la discussion que nous avons eue il y a quelques semaines, lorsqu'il m'a annoncé qu'il avait tiré un trait sur l'amour. Et sur l'alcool. Qu'il ne boirait plus une goutte. Je constate qu'il n'a pas tenu sa promesse très longtemps, mais c'est comme ça que ça marche, non ?

— Sven..., dit Aina d'un ton d'avertissement.

— On devrait déduire ça de ton salaire, poursuit-il.

Elin lâche la liasse de papiers qui s'écrase au sol avec un bruit sourd, plaque une main sur sa bouche comme pour se retenir de parler et sort de la salle en trombe.

— Merci, Sven. Il manquait plus que ça ! Ce n'est pas parce que tu as des problèmes que tu dois te défouler sur les autres.

Aina présente un visage calme, mais il y a dans sa voix un tranchant qui témoigne de son profond agacement.

— Mes problèmes n'ont rien à voir avec ça.

— Tes problèmes ont tout à voir avec ça, tu le sais pertinemment.

— Ah, oui ? Ce n'est tout de même pas moi qui attire des fous furieux armés jusqu'aux dents !

— Enfin, Sven, dis-je, commençant moi aussi à en avoir ras le bol de son humeur de chien. Ce n'est pas non plus notre faute.

Sven marmonne une phrase à propos de Vijay.

— Qu'est-ce que tu racontes ? s'emporte Aina. Si ça t'embête que nous travaillions avec Vijay, dis-le-nous clairement au lieu de rouspéter dans ta barbe.

— Si vous n'aviez pas insisté pour participer à cette étude, tout cela ne serait jamais arrivé. Si je puis me permettre, il vous utilise pour se faire mousser, siffle-t-il, et son corps exhale à nouveau une odeur âcre.

— Tu sais aussi bien que nous qu'on a besoin de fric, répond Aina.

Sven serre les dents, mutique, s'empare de sa veste en velours côtelé vert foncé suspendue au dossier de la chaise, et quitte subitement la pièce, comme Elin.

Aina lève les yeux vers moi. Depuis la mort de Hillevi, Sven s'est comporté de manière ouvertement hostile vis-à-vis d'Aina et moi, comme s'il nous en tenait pour responsables.

Il n'a jamais porté Vijay dans son cœur. Vijay qui a du succès, qui est professeur alors qu'il n'a même pas quarante ans. Vijay est tout ce que Sven aurait voulu être sans jamais y parvenir. Un rappel constant et douloureux de ses propres imperfections.

— Il pue, constate Aina.

— Oui, j'ai remarqué aussi. Il faut qu'on lui parle. On ne peut pas continuer comme ça ; il néglige l'hygiène la plus élémentaire…

Le téléphone retentit. Je regarde l'écran – numéro inconnu.

— Tu peux répondre, dit Aina. J'ai comme l'impression que la réunion est ajournée. C'est de plus en plus compliqué ici.

— Je veux bien que tu t'en charges. J'aimerais échanger quelques mots avec Sven.

Aina hausse les épaules et acquiesce.

Sven est vautré dans le fauteuil de son bureau. La lumière est éteinte. Dans la pénombre, je distingue le bout incandescent de sa cigarette – le cabinet est pourtant censé être non fumeur.

Les contours de ses meubles se révèlent progressivement. Des monceaux de papier jonchent le sol, des sacs en plastique et des emballages McDonald's vides couvrent son bureau. Dans un coin gît une chaise renversée, probablement sous le poids de son manteau bleu qui se trouve par terre à côté.

La pièce est imprégnée d'une odeur de fumée mêlée à autre chose – de la nourriture avariée ou un vieux fromage ?

— Bon sang, Sven…

Sans répondre, il tire sur sa cigarette, faisant rougeoyer l'extrémité.

Accroupie à côté de lui, je pose la main sur son bras. Je perçois les tremblements à travers son pull en laine humide.

— Je ne me doutais pas que… tu allais si mal.

Il se penche en avant, lentement, vers une boîte de Big Mac vide. De longs sanglots s'échappent de sa poitrine.

— Elle me manque. Pourquoi c'est si compliqué, l'amour ?

Je ne dis rien – il n'existe pas de réponse à cette question. Je me contente de caresser ses épais cheveux ondulés, puis je quitte la pièce, aussi silencieusement que je suis entrée.

Aina est assise en face de moi dans un des étroits renfoncements du Pelikan, devant une pinte coiffée de mousse. À mon grand regret, j'ai opté pour un Coca. J'aurais préféré une pression. Ou, mieux, un verre de vin.

Aina écluse sa bière tandis que je trempe les lèvres dans mon soda.

— Je les ai toutes appelées…, commence-t-elle.

Je hoche silencieusement la tête en balayant la pièce du regard. S'y masse une foule bigarrée de jeunes branchés, d'ouvriers qui boivent un petit coup en sortant du boulot et d'éternels piliers de bar, concentrés sur leur tâche : se soûler.

Le lambris foncé reflète la lueur des bougies posées sur les tables en bois sombre. À travers les fenêtres cintrées à meneaux, j'aperçois des passants frigorifiés qui se hâtent dans le noir.

Aina m'adresse un signe de la tête au-dessus de sa bière.

— Elles veulent se retrouver une dernière fois. Pour conclure, en quelque sorte. Je pense qu'elles ont vraiment besoin de parler de ce qui s'est passé.

— Entendu, on fait comme ça. Écoute… j'avais autre chose à te dire.

Aina lève les yeux, visiblement inquiète.

— Quoi ?

— Malin est venue chez moi.

— Chez toi ? Mais pourquoi ?

Aina affiche une expression outrée.

— Pour me confier quelque chose. Tu savais que Susanne Olsson était une des personnes ayant fourni un alibi à l'homme qui a violé Malin ?

— Susanne Olsson ? La femme assassinée ?

— Précisément.

— Tu déconnes ?

— Pas du tout. J'ai dû aller au commissariat. On a parlé de ça.

— Au commissariat ? Mais pourquoi ?

— J'imagine que Malin pourrait avoir un mobile pour tuer Susanne. En théorie.

— Mon Dieu ! C'est ce qu'ils pensent ?

— Le flic ne l'a pas présenté comme ça, mais ils vont chercher à creuser sa personnalité.

— Mais le coupable est censé être un homme…

— Oui, je sais bien… En tout cas, je tenais à t'informer.

— Les autres participantes sont au courant ? Kattis ?

— Je ne crois pas. C'était très éprouvant pour Malin de m'en parler.

— Je t'avais bien dit que Malin n'était pas claire.

Je contemple mon amie, mâchoire serrée, bras croisés sur la poitrine.

— Parfois, je te trouve un peu…

— Quoi ? Dis-le. Dure ?

— Oui. Peut-être.

Je sens le feu me monter aux joues. Je repousse d'un geste décidé mon Coca – ça m'a coupé l'envie de le boire. Je n'ai pas non plus envie de discuter de Malin, ni de penser à tout ce qui est arrivé depuis qu'elle et les autres femmes sont entrées dans notre vie. Je préfère changer de sujet.

— Et sinon, comment ça se passe avec ton mec ?

Aina se détend, pose les mains sur ses genoux, sourit.

— Je ne sais pas si c'est mon mec, mais… ça se passe bien. Tu n'aurais jamais cru ça de moi, hein ? lance-t-elle d'un ton presque triomphant.

Je secoue la tête – elle a raison. Je dois avouer que je doutais de sa capacité à nouer une relation sur le long terme.

— Je suis tellement heureuse pour toi.

Elle ébauche un sourire hésitant en me dévisageant de ses grands yeux gris.

— Pour tout te dire…

— Oui ?

— Je trouve ça un peu effrayant de s'abandonner ainsi à une autre personne. Je veux dire… s'il lui arrivait quelque chose.

Son regard s'assombrit.

— C'est tout l'intérêt, non ?

— Et ça ? fait-elle en indiquant mon Coca. Tu n'aurais pas quelque chose à m'annoncer ?

Je comprends qu'elle a des soupçons, peut-être depuis longtemps. Aina me connaît par cœur ; elle sait que je ne boirais jamais autre chose que du vin après dix-huit heures, elle connaît tous les prétextes dont j'abuse pour m'autoriser ce que mon corps réclame.

Je lève les yeux vers elle. Elle affiche un air grave.

— C'est vrai ?

Je sens mes lèvres s'étirer malgré moi.

— Mais c'est génial !

Elle bondit de sa chaise, se penche par-dessus la table, à deux doigts d'envoyer valser sa bière, et me serre dans ses bras. Je hume le parfum de miel si caractéristique de ses cheveux.

— C'est pour le printemps, dis-je, presque essoufflée.

Elle se rassied, sans cesser de sourire.

— C'est super ! Félicitations ! Dis, comment tu vas faire avec le cabinet ?

Je la dévisage sans comprendre. Je ne me suis pas encore posé cette question. Le boulot semble secondaire, sans importance, comparé au petit être qui grandit en moi.

— Le cabinet ?

— Oui. Qui va s'occuper de tes patients ? Parce que tu ne pensais pas continuer à travailler comme d'habitude, si ?

— Je ne sais pas…

— Il y a aussi le loyer : si tu ne viens plus, est-ce que Sven et moi on devra le partager ou qu'est-ce que tu envisages ?

Une ride s'est creusée entre ses sourcils.

— Je n'ai pas encore vraiment décidé ce que j'allais faire.

— Et le salaire d'Elin…, poursuit-elle, comme si elle ne m'avait pas entendue.

Une déception silencieuse me gagne soudain. Je réalise que ce qui est pour moi un profond bouleversement ne représente pour Aina qu'un problème pratique. Je fixe le Coca posé à côté de moi sur la table en songeant que je ferais n'importe quoi pour un verre de vin.

Rien qu'un petit verre.

Cette nuit-là, je rêve à nouveau de Hillevi.

Elle est assise à côté de moi sur mon lit. L'éclat de la lune jette un reflet argenté dans ses cheveux. Au lieu de la belle robe noire qu'elle portait la dernière fois que je l'ai vue, elle est vêtue d'un débardeur blanc aux allures de tunique. Une tache rouge foncé grandit au niveau de sa taille fine, et l'odeur doucereuse de son sang sature mes narines.

Ses petits pieds nus sont sales, comme si elle venait de l'extérieur et avait foulé les rochers du rivage.

Son visage exprime la préoccupation, ses yeux sombres balaient mon corps emmitouflé sous la couette, comme paralysé.

— C'est ta faute, dit-elle. Ta faute ta faute ta faute ta faute ta faute.

Je n'ai pas de réponse à apporter, ma gorge est nouée. Je voudrais la toucher, proposer ma main, ma proximité, comme consolation, la seule chose que je puisse lui offrir, mais mes membres n'obéissent pas.

Elle semble réfléchir un instant, elle regarde par la fenêtre, vers la lune, et la mer qui clapote autour des rochers. Elle examine le givre fragile qui tapisse la vitre, contemplant ses motifs semblables à des fougères.

— Si je n'avais pas participé à ton groupe de parole, murmure-t-elle en posant une main sur son ventre – et l'étoffe blanche se teint en rouge à mesure que le sang jaillit de son abdomen. Si je n'étais pas venue te voir, je serais avec mes enfants à l'heure qu'il est. N'est-ce pas ? Ils ont besoin de moi. Que vont-ils devenir ?

Ses yeux, d'un noir mat comme le charbon, rencontrent les miens. Je hurle, mais aucun son ne sort de mes lèvres. Le sang-froid de Hillevi coule, forme une mare dans la petite cavité où je suis enfouie, enveloppant mon corps.

— Promets-moi d'aider mes enfants, dit-elle.

Au même moment, la paralysie desserre son étau et je parviens à acquiescer.

Elle esquisse un signe de la tête et disparaît.

La côte qui mène à l'hôpital Söder me paraît terriblement abrupte. Je peine à la gravir. Deux femmes d'un certain âge munies de bâtons de marche nous doublent allègrement, en direction de l'unité pédiatrique Sachs. Ma condition physique est de moins en moins bonne. J'ai l'impression qu'une maladie grave me ronge, mais la sage-femme m'a assuré que c'était tout à fait normal.

Tout est normal.

Markus frétille d'excitation. Il parle sans interruption, passe du coq-à-l'âne. Le boulot, Noël, la maison de ses parents à Skellefteå, dans le Nord, où son père est en train d'installer le chauffage par géothermie. Je lui réponds par monosyllabes, incapable de me concentrer. Mes pensées reviennent sans cesse à ma dernière visite au service d'échographie de cet hôpital, avec Stefan. Le visage sérieux du médecin. Le fœtus qui présentait une malformation si grave qu'elle menaçait sa vie.

Cette annonce incompréhensible.

Ce qui aurait dû être notre première rencontre avec notre bébé s'est changé en cauchemar saturé de mots latins, de diagnostics, de tentatives d'explications.

J'emprunte aujourd'hui le même chemin, accompagnée d'un autre homme. Le même trottoir, les mêmes immeubles, les mêmes façades en crépi gris.

Markus a coupé court à sa logorrhée pour m'observer. C'est fou ce qu'il a l'air jeune avec ses cheveux ébouriffés, un peu trop longs, mouillés par la bruine qui tombe infatigablement.

— C'est dur ?

Dans le regard de Markus se mêlent inquiétude et prévenance. C'est touchant. Si j'apprécie l'attention qu'il me porte, je dois avouer que j'ai du mal à me positionner vis-à-vis de son attitude protectrice. Je refuse de me considérer comme quelqu'un de faible, incapable de m'en sortir seule.

— Oui… un peu.

Nous franchissons la baie vitrée qui mène à la clinique gynécologique. La femme au guichet me demande si nous venons pour une échographie ou pour l'accouchement. La sensation d'irréalité grandit ; mon cœur bat la chamade et ma poitrine me semble oppressée. Si seulement je pouvais boire un petit verre de vin. C'est évidemment impossible. Je me le suis promis. Pas une goutte de vin. Zéro alcool. Pas même une bière.

Nous nous laissons tomber sur des chaises dans la salle d'attente et je contemple les autres personnes présentes. Une femme très enceinte croque dans une pomme en feuilletant un magazine. Elle s'est déchaussée pour poser les jambes sur une chaise devant elle. Ses pieds sont tellement gonflés que je me demande si elle parvient à marcher. Un jeune couple lit un livre à un bambin qui montre une page du doigt avant d'éclater de rire. Les parents se regardent, hilares, eux aussi. L'harmonie familiale est palpable.

Une femme de haute stature en tenue verte d'hôpital s'approche de nous. Ses cheveux tirés en arrière sont attachés par une pince en écaille et elle porte autour du cou un cordon en cuir terminé par un pendentif noir au motif d'inspiration africaine. Je me demande si toutes les sages-femmes défendent les médecines alternatives. Veulent-elles toutes enseigner les méthodes de l'accouchement sans douleur ou existe-t-il des sages-femmes férues de techniques modernes qui encouragent les parturientes à choisir la péridurale ?

Après s'être présentée sous le nom de Helena, elle nous annonce qu'elle réalisera l'échographie d'aujourd'hui et nous prie de la suivre dans un petit cabinet à l'air irrespirable. La pièce est si exiguë qu'il y a à peine de la place pour trois personnes. La chaleur est étouffante ; je sens la panique me gagner.

Je m'allonge sur une table d'examen recouverte d'un drap en papier et baisse mon jean sous les hanches. Markus est assis sur une chaise, au niveau de ma tête.

Sur le mur devant nous, un écran.

Avec pédagogie, Helena explique par le menu l'objectif de l'examen – observer les organes du fœtus, mesurer son crâne afin de déterminer son âge et sa croissance.

— C'est votre premier enfant ? demande Helena, tout sourires, en m'étalant du gel sur le ventre, ignorant à quel point cette question est sensible.

— Oui, c'est mon premier, intervient Markus, volant à mon secours. Je suis novice. Qu'est-ce que c'est que cette crème ?

Markus continue de faire la conversation avec la sage-femme tandis que je ferme les yeux en comptant mes respirations. J'entends Helena décrire ce qu'elle voit sur l'écran tourné vers elle et non vers nous, afin que nous ne puissions pas interpréter ou mésinterpréter les images. J'entends sa voix calme, les mots qu'elle prononce, sans être capable de les changer en phrases compréhensibles.

— Vous voulez voir ?

J'ouvre les paupières lorsque Helena effleure mon épaule. L'écran face à nous est à présent allumé, dévoilant des champs noirs et blancs. Tout à coup, les zones blanches se rejoignent, formant un corps. Les ombres irrégulières deviennent un tronc, des bras et des jambes. Une petite tête apparaît sur le moniteur. Les mots de Helena s'évanouissent tandis que je contemple le bébé qui bouge, impatient, nerveux.

— Je mesure la tête et le fémur pour déterminer son âge. Il semble que vous soyez dans la dix-huitième semaine de grossesse.

Helena m'interroge du regard, souriante, et je prends conscience que je n'ai pas ouvert la bouche depuis que je me suis présentée.

— La dix-huitième semaine ?

Je ne parviens pas à cacher mon étonnement – près de la moitié de la grossesse est déjà derrière moi. Je m'en suis à peine rendu compte. Personne n'est au courant à part Markus et Aina. Ni mes parents ni mes sœurs. J'étais tellement sûre que cette grossesse allait finir dans le néant et la douleur que j'ai feint qu'elle n'existait pas.

— Tout à fait. (Helena baisse les yeux sur son moniteur, tape quelques chiffres et relève la tête.) La date prévue de l'accouchement est estimée au 29 avril prochain.

Je scrute une nouvelle fois l'écran pour apercevoir la silhouette de l'enfant. Puis je regarde Markus. Mon cœur palpite toujours violemment, mais la peur s'est effacée, remplacée par un sentiment différent.

L'espoir, peut-être ?

Markus est assis dans le fauteuil qu'il a approché de la télé, une manette à la main. Sur l'écran, un combat à main armée. J'ai du mal à comprendre l'intérêt des jeux vidéo. Certains jours, je me surprends à trouver ça immature, mais, après tout, il doit supporter tellement de mes idiosyncrasies que je dois bien laisser de la place pour ses passions.

Quelques cartons de déménagement vides sont posés contre le mur du salon – Markus a rapporté d'autres objets de son appartement. Il commence à s'installer. Je délace mes bottines montantes, jette mon manteau trempé et mon écharpe sur une chaise dans la petite entrée.

— Je finis juste cette partie…

Markus continue avec une grande concentration à canarder l'ennemi à l'autre extrémité de l'écran.

— OK.

J'emporte les sacs dans la cuisine et je me mets à ranger les courses dans le frigo et le congélateur. Je suis frappée par l'impression de normalité qui imprègne ce moment. Cette sensation me plaît. J'entends Markus jurer dans le salon. Il s'est manifestement fait tuer.

— Je peux te filer un coup de main ?

Markus me rejoint dans la cuisine et dépose un baiser sur ma joue. Sa défaite semble oubliée. Il me caresse l'épaule.

Quelque chose a changé entre nous. Markus est plus serein, moins pressant – peut-être parce qu'il se sent davantage en confiance. À mon tour, je me sens moins oppressée. C'est si simple et pourtant si compliqué. Je secoue la tête en disposant les dernières denrées dans les placards. Markus se laisse tomber devant la table de cuisine, se prend la tête entre les mains, l'air préoccupé.

— Qu'est-ce que tu sais des enfants ? de leur psychologie, plus exactement.

Lorsqu'il se tourne vers moi, je note qu'il n'est pas rasé et que ses yeux sont injectés de sang. Il passe son temps à bosser en ce moment. Il apporte son concours à l'enquête sur l'homicide de Susanne Olsson, mais il s'occupe surtout de l'affaire des deux viols particulièrement abjects commis à proximité de Hellasgården. Il pourrait s'agir d'un violeur en série et je vois bien que Markus est très affecté par cette investigation.

— Les enfants ? Tu doutes de ma capacité à en élever un ? Tu crois que je serai une mauvaise mère ?

— Il ne s'agit pas toujours de toi, ma chérie, fait Markus avec un sourire las, et j'ai beau savoir qu'il plaisante, je sens la culpabilité m'envahir. Tu sais, la fillette, Tilde. Elle habite chez son père maintenant. Avant, elle ne le voyait qu'un week-end sur deux. C'est sa mère qui en avait la garde. Le père dit que Tilde ne parle presque pas. Elle passe son temps à dessiner. Elle n'a pas évoqué sa mère depuis sa mort, elle n'a pas posé de questions, rien. C'est comme si elle s'était coupée de ses émotions, renfermée sur elle-même. Il ignore comment la faire s'ouvrir.

— Elle voit un psychologue ?

Je pense à la fillette, assise pendant plusieurs heures sous la table de la cuisine à côté de sa maman qui se vidait de son sang, et à ce que Markus m'a raconté l'autre jour de son entretien avec la police.

— Oui, un psychologue du centre pédopsychiatrique. J'ignore ce qu'ils font, tu dois être plus au courant que moi.

— Pas vraiment. Je n'ai jamais eu affaire à des enfants traumatisés. Peut-être qu'ils l'aident à s'exprimer. Par le dessin, la peinture… bah, je ne sais pas !

À vrai dire, mes connaissances en matière de prise en charge d'enfants témoins de violence sont pour le moins limitées. Me revient soudain en mémoire un cours en fac de psychologie. La prof, une femme blonde aux oreilles ornées de grandes boucles en argent et aux épaules drapées d'une étole en cachemire chatoyante, parlait de son travail avec des enfants réfugiés dans un centre pour demandeurs d'asile au nord de Stockholm. Elle proposait aux petits de dessiner des soldats pour ensuite déchirer le papier.

— Où en est votre théorie du cambriolage qui a mal tourné, d'ailleurs ?

— Ils s'y accrochent. Mais ce serait… trop simple. Tellement inutile.

— Et Henrik dans l'histoire. Ce serait le cambrioleur ?

Je contemple Markus qui se fend d'une grimace en levant les yeux au ciel.

— Je n'y crois pas, à leur théorie, d'accord ? J'ai l'intuition qu'ils se trompent. Toute cette rage ! Ils ont entendu le jeune distributeur de prospectus qui a trouvé Susanne. Il en a profité pour subtiliser son portefeuille, ce qui fait de lui un suspect. Bon sang ! Un gamin de seize ans qui ne la connaît ni d'Ève ni d'Adam ! Non, ça me paraît aberrant ! Et Henrik est toujours dans la nature. Le profileur qui travaille pour nous en ce moment pense qu'il représente surtout un danger pour lui-même. Il redoute que Henrik se donne la mort lorsqu'il prendra conscience du crime qu'il a commis. Comme si ça allait arranger les choses. Son ex, Kattis, téléphone plusieurs fois par jour. Elle a une peur bleue qu'il s'en prenne à elle ; elle reste convaincue que c'est lui qui a tué Susanne Olsson. C'est ce qu'elle dit, en tout cas.

L'abattement et la fatigue se peignent sur son visage, mais aussi la colère, une émotion à laquelle il est rare que Markus laisse libre cours.

— Et Malin ?

Il secoue la tête.

— Drôle de coïncidence, n'est-ce pas ? Que Malin fasse partie du même groupe que l'ex de Henrik Fasth. Si tant est qu'il s'agisse d'une coïncidence. Mais je pense que oui, car le coupable est selon toute vraisemblance un homme. Et Malin possède un alibi. Elle courait un semi-marathon en Scanie le jour où Susanne a été assassinée.

— Ce serait donc un hasard ?

— Je n'en sais rien. Gustavsberg n'est pas très grand. Et elles ont le même âge. Ce n'est pas impossible.

Markus hausse les épaules en se massant les tempes.

— Cette enquête est un véritable bourbier, poursuit-il. Les médias nous lynchent parce que nous avons laissé partir Henrik. Tout le monde a un avis sur ce qui s'est passé et veut l'exprimer publiquement. Il s'agit de nous étriller pour notre incompétence, en somme.

Nous nous tenons l'un à côté de l'autre dans la petite cuisine. Markus, épuisé et en colère. Moi, inquiète. Je pense à Henrik, son air hagard, sa violence. L'idée qu'il se trouve quelque part, qu'il se cache, attendant son heure, m'effraie, même si, au fond, je suis d'accord avec Markus : Henrik doit être plus dangereux pour lui-même que pour autrui.

C'est là que le téléphone de Markus retentit et j'éprouve une pointe de déception. Nous devions passer la soirée ensemble. Mais cet appel veut probablement dire que Markus doit filer, peut-être pour interroger un témoin, ou un suspect. Il répond par monosyllabes en hochant la tête avant de raccrocher. Il paraît agacé par l'information fournie par son interlocuteur. Il se déplace dans le salon, allume l'ordinateur portable posé sur le buffet près de la fenêtre et tape quelques mots. Une seconde plus tard, un nouvel onglet s'ouvre et je distingue les grands titres des articles d'*Aftonbladet* : « Va-t-elle identifier l'assassin de sa mère ? Tilde, 5 ans, témoin clé dans l'affaire Susanne. »

Les larmes de Patrik ruissellent le long de ses joues cramoisies, formant des taches humides sur son jean slim déchiré. Tous les espoirs, toute la confiance dont il était empli lors de notre dernière entrevue se sont envolés comme les feuilles d'automne. Son corps dégingandé s'affaisse vers le sol en lino moucheté de jaune. Terrassé. Dompté. Par la vie, par l'amour.

Je glisse une boîte de Kleenex vers lui sur la table, me sentant impuissante, comme d'habitude. J'essaie de faire la part des choses.

— Elle s'est tirée. Je suis sûre qu'elle se tape quelqu'un d'autre. *Quelle grosse pute*, dit-il d'une voix aussi faible que son corps.

— Pouvez-vous reprendre à zéro ? Que s'est-il passé ?

Il se penche en arrière avec un soupir, affalé comme s'il avait de la fièvre, qu'il était incapable de se tenir droit. Le moindre de ses muscles semble au bord de la rupture.

— Avant-hier. C'est pas croyable, bordel ! Quand je suis rentré… Elle… elle… était en train de faire ses bagages. Comme ça ! Et puis… elle est partie. Elle m'a laissé, elle a laissé les enfants. Comme ça. Merde !

Sa grande carcasse est secouée de soubresauts.

— Et elle ? Qu'est-ce qu'elle dit ?

— *Je la déteste, putain !*

Je comprends la raison de ses cris. Ça fait si mal quand quelqu'un qu'on aime disparaît. Contre sa volonté. Je voudrais le prendre dans mes bras, cet homme maigrichon et grossier, ce garçon barbu, et le bercer.

Ce que je ne fais pas, bien sûr.

Il est mon patient, je suis sa thérapeute.

Nos rôles sont bien établis : il est assis dans un fauteuil, moi dans l'autre.

Il pleure, je lui tends des mouchoirs.

Il paie et j'écoute.

— Bon. Elle m'a dit que je l'avais aidée, super, qu'elle se sentait de nouveau forte, etc. Que du bla-bla, des conneries. *Maintenant*, elle se rend compte qu'elle ne m'aime plus ? Et *maintenant*, elle a la force de me quitter. Grâce à mon soutien. *Vas-y, fais-toi plaisir, pétasse !*

Il essuie la morve qui a coulé sur ses lèvres et son menton puis roule en boule le mouchoir humide et le balance vers la poubelle. Il rate son coup. Le projectile s'écrase avec un bruit étouffé sur mon sol immaculé.

Aucun de nous ne réagit.

— Y a pas de logique ! C'est *moi* qui aurais dû me casser ! C'est moi qui ai dû gagner du fric, qui me suis occupé des enfants pendant qu'elle avait... des *angoisses*. Qu'elle était vautrée sur le canapé à bouffer comme une grosse vache. Qu'elle se défonçait. Si l'un d'entre nous devait partir, c'était moi. Pas elle. C'est tellement… injuste.

— Comment vous êtes-vous senti quand elle vous a annoncé qu'elle vous quittait ?

— Posez-moi encore une question aussi conne, et je me tire, OK ? grogne Patrik entre ses dents.

Mais c'est un constat dépourvu de force, une fausse menace. Il soupire en levant les yeux vers le plafond.

— Bah… j'ai eu l'impression de crever. De crever ! C'est comme si elle m'avait volé ma vie. On avait une vie ensemble, deux enfants. Comment peut-elle faire ça ? C'est mal. C'est *contre nature*. Une mère ne doit pas abandonner ses enfants.

Devant la porte, j'entends Aina et Sven se disputer ; elle, d'une voix de fausset, lui, d'un ton plus éteint, mais il rend les coups, ne se laisse pas marcher sur les pieds.

— Comme l'a fait votre mère ? Car elle vous a abandonné aussi, d'une certaine manière.

— Arrêtez de me bassiner avec ma mère ! hurle Patrik. Il ne s'agit pas d'elle. Il s'agit de Mia, merde !

— Bien sûr, il s'agit de Mia et de vous, mais une partie de la douleur que vous ressentez peut venir des expériences que vous portez en vous.

Patrik n'écoute pas. Il est loin. Marmonne quelque chose d'inaudible, plié en deux.

— Qu'est-ce que vous dites ?

— L'amour.

Il chuchote quelque chose.

— L'amour ?

— *Love fucks you up.*

Je me contente de hocher la tête.

Patrik trace des traits brunâtres sur le sol de la pointe de sa chaussure. Comme un enfant, me dis-je. Il ressemble à un enfant. Un enfant désespéré, abandonné.

— Et maintenant ?

Il me dévisage de ses yeux vides, rougis. Il fronce les sourcils comme s'il ne me comprenait pas, que je parlais une langue étrangère.

— Maintenant ?

— Qu'allez-vous faire maintenant ? Vous avez abordé la question ?

Il secoue tristement la tête, affichant une expression absente. Il regarde par la fenêtre noire, pince les lèvres.

La seule chose que j'entends est le grincement de sa semelle contre le lino.

GUSTAVSBERG,
NOVEMBRE

Les maisons mitoyennes ont été érigées au milieu d'un champ, à la lisière de la forêt d'épicéas qui s'étire jusqu'à la mer d'un côté et jusqu'au petit centre-ville de l'autre. La façade en bois jaune et les portes bleues prennent la couleur grise de l'eau de vaisselle dans le crépuscule du mois de novembre. Les voitures sont soigneusement alignées devant les bâtiments munis de paraboles plus ou moins grandes qui surgissent des toits comme des champignons. Une lueur chaude et dorée jaillit des fenêtres pour se refléter sur le sol détrempé, vers l'obscurité, au-delà des coquets jardinets et de la forêt inhabitée.

Kent Hallgren est au bout du rouleau, épuisé jusqu'à la moelle.

Personne ne mérite d'être aussi fatigué, songe-t-il en se servant un bon whisky dans un verre Duralex. Pas de glaçons. Il aurait préféré des glaçons, mais il n'a pas le courage d'aller en chercher dans le congélateur, situé de l'autre côté de la cuisine. Il a l'impression que ses jambes sont en pierre, il a le dos en vrac et la tête qui va éclater. Lorsqu'il porte le verre à ses lèvres, l'odeur rance de sa propre sueur lui pique les narines.

Il faudrait rayer ces dernières semaines du calendrier, les effacer du disque dur, tout simplement.

La mort de Susanne lui a remué les tripes. Il dort mal, il est incapable de se concentrer au boulot. Une nouvelle fois, il songe qu'il n'a pas mérité ça, qu'il a mérité une meilleure vie, sans dettes, sans une ex-femme frappadingue qui se fait trucider et une gamine sur les bras.

Il ressent de l'empathie pour Susanne, ce n'est pas ça. Ils ont été ensemble pendant trois ans, et Dieu sait qu'elle ne méritait pas de périr, même si c'était une connasse de première classe, surtout à la fin. Elle avait ses bons côtés, Susanne. C'était une bonne mère pour Tilde – le genre à la nourrir sainement, à s'assurer qu'elle soit bien habillée avec de jolies nattes. Le genre qui avait un bon contact avec les maîtresses au jardin d'enfants et avec la PMI. À présent, toute la responsabilité lui incombe.

Normal qu'il broie du noir. Quelle injustice ! Rien ne l'a préparé à s'occuper d'une gosse à plein temps. Il ne sait pas comment on fait. Il ignore comment tresser des cheveux et à quoi joue une fillette de cet âge.

Des emballages vides de kebab et de pizzas s'amoncellent à côté de l'écuelle du chat. Tilde a crayonné sur certains des cartons. Une tête aux yeux écarquillés et aux longues dents acérées lui sourit du carton brun clair dégoulinant de graisse.

Le visage n'a pas l'air gentil. Il a l'air cruel, même. Que signifie ce portrait ? A-t-elle représenté… l'assassin ? Devrait-il montrer la boîte à pizza aux flics ? Qu'est-ce qu'elle a vu, exactement ? A-t-elle vu… ?

Non, il n'a pas le droit de penser à ça. Il doit tenir le coup, ne pas se laisser aller. Il n'apportera pas les croquis chez les flics.

Installée à la table de la cuisine, Tilde enfile des perles en bois sur un fil de pêche – c'est le seul fil qu'il avait, sa fille ne passe habituellement pas beaucoup de temps chez lui, elle n'a pas besoin de trop de jouets. Des feuilles et des crayons, et les dessins animés suffisent amplement. Mais là, il a dû faire un crochet par le magasin de jouets du centre-ville pour acheter des perles que les vendeurs ont conseillées pour une fillette de cinq ans. Il semblerait qu'ils aient eu le nez creux – ça fait près d'une heure qu'elle s'amuse avec.

Il trempe les lèvres dans son whisky tiède au goût fumé, réprime un haut-le-cœur au moment où il déglutit. Il pense à ce que lui a dit le policier – ils n'ont pas encore trouvé le coupable. Henrik ne peut pas être lié au meurtre – il a un alibi. Mais ils doivent bien le soupçonner ? Pas besoin d'être une flèche pour voir que ce type est fêlé ! Ces muscles… Il ne suffit pas de faire de la gonflette, il faut prendre des trucs aussi. Sans compter le tir – encore une manière de laisser libre cours à ses pulsions agressives. Et il paraît que Henrik dépensait tout son fric au PMU.

Et maintenant, Kent se retrouve coincé avec une gamine de cinq ans sur les bras. Ce n'était pas prévu au programme. Le voyage avec ses potes à Phuket, il a dû s'asseoir dessus.

Il avale une lampée de liquide tiède. Les vapeurs d'alcool lui brûlent les yeux.

Tout le monde s'est montré très compréhensif

lorsqu'il a annulé. De fait, tous ses proches ont été horrifiés par ce qui est arrivé à Susanne – ça l'avait même érigé au rang de star dans son groupe d'amis. Une personne à qui l'on témoigne un grand respect et un intérêt, dont on recherche la présence. C'est une sensation plaisante.

Soudain, elle se matérialise devant lui et, lorsqu'elle entoure de ses bras maigres sa jambe, dans son petit jean, et le fixe de ses yeux bleus démesurés – les yeux de Susanne –, il sent une tendresse se diffuser au creux de son estomac. Un sentiment dont il ignore le nom et qu'il ne sait comment gérer.

— Ma petite chérie. Ma chérie à son papa.

Il se penche en avant et dépose un baiser sur sa joue.

— Beurk, papa ! Tu sens comme la maîtresse.

— Comme la maîtresse ? répète-t-il, sans comprendre.

— Oui, quand elle vient de se mettre du truc bleu tout collant sur les mains.

— Le truc bleu collant ?

Soudain, il percute. Dans les toilettes du jardin d'enfants se trouve une grande bouteille à pompe de gel hydroalcoolique dont le personnel se badigeonne les mains. Il pue le gel hydroalcoolique ? Super. Il pose son verre et la soulève dans ses bras.

— C'est l'heure du dodo, ma puce.

Elle opine du chef avec gravité – une nouvelle fois, il est frappé par son obéissance. Cela va-t-il continuer, ou est-ce une phase qu'elle traverse ? Il se demande si elle est traumatisée et, le cas échéant, de quelle manière cela va s'exprimer.

Il la hisse sur le lit, enfouit son nez dans ses cheveux blond foncé, inspirant l'odeur de shampoing mêlé aux effluves de nourriture.

— Bonne nuit, ma princesse.

— Tu dois me laver les dents, papa. C'est important de se laver les dents.

Elle écarquille ses yeux bleus et l'observe avec son regard sérieux. Il soupire.

— Oups, papa avait oublié. Je vais chercher ta brosse à dents, OK ?

Elle acquiesce d'un signe de tête.

Dans la salle de bains, il fouille dans le bordel qui encombre le lave-linge et finit par dénicher la petite brosse à dents en forme de girafe sous une boîte de snus. Mais impossible de mettre la main sur le dentifrice goût bonbon. Il finit par appliquer une minuscule noisette de Colgate sur les poils blancs en plastique et regagne la chambre d'enfant provisoire. Il se dit qu'il va la réaménager sous peu, repeindre les murs d'une couleur plus gaie. Jaune, peut-être ? Installer quelques meubles d'enfant – chez Ikea, on trouve des modèles sympas et bon marché, il est allé voir sur leur site – et se débarrasser de ses clubs de hockey et de ses jeux vidéo.

Il brosse délicatement ses petites quenottes parfaites tandis qu'elle ouvre docilement la bouche.

— Et voilà ! Dors bien.

Elle le dévisage avec une expression outrée.

— Mais papa, tu as oublié le pyjama !

— Oh là là, quelle tête en l'air ce papa ! s'écrie-t-il en attrapant sa chemise de nuit au motif Dora l'exploratrice.

Il l'embrasse de nouveau sur la joue avant de se faufiler hors de la pièce.

Un deuxième petit whisky, se dit-il. S'il y a quelqu'un qui le mérite, c'est bien moi.

Posté devant la fenêtre, le verre à la main, il laisse son regard se perdre vers le champ noir gorgé de pluie et, derrière, vers les silhouettes des pins et des épicéas qui se découpent encore sur le ciel sombre. Il pousse un profond soupir en se représentant le sable fin d'un blanc éclatant sur les plages de Phuket, les bars de Patong. La peau brune et douce des femmes, leurs hanches étroites sous leurs minijupes.

Il aurait bien eu besoin de partir, d'obtenir enfin le repos qu'il mérite, qui lui aurait fait le plus grand bien.

Il appuie le front contre la vitre ; le gémissement du vent charriant les feuilles mortes lui parvient aux oreilles.

— Papaaa !

Il ne répond pas, ne trouvant pas la force d'ouvrir les paupières, pesant de tout son poids contre la surface froide.

— *Paaapaa !*

Elle est plantée au milieu de la chambre, le visage tourné vers la fenêtre où le mince rideau flotte légèrement dans le courant d'air.

— Enfin, ma chérie ! Tu dois dormir, maintenant.

Il la prend dans ses bras, mais elle se tortille pour échapper à son étreinte et hurle :

— Papa ! Il y avait un lion devant ma fenêtre !

— Ma puce, voyons…

Il tend le bras vers elle pour la soulever de nouveau,

mais elle l'esquive et se précipite vers le salon. Il lui emboîte le pas.

— Ma chérie, il n'y a pas de lion.

— Tu mens. J'en ai déjà vu.

— Oui, à la télé, mais pas ici, à Gustavsberg. Il n'y a pas de lions en Suède. Il fait trop froid. Ils… ils… meurent.

Depuis qu'elle a regardé ce documentaire animalier sur les lions, elle est terrifiée. Comment peut-on montrer ça en *prime time* ? Ça dépasse l'entendement. Des bêtes qui s'entretuent, est-ce que c'est vraiment un divertissement adapté aux gosses ?

Tilde se laisse tomber sur le canapé en cuir, entoure ses cuisses de ses bras et cache son visage contre ses genoux.

— J'ai vu un lion à la fenêtre. C'est vrai de vrai.

— Allons, ma puce. On va voir si le lion est parti. Tu viens avec moi ?

Elle lève les yeux vers lui, croise son regard et hoche silencieusement la tête.

Posté devant la fenêtre, Tilde calé sur une hanche, il est frappé par son poids plume. Une enfant, si importante et pourtant si légère.

Un vent froid et humide s'insinue dans la pièce. La fenêtre ferme mal – il se remémore une nouvelle fois qu'il doit la réparer dès qu'il fera assez chaud et que la lumière sera revenue.

— Tu vois, pas de lion.

Elle scrute l'extérieur avec méfiance, se penche vers la vitre où son haleine forme de la buée.

— N'est-ce pas ?

Elle semble hésiter, se gratte les cheveux avec une main sale. Ses ongles gardent des traces du vernis rose de Susanne.

Il se demande s'il apprendra à faire des trucs de fille avec elle. Lui mettre du vernis, des élastiques dans les cheveux. Savoir quel jean il faut porter.

— Bon, maintenant, dodo.

— Papa.

— Ouiii ?

— Tu me promets de ne jamais me donner de coups de pied ?

Il se pétrifie.

— Voyons, ma chérie, qu'est-ce que tu racontes ? Jamais je ne te donnerai de coups de pied. Évidemment. Dors maintenant.

Son cœur palpite, la sueur perle sur son front lorsqu'il la couche doucement dans son lit, qui est en réalité un canapé.

Les jambes tremblantes, il se faufile hors de la pièce et ferme la porte. Retourne à son verre rempli de liquide ambré, allume la télé pour voir Federer écraser Söderling. Il constate que l'âge d'or du tennis suédois est bel et bien révolu et pense à Phuket, à la mer tiède et salée, à tout ce dont il doit se priver.

Il décide de s'autoriser un verre de plus.

Il est tiré du sommeil par le froid. Il grelotte. La télé est toujours allumée – un homme et une femme avalent une boisson de régime marron. Ils sont minces, bronzés, heureux. La vie leur sourit.

Un courant d'air glacial balaie la pièce. Kent se dresse difficilement sur son séant, les jambes et les bras lourds, comme insensibilisés. Sa tête va exploser. Une vague de nausée déferle sur lui.

La porte serait-elle ouverte ?

Il s'empare de la télécommande pour éteindre la télé. Dans le silence qui suit, il distingue des coups réguliers, comme si le battant claquait au vent.

Il se traîne jusqu'à l'entrée.

Qu'est-ce qui se passe, bordel ?

Le souffle froid tourbillonne autour de ses jambes. Dérouté, il baisse les yeux sur ses pieds comme si le problème se trouvait là, sur le sol en tomettes.

Clac. Clac.

Tout à coup, une pensée surgit dans son cerveau, à moins que ce soit un instinct primitif.

Il court vers la chambre de Tilde et, au moment où il ouvre la porte, tous les bruits de la forêt envahissent la maison, submergeant sa conscience.

L'air fait gonfler les rideaux, telles des voiles de bateau déchirées. Des feuilles se posent sur le parquet et se plaquent contre ses chevilles.

La fenêtre frappe contre le mur.

Clac, clac.

Il tourne la tête vers le canapé où le sac de couchage militaire est jeté en boule dans un coin.

Tilde a disparu.

PLACE MEDBORGARPLATSEN, NOVEMBRE

C'est étrange de préparer de nouveau une réunion du groupe de parole. Une fois n'est pas coutume, Aina est à l'heure et nous disposons ensemble la table et les chaises. Une chaise de moins. Aujourd'hui, nous allons discuter de ce qui est arrivé. Essayer de mettre des mots sur l'événement, comprendre, expliquer.

— Parfois, je suis tellement lasse de tout ça. De tout ce que nous faisons. Tu crois véritablement que c'est utile ? Que ça change quelque chose ? Ce ne sont que des mots, rien que des mots.

Surprise, je regarde ma collègue penchée sur la table, en train d'y poser une carafe d'eau, des verres et un thermos de café. Aina n'est jamais celle de nous qui doute, qui perd la foi.

— Bien sûr que c'est utile. Tu le sais bien. Tu as rencontré des tas de personnes que tu as aidées. Tu es douée dans ton travail. Très douée, même.

— Tous ces mots, insiste-t-elle en secouant la tête. C'est comme si nous remplissions la réalité de verbiage afin d'expliquer ce que nous ne parvenons pas à comprendre. De vaincre nos démons. De les maintenir sous la surface… mais, au fond, nous ne changeons rien, nous ne faisons que tenir les choses à distance.

Nous sommes incapables d'agir sur quoi que ce soit. Nous sommes celles que nous sommes, le monde est ce qu'il est. Ce qui est arrivé est arrivé.

Elle effectue de nouveau un signe négatif de la tête et des larmes se mettent à ruisseler sur ses joues. Elle reste impassible, mais ces larmes…

— Merde, Siri ! Je ne supporte pas de penser aux enfants de Hillevi. Qui vont continuer à vivre chez ce père violent. Leur mère est morte et tout ce qui leur reste, c'est ce père qui les frappe. C'est une folie. C'est aberrant.

Elle s'essuie les yeux du revers de la main, les frotte comme une enfant. Elle ressemble à une petite fille. Une fillette de cinq ans blessée. Je lui ouvre les bras et la serre contre moi dans une longue accolade, jusqu'à ce que son corps secoué par les hoquets s'apaise, que les sanglots s'éteignent.

Le groupe est réuni : Malin, Sofie, Kattis et Sirkka. Mais il y a une absence, un vide si criant. Hillevi était une femme forte, au caractère bien trempé. Intégrer sa disparition est impossible. J'ai l'impression qu'elle va passer la porte d'un moment à l'autre, sourire, s'excuser de son retard et s'installer.

— Pourquoi avez-vous retiré sa chaise ? aboie Sofie, à peine arrivée.

— Nous nous sommes dit que… Hillevi n'est plus là. Rien ne sert de se voiler la face, explique Aina en plongeant son regard grave dans celui de Sofie, qui hoche la tête en détournant les yeux.

Ma collègue se lance dans un récit de la mort de

Hillevi. De ce qui s'est passé lors de notre dernière réunion. D'abord hésitante, elle trouve les mots de plus en plus vite. Elle dépeint de nouveau la scène – Henrik, enragé, dérangé, armé. Hillevi qui tente de le raisonner.

Aina parle et nous écoutons, silencieuses, happées par ses propos, et soudain Sofie intervient, confirmant les dires de ma collègue, mettant des mots sur ses sentiments. Elle a donné le coup d'envoi. D'auditrices passives, toutes les femmes deviennent tour à tour des participantes actives qui se confrontent à leurs émotions, leur peur, leur douleur. Leurs paroles et leur expérience sont empreintes d'une puissance impressionnante. Aina et moi parvenons à les guider, à nous assurer que chacune s'exprime, soit vue et entendue. La frayeur de Kattis, la furie de Malin, la peine de Sofie et la gravité muette de Sirkka. Toutes ces émotions auxquelles elles laissent libre cours, jusqu'à ce qu'elles soient prêtes à ouvrir une nouvelle page.

— Je me suis fait une réflexion, dis-je lorsque les flots de paroles se sont taris, je connais pas mal de choses sur la plupart d'entre vous, mais pas sur toi, Sirkka. J'aimerais vraiment en savoir davantage sur les raisons qui t'ont poussée à… rejoindre ce groupe.

Un calme est descendu sur le groupe, comme si tous les sentiments avaient eu droit de cité, suscitant le besoin de changer de sujet. Je contemple Sirkka. Elle triture ses cuticules, examinant d'un œil critique son vernis clair, y cherchant des défauts alors qu'il est parfait.

— Il n'y a pas grand-chose à dire. J'étais marié à un

homme cruel qui me frappait quand il était mécontent, c'est-à-dire, sans arrêt.

Elle exhale un soupir résigné.

— Comment vous êtes-vous rencontrés ? demande Sofie à son aînée de plusieurs décennies, tentant de comprendre qui elle est et ce qu'elle a vécu.

— Eh bien, ce n'est pas une histoire très originale.

Sirkka jette un regard circulaire qui, pour une obscure raison, s'arrête sur moi. Elle me sourit, presque imperceptiblement.

— J'ai rencontré Timo au début des années soixante-dix. En 1971, très exactement. Nous étions jeunes. Nous avions quitté la Finlande pour chercher du travail en Suède. C'est ce qu'on faisait à l'époque, c'est ici qu'il y avait du boulot. Pour tout vous dire, nous nous sommes rencontrés sur le ferry. Silja Line.

Sirkka affiche un rictus ironique. Sofie glousse doucement.

— Non ! Sérieux ? Sur le bateau ? Et vous êtes restés ensemble presque quarante ans ? Vous devez bien être les seuls ! Je pensais qu'il n'y avait que des beuveries et des coups d'un soir sur les ferries.

Un étonnement mâtiné d'excitation se peint sur le visage de Sofie, comme si elle prenait soudainement conscience que Sirkka n'avait pas toujours été la femme qu'elle a aujourd'hui devant les yeux.

— Eh bien, oui, c'est vrai qu'on faisait la fête sur le ferry ! Et ce qu'on dansait… mes aïeux !

Sirkka se compose un nouveau sourire, plus gai cette fois, le regard perdu dans ses pensées, absorbée par les souvenirs d'un temps révolu.

— Et après ?

Malin scrute Sirkka avec curiosité.

— Donc, nous nous sommes rencontrés, mis en couple. Timo était élégant, il me faisait rire. Au début, c'était merveilleux. Nous étions heureux, vraiment. Au départ, quand tout n'était qu'un jeu. Nous vivions dans un petit studio à Solna. C'était une sous-location, personne ne devait savoir que nous habitions là, nous marchions toujours à pas de loup dans l'escalier. L'appartement était minuscule, sans cuisine, seulement une cuisinière. La douche était à la cave. Mais pour nous, c'était un palace. J'étais aide-soignante à l'hôpital Karolinska. Je n'avais qu'à traverser le cimetière Norra begravningsplatsen pour aller travailler. Timo a été embauché à Scania, à Södertälje. Il faisait la navette en train matin et soir. Toujours est-il que je suis tombée enceinte. Ce n'était pas prévu au programme, mais c'est comme ça. Aucun d'entre nous n'était spécialement ravi, mais il n'y avait rien à faire. Nous avons eu notre première fille en avril 1972.

— Pourquoi tu n'as pas avorté ? s'enquiert Sofie.

— À l'époque, l'avortement était illégal. On entendait parler de femmes qui partaient à l'étranger, en Pologne. On pouvait faire une demande d'IVG ici, mais il fallait des raisons particulières et nous n'en avions pas. Nous avons fait comme la plupart de nos amis : nous nous sommes mariés. Les années soixante-dix étaient peut-être une décennie de libération, mais pour beaucoup, avoir des enfants hors mariage était encore déshonorant. J'ai donc dû l'épouser. Autrement, ça aurait fait jaser.

Sirkka ouvre les mains dans un geste résigné, et je comprends qu'elle a ressassé cette pensée, son destin, un nombre incalculable de fois.

— Enfin… nous étions heureux quand la petite est arrivée. Elle était si mignonne. Nous nous sommes installés dans un appartement plus grand, à Södertälje. Timo se rapprochait de son travail et moi, je restais de toute façon à la maison avec Helena. Mikael est né l'année suivante.

— Et que s'est-il passé ensuite ? demande Sofie avec solennité, les yeux écarquillés, comme une enfant suspendue à une histoire.

— Eh bien, soupire Sirkka, c'est difficile à expliquer. Timo était toujours de mauvaise humeur, et jaloux. Il s'est mis à me surveiller. Aujourd'hui, je sais que ça commence souvent comme ça, mais à l'époque je croyais être responsable. J'ai essayé de changer. D'être plus gaie, de mieux faire le ménage, mieux cuisiner. De faire en sorte que les enfants se tiennent à carreau quand papa était à la maison. Je suis devenue plus froide avec les inconnus et je me suis éloignée de mes amies. Ça a changé quelque chose à votre avis ? Pensez-vous ! J'avais beau me donner du mal, ce n'était jamais assez bien. Il était constamment en colère. En colère quand les enfants chahutaient, en colère quand je tirais la tronche, en colère quand j'étais joyeuse, en colère quand il n'aimait pas le repas. Je me rappelle encore la première fois qu'il a levé la main sur moi. C'était à Noël, j'avais préparé le traditionnel gratin aux pommes de terre et aux anchois, d'après la recette de sa maman. Il m'a reproché de l'avoir trop salé, il m'a dit qu'il avait honte de moi, qu'il était marié à une mégère incapable de faire à manger, que je le dégoûtais. Et il m'a giflée.

Sirkka ferme les yeux. Un frémissement sur son visage ridé. Le souvenir est douloureux. Même après tant d'années.

— On aurait dit qu'il en jouissait. Je ne me rappelle pas qu'il se soit jamais excusé. C'est comme s'il faisait ce qu'il pensait être autorisé à faire. Il était devenu quelqu'un d'autre. Je n'arrive pas à le comprendre. Soudain, j'étais en enfer et j'ignorais comment je m'y étais retrouvée. C'était un démon. Un vrai démon.

Son visage se contorsionne de douleur.

— Et tu ne pouvais pas le quitter ?

Les mots doux d'Aina sont moins une question qu'une affirmation.

— Non, je n'avais nulle part où aller, pas de travail, pas d'argent, pas d'amis. Ma famille vivait en Finlande, mais mes parents vieillissaient et ma mère a eu un cancer. Elle est décédée en six mois. Tout ce que j'avais, c'était ce type. Et les enfants. Je vivais pour eux.

De nouveau, on devine ce sourire presque indiscernable, comme si Sirkka avait appris à ne pas exhiber ses sentiments. Elle demeure sur sa chaise sans bouger, livrant son récit avec calme, la voix dépourvue d'émotion, comme si l'histoire ne la concernait pas. Seules les infimes variations sur son visage raviné reflètent les sentiments cachés au-dessous.

— Au départ, il ne me frappait pas souvent. C'étaient surtout des hurlements. Des cris lorsqu'il n'était pas satisfait. Une gifle de temps en temps. Une tape à l'arrière de la tête. Puis ça a changé. Il pouvait menacer de me tuer si je ne « m'améliorais » pas, si je ne lui obéissais pas. Il jubilait de me voir humiliée, apeurée. Je ne pouvais pas partir, il le savait. J'étais sa chose. Je me suis longtemps demandé pourquoi il ne me quittait pas s'il me trouvait si bonne à rien, si laide, si… répugnante. Et je crois que la réponse est là : je lui appartenais, ce qui lui donnait une impression de toute-puissance. C'est en tout cas ainsi que je me l'explique.

Un sourire désolé se peint sur ses lèvres lorsqu'elle nous regarde, Aina et moi, comme si elle avait empiété sur notre territoire, celui d'expliquer, d'interpréter.

— Ce sont les enfants qui m'ont permis de tenir. À certains moments, j'aurais voulu mourir, c'était la seule issue possible. Mais les enfants m'ont toujours donné la force de poursuivre.

— Mais ce que tu nous racontes, c'était il y a plus de trente ans ; tu veux dire que tu es resté avec lui tout ce temps, et que ça a continué ? Toutes ces années ? Toute ta vie adulte !

L'air choquée, Kattis pose sur Sirkka un regard empathique.

— Oui, c'est ça. Comme tu dis. Toute ma vie adulte. Au début, les enfants étaient petits et puis… on s'habitue. Je ne peux pas l'expliquer d'une autre manière. On s'habitue. Même les actes les plus abjects deviennent ton quotidien. On sait à qui on a affaire. J'ai commencé à douter de moi-même. Peut-être que Timo avait raison, que j'étais une stupide mégère incapable de m'en sortir sans lui. Je savais ce que j'avais : un homme cruel, certes, mais un toit au-dessus de la tête, et de quoi me sustenter. Les gamins ont grandi, sont partis. Il leur est arrivé de me dire que je devrais le quitter. Ils connaissaient la situation, même s'ils ne voyaient pas tout – Timo avait l'intelligence d'épargner les enfants, de les tenir à l'écart des pires accès de violence. Et moi, je le défendais, j'arrondissais les angles. Ça peut sembler fou, mais c'était comme ça. Et d'une certaine manière… nous étions là l'un pour l'autre. Je ne peux pas vraiment l'expliquer, mais nous avons traversé toutes ces années à deux. Nous avons même eu quelques bons moments, si curieux que ça puisse paraître. Comme si nous avions déclaré un cessez-le-feu. Le temps a passé. Les années filent à toute allure. Tout à coup, on est vieux, les enfants sont partis et tout ce dont on a rêvé s'est envolé. C'est trop tard. Notre existence s'est écoulée entre nos doigts. C'est presque le plus douloureux. Quand je me suis rendu compte qu'il m'avait volé presque toute ma vie. J'avais l'impression qu'il n'aurait pas pu me dépouiller davantage, même s'il m'avait tuée. Et c'est là que…

Sirkka marque une pause, semble réfléchir, peser le pour et le contre. Le silence est lourd, tendu, chaque bruit étonnamment amplifié. Le vrombissement de la ventilation, le tic-tac régulier de la pendule. La pluie qui tambourine contre la fenêtre. Personne ne dit rien, comme si nous attendions toutes la phrase suivante de Sirkka. Comme si nous savions qu'il y avait en elle quelque chose qui ne demandait qu'à sortir.

— C'était un mardi. J'étais de nuit à l'hôpital. Je

préparais le dîner, comme d'habitude. Nous allions manger ensemble avant que je m'en aille travailler. Timo était dans le canapé à regarder un documentaire, comme toujours. Il aimait se vanter de ses nouvelles connaissances. Cela faisait quelques jours qu'il ne se sentait pas très bien. Il était en arrêt maladie. Soudain, il m'a hélée depuis le salon. J'ai d'abord cru qu'il voulait que je lui rapporte quelque chose et puis… j'ai compris que quelque chose ne tournait pas rond. Sa voix était bizarre. Quand je suis arrivée dans le salon, il se tenait le torse. C'était étrange. Son visage était tout gris, il transpirait. Il m'a dit qu'il avait mal au bras et à la poitrine. Il m'a demandé d'appeler une ambulance. Moi qui ai bossé dans la santé un sacré paquet d'années, je vois bien quand c'est le cœur qui fait des siennes. Je savais qu'il faisait de l'hypertension, qu'il était en surpoids. Il fumait, en plus de ça. J'étais plantée là, à le contempler. Je savais bien que ça pouvait être grave. Très grave. Et soudain, toutes ces années… ces années… ont défilé dans ma mémoire. Tous les coups, toutes les insultes. Brusquement, j'étais devenue forte et lui faible. La morale voulait que je téléphone aux secours, je le savais. Je voyais bien qu'il était malade. Mais je n'en étais pas capable. Il m'avait tout volé. Toute ma vie. À présent il était là, dans le canapé, et me suppliait de l'aider. Je l'ai regardé en hochant la tête, j'ai murmuré que j'allais téléphoner. Puis je suis entrée dans la cuisine, j'ai éteint le feu sous les pommes de terre, repoussé la casserole ; j'ai rangé les côtelettes dans le frigo, les assiettes et les verres dans les placards. On aurait dit un film que l'on rembobine. J'ai nettoyé les traces d'un repas que nous n'avions jamais mangé, puis je me suis dirigée vers l'entrée, j'ai enfilé mon manteau, attrapé mon sac à main. J'ai glissé le combiné du téléphone fixe dans mon sac et je suis sortie. Je suis allée bosser. Quand je suis rentrée le lendemain, il n'avait pas bougé. Assis à la même place, dans la même position. Sauf qu'il était mort. Lorsque j'ai vu que c'était fini, je me suis laissée tomber par terre et j'ai pleuré. De soulagement.

Cette nuit-là, je rêve de Stefan. Encore.

Toujours Stefan.

Nous faisons l'amour. Son corps trempé se meut énergiquement au-dessus du mien. Je sais qu'il appartient à la mer, à présent, qu'il dort dans les vagues, mais je refuse de le lâcher. Je veux le garder un instant de plus, le sentir en moi une dernière fois.

Je me dis que ça, c'est plus fort. Je me sens plus forte, plus heureuse, plus vivante que lorsque je couche avec Markus.

Sauf qu'il est décédé.

Je fais l'amour avec mon mari mort. Et j'en jouis. Mes jambes étreignent ses hanches osseuses, je sens sur ma langue le goût salé de la mer qui coule de son dos, le long de ses épaules et dans ma bouche.

Ensuite, il s'allonge à côté de moi dans le lit, la main sur mon ventre. Je vois sa poitrine se gonfler et se dégonfler dans la pénombre, comme s'il respirait vraiment, je vois ses yeux sombres qui brillent.

— Voilà, murmure-t-il en caressant délicatement mon ventre d'une main humide et froide. À présent, l'enfant est aussi à moi.

Au moment où je m'apprête à répondre, quelqu'un

me secoue, me ramenant brusquement à la réalité. Le corps de Stefan se floute, se dilue dans le néant, ne laissant derrière lui qu'une bouffée d'air glacé.

Je comprends que c'est Markus qui me réveille et je crains soudain d'avoir parlé dans mon sommeil, d'avoir crié le nom de Stefan, ou autre chose.

Quelque chose de pire.

— Siri, réveille-toi !

Je le regarde. Mon homme. Celui que je devrais aimer, qui mérite mon amour et qui en a besoin.

La chambre est plongée dans la pénombre, mais la pâle lueur jaune provenant du poêle dans le salon éclaire son visage. Ses cheveux sont dressés sur sa tête, la sueur perle sur son front.

— Siri ! Elle a disparu. On l'a enlevée.

— Qui ? De qui parles-tu ? Qui a disparu ?

— Tilde, tu sais, la fillette témoin de l'homicide de Susanne. Quelqu'un l'a kidnappée hier soir chez son père.

Tilde. La fillette qui dessinait dans une mare de sang. Qui ne pouvait rien dire d'autre que le fait que l'assassin était un homme.

Kidnappée.

Extrait d'une lettre destinée aux services sociaux par le responsable du foyer d'accueil de Säby.

Le patient est un jeune homme de dix-huit ans qui vit depuis ses quatorze ans au foyer de Säby. Il a par ailleurs effectué quelques séjours en famille d'accueil, qui ne se sont pas avérés concluants. Il a toujours fini par réintégrer le centre. Pendant les années où le garçon a séjourné ici, nous avons mis en place une thérapie environnementale. Il s'est notamment investi dans la gestion du potager, ce pour quoi il s'est montré doué. Il s'est également adonné à des activités créatives, telles que le théâtre et l'art plastique. Nous ne sommes pas parvenus à vaincre les réticences du jeune homme quant à la scolarisation, aussi est-il difficile de se prononcer sur ses capacités intellectuelles. Nombre des éducateurs le jugent lent, incapable de suivre des instructions complexes. Il fonctionne mieux lorsqu'il réalise des tâches pratiques bien cadrées. Il est très créatif, il aime peindre et dessiner. Au cours de ses séjours en famille d'accueil, des conflits ont souvent éclaté, parfois assortis de bagarres. D'après nous, le jeune homme éprouve de grosses difficultés à s'adapter à de nouveaux environnements. Il est plus à l'aise au calme. Dans les interactions avec d'autres adolescents de Säby, le jeune homme se montre prudent et sur la réserve. Il apprécie la compagnie des autres, est heureux lorsqu'il reçoit de l'attention et qu'on l'invite à prendre part à la collectivité. Pourtant, il peine à savoir comment se comporter avec les jeunes de son âge. Les échanges avec eux le rendent souvent nerveux et le manque de confiance peut engendrer de l'agressivité, surtout s'il mésinterprète les intentions de ses camarades. La fin du placement ayant été établie, le patient va retourner dans la ville où il a grandi. Il s'installera sans doute dans la maison de ses parents dont il a hérité au décès de ces derniers. Nous estimons que le jeune homme doit recevoir un soutien de sa commune dans la mesure où nous pensons qu'il ne peut pas s'en sortir entièrement seul. Nous recommandons le suivi par une assistante sociale. Nous estimons également qu'une entrée sur le marché du travail lui serait bénéfique. Aussi une mise en relation avec l'Agence pour l'emploi nous paraît-elle essentielle.

Peter Runfeldt,
psychologue au foyer de Säby

Assise sur une pile de mémoires d'étudiants dans le bureau de Vijay, je pleure toutes les larmes de mon corps.

Depuis son fauteuil, Vijay me contemple d'un air inquiet. Je sais ce qu'il pense : c'était une erreur de me confier la tâche d'animer le groupe de parole. Je ne suis pas assez forte, je ne parviens pas à distinguer mes traumas de ceux de mes patientes. Le passé a fini par me rattraper.

Comme j'aurais aimé lui prouver l'inverse ! Au lieu de cela, je viens chialer dans son bureau.

Vijay glisse du snus sous sa lèvre et s'éclaircit la gorge.

— Ce n'est quand même pas ta faute si la gamine s'est fait kidnapper ! Hein, Siri ?

Je ne réussis pas à répondre, me contentant de secouer la tête en plongeant le nez dans le mouchoir qu'il m'a tendu et qui se change progressivement en petite boule humide.

— Elle était témoin, poursuit-il sur le ton de la réflexion, les journalistes l'ont crié sur tous les toits. Il est fort probable que le meurtrier veuille… la faire taire.

Après m'être mouchée bruyamment, je lève les yeux vers lui.

— Ça peut être n'importe qui. Markus dit qu'ils n'ont pas l'ombre d'une piste. Ils n'ont pas trouvé de traces devant la fenêtre. La pluie était trop abondante, elle a effacé les éventuelles empreintes de pas. Henrik est toujours dans la nature, il aurait très bien pu l'enlever, mais au fond il n'a aucune raison de le faire puisqu'il a un alibi pour l'assassinat de Susanne. On a beau tourner et retourner les choses dans tous les sens, il semblerait que tout soit lié au premier homicide, celui de Susanne.

Vijay s'empare d'un autre mouchoir sur son bureau, le roule en boule et le jette vers moi. Je l'attrape au vol en poursuivant ma tirade.

— La police passe au peigne fin tout l'entourage de Susanne. Ils ont contacté ses collègues, sa famille. En vain.

— J'ai l'impression qu'on rate quelque chose. Statistiquement, Susanne a dû être tuée par un proche. C'est le cas de la majorité des homicides. La nature du crime – les coups de pied au visage – tend à le confirmer. C'était violent et personnel. Le coupable devait éprouver des sentiments forts pour elle – ou contre elle, si on peut dire ça comme ça.

Je me mouche de nouveau.

— Alors, qu'est-ce que tu en penses ?

Vijay tapote la table de l'extrémité de son stylo.

— Nous devons partir du mobile éventuel.

— Et donc ?

— Eh bien, si Kattis dit vrai, si Henrik est un homme

qui brutalise les femmes, il y a de bonnes raisons de croire qu'il est responsable.

— Il était au pub le soir du crime.

— C'est ce qu'il dit et ce que prétendent ses potes, oui.

Je réfléchis à sa remarque. Si l'alibi de Henrik ne tient pas, si ses amis mentent… Cela pourrait cadrer avec la violence extrême.

— La police n'aurait-elle pas vérifié la solidité de l'alibi ?

— Si, si, bien sûr. J'essaie simplement de trouver des explications. Par ailleurs, on avait la théorie du cambriolage qui a mal tourné. Je n'y crois pas un instant. Le mode opératoire ne correspond pas du tout à ce type de crime. Ensuite, nous avons le père biologique de Tilde. Peut-être avait-il des raisons de haïr Susanne, qu'est-ce que j'en sais ? J'imagine que les flics se sont penchés sur cette hypothèse.

— Je n'en sais rien.

— Bien sûr que si. C'est un suspect par excellence.

— Certes, mais il ne peut pas avoir kidnappé sa propre fille. Elle était chez lui et s'est volatilisée.

— C'est ce qu'il raconte. Il n'est pas rare qu'un parent tue son enfant avant d'affirmer qu'on l'a enlevé.

— Mon Dieu…

Vijay écarte les bras dans un geste de résignation.

— Désolé, Siri, mais le monde est comme ça. Plus vite nous serons capables de le comprendre et de nous rapprocher de la manière dont pensent ces gens, plus il nous sera aisé de les arrêter. De reste, qui dit qu'elle a été enlevée ?

— Elle a disparu par la fenêtre. En pleine nuit.

Vijay ébauche un vague sourire.

— Peut-être qu'elle a fugué ?

— Pourquoi fuguerait-elle ? Un enfant de cinq ans ne s'enfuit pas comme ça, par la fenêtre ?

— À moins que…

— Quoi ?

— À moins qu'elle ne veuille échapper à son père. Peut-être avait-elle peur de lui ?

Je réfléchis aux paroles de Vijay. Tilde peut-elle avoir quitté la maison de son père volontairement ? Au milieu de la nuit ? En pyjama ? J'ai du mal à y croire.

J'envisage un instant de lui parler de Malin, mais décide que c'est hors de propos. Malin courait un marathon le jour de l'homicide et le tueur était un homme. La mort est un homme, me dis-je.

Vijay se tortille en serrant contre sa poitrine son gilet en laine. Il s'adosse à son siège, pose ses pieds chaussés de baskets sur la table, sur la couverture d'un livre d'art africain, mais ne semble pas le remarquer. Il se caresse le menton et affiche une mine attristée.

— Tu crois qu'elle est en vie ?

— Qui sait ? Si l'objectif est de la faire taire, la police n'a pas beaucoup de temps. C'est urgent. Très urgent. À moins que ça soit déjà trop tard. Si c'est Henrik qui l'a kidnappée, s'il n'a pas tué Susanne, mais qu'il est psychotique, qu'il délire, et estime qu'elle doit vivre chez lui, alors les chances sont meilleures.

Je sens de nouveau les larmes ruisseler sur mes joues. Une enfant innocente enlevée. Sa vie menacée. À mon corps défendant, mes pensées se tournent vers le petit être qui grandit en moi, le bébé innocent qui se développe dans l'obscurité. Et vers la cruauté infinie du monde, son imprévisibilité.

— J'ai quelque chose à te dire… À propos de moi.

— Je suis déjà au courant, dit-il avec un sourire mutin. Félicitations ! C'est ce qu'on dit, non ?

— Comment… ?

Son sourire s'élargit.

— Voyons, ma chérie. Tu ne bois plus une goutte d'alcool, alors que tu étais une vraie éponge. Et Markus est aux petits soins avec toi ! Je dois avouer que je suis jaloux.

— Vraiment ?

— Oui, répond-il, soudain embarrassé.

Il baisse les yeux sur son bureau, découvre le magnifique livre d'art calé sous ses chaussures sales, redescend ses jambes et époussette la couverture.

— Olle ne veut pas d'enfants. Moi, oui, mais il est d'un maniaque ! Il est obsédé par la propreté, tout doit être à sa place, il ne veut pas de gosses qui mettent du bordel partout. C'est la raison qu'il invoque, en tout cas.

Vijay affiche soudain un air affligé, une émotion qu'il ne montre que rarement. Ce n'est pas tous les jours qu'il est aussi ouvert avec moi ; aujourd'hui, il semble vouloir s'épancher.

— La raison qu'il invoque… Tu penses qu'il y a autre chose ?

Vijay hausse les épaules, l'air désabusé, allume une cigarette d'une main légèrement tremblante.

— Je crois que…

— Quoi ?

Il hésite avant de se lancer.

— Je crois qu'il ne m'aime plus.

Son regard rencontre le mien. Ses yeux sont vides de chagrin.

— Voilà, comme ça tu sais.

Il n'est que quatorze heures et il fait déjà presque nuit. À mes pieds, un ruisseau brunâtre, charriant feuilles mortes et détritus, s'écoule le long du caniveau avant de s'engouffrer dans une bouche d'égout.

Juste après le McDonald's, j'aperçois l'enseigne du Centre pour le retour à l'emploi. C'est là qu'elle travaille.

Kattis m'a invitée à boire un café. Je sais que nous sommes trop proches, que je la porte trop dans mon cœur, que j'ai depuis longtemps dépassé la limite professionnelle entre thérapeute et patient, et malgré tout je suis là, devant son bureau, pour boire un café et manger des gâteaux, comme si cela allait arranger les choses. Je me surprends à penser à Aina, à ce qu'elle dirait si elle me voyait, et j'ai honte, car je sais fort bien qu'elle réprouverait ma conduite et, au fond, je sais qu'elle a raison.

Elle ouvre la porte avec un grand sourire et me gratifie d'une chaleureuse accolade.

— Entre, je t'en prie ! Mets-toi au chaud, tes mains sont gelées.

Elle essuie quelques gouttes de pluie sur mon front et sourit de nouveau, un peu gênée cette fois.

Débarrassée de mon sac et de mon manteau, je lui emboîte le pas dans les locaux lumineux et hauts de plafond. Une imposante baie vitrée à meneaux donne sur la rue St Eriksgatan. Une dizaine de personnes, des hommes et des femmes de notre âge, sont installées dans l'open space, à des bureaux qui semblent avoir été disposés au petit bonheur la chance. Certaines esquissent un signe de la main dans ma direction, auquel je réponds.

— C'est magnifique !

— N'est-ce pas ? C'est une ancienne usine de bicyclettes datant de la fin du XIXe siècle. Nous sommes une quinzaine à travailler ici, mais tout le monde n'est pas là en ce moment. Certains sont en visite en entreprise, par exemple.

Elle traverse le grand espace et entre dans une petite salle de repos avec coin-cuisine au fond à droite.

— J'ai acheté des roulés à la cannelle, j'espère que tu aimes ça, dit-elle, soudain inquiète, comme si chaque détail revêtait une importance capitale.

Je m'assieds sur une des chaises blanches autour de la table également blanche en hochant la tête.

— Des roulés à la cannelle, c'est parfait.

Nous restons quelques instants à bavarder en dégustant les pâtisseries. Une histoire à propos de l'ancien chef de Kattis nous fait éclater de rire.

— Écoute, dit-elle en posant sa main sur la mienne. J'ai quelque chose pour toi. (Elle se lève, s'empare d'un objet sur le plan de travail et me le tend.) Tiens, c'est pour toi.

Je la regarde avec un petit sourire.

— Kattis, voyons ! Il ne fallait pas !

— Ouvre, dit-elle avec exaltation.

Je contemple le joli paquet dont l'étiquette m'apprend qu'il vient d'une galerie d'art, spécialisée dans les objets en verre et céramique, du centre-ville. Je retire lentement la cordelette en chanvre goudronné qui sent bon les pontons en été et je déballe l'objet, un petit vase en céramique bleu Klein, assez semblable à celui qu'elle avait fait tomber le jour où elle était entrée en trombe dans la salle de thérapie pour nous annoncer la mort de Susanne. Je reste un instant interdite, le vase posé sur les genoux.

— Pourquoi… ?

Elle lève une paume pour arrêter ma question.

— C'est important pour moi, accepte-le, je t'en prie. Tu comprends ?

J'acquiesce d'un signe de tête en posant délicatement le soliflore sur la table devant moi. Sur le visage de Kattis se peint soudain une grande tristesse. Elle demeure un instant immobile, emmitouflée dans son pull en laine gris à capuche, puis lève tout à coup la tête, les yeux rivés par-dessus mon épaule gauche. Elle fronce les sourcils, embarrassée.

— Qu'est-ce qu'il y a ?

Lorsque je me retourne, je découvre un jeune homme d'une vingtaine d'années portant un jean usé jusqu'à la corde et un sweat zippé. Ses cheveux bruns mi-longs lui tombent devant les yeux. Il ne croise pas mon regard. Il joue avec une pièce de monnaie qu'il lance en l'air et cache dans une main.

— Je peux te dire un truc ? demande-t-il d'une voix

grave et rocailleuse, comme s'il avait chanté du rock et fumé toute la nuit, le regard toujours fixé au sol.

— Ce n'est pas le bon moment, Tobias. Un peu plus tard. J'ai de la visite.

— Euh, OK, répond-il, mais, au lieu de s'éloigner, il s'affale sur l'une des chaises autour de la table.

Un silence embarrassant s'installe. Je ramasse une par une des perles de sucre tombées du roulé à la cannelle, les recueille au creux de ma paume et les porte à ma bouche, l'une après l'autre.

— Tobias..., lance Kattis.

— Ce n'est pas un problème, dis-je, mais elle secoue la tête.

— Je dois échanger quelques mots avec Siri. Tu peux aller t'asseoir dans le canapé de l'entrée, je viendrai te chercher.

Pour la première fois, il pose les yeux sur Kattis. L'humiliation se lit dans son regard, comme si elle l'avait outragé en le repoussant. Un instant plus tard, il fixe de nouveau la table, hausse les épaules et s'éloigne en traînant les pieds, sans se retourner.

— Désolée.

— Tu n'as pas à être désolée, Kattis. C'est ton boulot.

Elle poursuit, ignorant mon commentaire :

— Tobias est un des jeunes dont je suis la tutrice. Il est adorable, vraiment. D'ailleurs, je crois qu'il en pince pour moi. (Elle pouffe de rire.) Je devrais peut-être miser sur lui. Au moins, j'aurais un mec gentil.

Elle ébauche un sourire en secouant la tête. Elle semble attendrie, comme une mère ou une sœur aînée.

— Que faites-vous exactement au Centre pour le retour à l'emploi ? Si j'ai bien compris, tu accompagnes des personnes en difficulté, mais que fais-tu concrètement ?

— Le Centre pour le retour à l'emploi aide de jeunes adultes qui, pour différentes raisons, ont du mal à s'insérer sur le marché du travail. Parce qu'ils sont en situation de handicap, de chômage longue durée ou en arrêt maladie depuis longtemps. Nous les recevons, réalisons un bilan de compétences et élaborons un programme qui peut comporter plusieurs objectifs, par exemple l'inscription à une formation. Nous pouvons leur fournir une liste d'emplois auxquels ils pourraient postuler. Nous pouvons également les aider à rédiger un CV, une lettre de motivation, etc. Nous obtenons des financements publics, mais le Centre est détenu par une fondation privée.

Soudain surgit une femme noire vêtue d'une tunique en batik, les cheveux en dreadlocks attachés en chignon, l'expression grave.

— Kattis… Je suis désolée de vous interrompre, mais… il est arrivé quelque chose.

— Je t'écoute, répond Kattis en levant les sourcils.

La femme soupire, me regarde avec embarras, chuchote à l'oreille de Kattis, mais suffisamment fort pour que j'entende.

— C'est Muhammed…

— Qu'est-ce qu'il a fait ? demande Kattis, encourageante – elle est peut-être la supérieure de la jeune femme.

— Il a tout fait cramer.

— Quoi ? Qu'est-ce qui s'est passé ?

— Apparemment, le fer à souder était défectueux. Je ne sais pas. Ce n'était peut-être pas sa faute. Eux disent qu'il l'a fait exprès. Il est en route.

— Il ne manquait plus que ça, souffle Kattis. Évidemment qu'il l'a fait exprès. (Elle se lève, pose une main sur le bras de la femme et l'étreint légèrement.) Je m'en occupe. Tu as le numéro de l'entreprise Asplund ?

La femme hoche la tête, manifestement soulagée.

— Merci, Kattis. Je te dois une fière chandelle.

— Je ne fais que mon travail, répond Kattis avec un grand sourire. J'en toucherai deux mots à Muhammed quand il sera là.

Elle se tourne vers moi.

— C'est l'un de nos bénéficiaires. Il nous cause pas mal de tracas. Tu as entendu. Il a... des tendances pyromanes. Ce n'est pas la première fois que ça arrive. On pourrait en discuter, un jour ? Toi qui es psychologue, tu pourrais peut-être m'expliquer pourquoi il fait ça ?

Elle marque une pause, se tripote les cheveux avant de poursuivre :

— Je suis navrée, je vais devoir te laisser. Il faut que j'aie le temps de parler avec Tobias avant que Muhammed revienne, alors...

— Aucun problème. Moi aussi, je dois retourner bosser.

Arrivée dans la rue St Eriksgatan, sous une pluie battante, je me rends compte que j'ai oublié le vase sur la table de la salle de repos. Je rebrousse chemin, entre dans l'immeuble et pousse la porte du Centre. Kattis est assise dans le canapé rouge de l'entrée, à côté d'un jeune homme à la peau sombre et aux cheveux longs portant une combinaison de travail et des baskets blanches. Elle lui tient la main, affichant une expression austère.

Surprise de me voir, elle réagit en lâchant la main du jeune homme.

— Le vase, je marmonne, envahie par la sensation d'avoir interrompu un moment d'intimité.

— Je te présente Muhammed, dit Kattis.

Le jeune homme ne me salue pas, gardant les yeux rivés sur ses chaussures et croisant les bras sur sa poitrine. Tandis que je le contemple, une pensée prend forme dans mon esprit, quelque chose en lien avec la soudure, le feu, mais tout cela reste flou. L'image disparaît soudain ; elle s'est écoulée comme du sable entre mes doigts.

Avec un sourire qui se passe de mots, Kattis va chercher le petit objet bleu. Elle paraît si sûre d'elle dans son environnement professionnel, et je suis admirative de la confiance que tous semblent lui accorder.

Après une nouvelle accolade, je me mets en route vers la place Medborgarplatsen dans la pénombre automnale.

QUELQUE PART
DANS LES ENVIRONS DE STOCKHOLM,
NOVEMBRE

Elle est assise à côté de lui dans une drôle de pièce où sont entassés de vieux meubles poussiéreux. On dirait un peu la maison de poupée qu'elle a chez sa maman. Les meubles sont disposés n'importe comment, parfois même les uns sur les autres, comme des boîtes de conserve sur une étagère. Il lui a donné une glace à l'eau qu'elle lèche en silence, essayant d'éviter de faire du bruit avec ses lèvres, par crainte qu'il se fâche. Il n'aime pas quand elle fait du bruit. Il n'aime pas non plus quand elle renverse quelque chose. Ni quand elle parle. Il vaut mieux qu'elle se tienne à carreau, immobile et silencieuse, pour qu'il ne se mette pas en colère.

Elle pense à Henrik, qui la laisse toujours manger de la crème glacée, assise sur ses genoux, et qui ne s'énerve jamais quand elle en fait tomber, même si l'esquimau se casse en deux et coule sur son pull ou son pantalon. Il éclate de rire et lui en tend une autre, même quand maman rouspète. C'est parce que la glace, c'est bon pour le ventre. Comme la bière.

Elle rabat sa chemise de nuit sur ses jambes, pour lutter contre le froid, mais c'est peine perdue. L'air glacial s'insinue sous le tissu fin, s'enroule autour de son corps comme une couleuvre le long de son ventre, de ses jambes, de sa poitrine.

Ce n'est pas sa faute, mais ses doigts deviennent collants quand la glace fond et se met à goutter. Elle le regarde attentivement avant d'oser s'essuyer sur sa chemise de nuit Dora l'exploratrice. Il ne remarque rien, il continue à fumer en fixant la pluie par la fenêtre noire.

À l'extérieur, il n'y a que des arbres.

Elle le sait parce qu'il l'a autorisée à jeter un coup d'œil dehors. Il lui a expliqué que la forêt s'étend sur des dizaines de kilomètres et qu'elle y disparaîtrait si elle s'avisait de s'y aventurer. Personne ne la retrouverait, les renards et les corbeaux finiraient par la dévorer parce qu'ils sont toujours affamés et raffolent de chair fraîche.

La petite télé placée dans un coin diffuse des clips musicaux – deux garçons qui portent des lunettes de soleil, des casquettes et de longues chaînes en or autour du cou roulent dans une voiture blanche en chantant et en bougeant les doigts comme s'ils parlaient la langue des signes. Comme Fadime, au jardin d'enfants, qui n'entend rien du tout. L'homme n'a pas l'air de regarder la télé ni d'écouter la musique. Il ne fait que fumer et fixer la pluie.

Le gros chien beige dort par terre, à ses pieds. Elle n'a pas le droit de le caresser. Même s'il est gentil, elle l'a remarqué : il vient souvent lui lécher les mains et le visage avec sa grande langue collante qui pue.

Avant, elle voulait un chien. C'est toujours ce qu'elle demandait pour son anniversaire ou pour Noël, mais sa maman refusait – c'était « trop de travail ».

Maintenant, elle a un chien. Mais plus de maman.

Elle se dit qu'elle préférerait largement que sa maman revienne. Il peut bien le garder, son vieux toutou qui sent le caca de la bouche. Si seulement sa maman revenait, elle n'aurait pas besoin de chien. Elle ne demanderait plus jamais d'animal, elle ne demanderait plus rien, si seulement…

Driiing.

Le bruit est si fort qu'il fait mal aux oreilles. Elle se dit un instant que c'est sa faute, qu'elle a encore touché à quelque chose qu'il ne fallait pas, parlé quand elle aurait dû se taire, bougé les jambes alors qu'elle devait rester immobile.

Elle se recroqueville dans le canapé, se fait toute petite – il ne la verra peut-être pas, ne la frappera peut-être pas. Peut-on se rendre invisible par la seule force de sa volonté ?

Pourtant, il n'a pas l'air fâché, simplement stressé. Il lève les yeux vers l'entrée où le chien s'est posté et donne de la voix, se lève du canapé, se précipite jusqu'à la porte, décoche un coup de pied au toutou pour le déloger et coule un regard par le petit trou qui permet de voir dehors. Le judas.

Puis il rebrousse chemin lentement, s'accroupit devant elle et la prend par les épaules, fermement, mais sans lui faire mal.

— Écoute-moi bien, gamine.

Elle hoche la tête avec gravité, sans oser le regarder. Elle baisse les yeux, même s'il est si près d'elle qu'elle sent son haleine de cendrier.

— Tu te caches derrière le canapé, pigé ?

Il pointe du doigt l'interstice entre le siège et le mur, et elle acquiesce une nouvelle fois.

— Tu sors sous aucun prétexte, compris ?

Elle scrute le sol jonché de moutons de poussière, d'emballages de glace à l'eau, d'écouteurs oubliés et d'un fil électrique abîmé enroulé autour du pied d'un fauteuil tel un serpent en mal de compagnie.

— Allez ! Derrière le canapé, j'ai dit.

Elle escalade le dossier au revêtement en velours et se laisse tomber sur le sol froid. Elle s'allonge sur le ventre, la tête tournée de manière à voir sous le canapé. Elle aperçoit les pieds de l'homme qui marchent vers la porte pour l'ouvrir.

De l'autre côté se trouve une femme – en fait, elle ne peut pas en être sûre, parce que le jean et les bottes en caoutchouc pourraient être à n'importe qui, et elle ne voit rien de plus. Mais la voix appartient à une femme et elle lui est familière. Elle parle vite, vite et d'une voix basse. Lui laisse échapper de petits signes d'assentiment de temps en temps.

Les jambes de l'homme disparaissent dans la cuisine, celles de la femme restent dans l'entrée, immobiles, comme si les bottes étaient collées au sol. On entend des portes de placards qui claquent, des casseroles qui s'entrechoquent, puis les jambes reviennent, se dirigent vers l'entrée et s'arrêtent devant les bottes en caoutchouc.

— Merci beaucoup. C'est gentil. À tout à l'heure, alors, dit la femme.

Les bottes font demi-tour et disparaissent dans la nuit. La porte claque, mais il reste là, immobile, l'œil plaqué au judas.

Au moment où il revient, la sonnerie stridente retentit de nouveau.

Driiiing.

— Merde, murmure-t-il en retournant vers l'entrée.

La porte s'ouvre de nouveau ; un courant d'air froid se faufile le long du parquet abîmé.

— Oui ?

— Écoute, j'ai oublié…

Soudain, elle sait à qui lui fait penser la voix. À sa maman. Ce n'est pas exactement la voix de sa maman, mais elle y ressemble beaucoup, et soudain elle se souvient précisément de sa maman, de sa voix, de son odeur quand elle enfouit le nez sur la peau si douce et chaude de son ventre.

Elle est alors prise d'une angoisse plus forte, beaucoup plus forte que la peur qu'elle éprouve pour cet homme. Et si c'était maman, à la porte, et qu'elle ne pouvait pas la voir ? Et si sa maman était venue la chercher et ne la trouvait pas ? Cette pensée lui donne la nausée, fait battre son cœur à toute allure. En quelques secondes, sa décision est prise : elle se hisse sur le canapé, enjambe les piles de journaux sur le tapis et court vers l'entrée.

— Mamannnn !

Un mur d'air glacé se dresse devant elle. Il se retourne, les yeux écarquillés, les poings serrés.

— Mamaann !

Devant la porte se tient une dame à lunettes et cheveux courts, une râpe la main, la bouche grande ouverte, comme si elle attendait qu'on lui donne la becquée. Elle recule de quelques pas.

— Bordel de merde ! vocifère l'homme en l'attrapant par le col pour la plaquer contre le sol froid – un objet dur s'enfonce dans sa joue. Qu'est-ce que je t'avais dit, espèce de sale gosse ? Hein ?

Il tourne la tête vers la femme sur le seuil, qui n'est pas du tout maman, mais une dame pas belle aux cheveux gris qu'elle n'a jamais vue de sa vie.

— Désolée, Gunilla. Ça n'est pas…

Quoi qu'il ait l'intention de lui dire, la dame n'a pas l'air de vouloir lui accorder son attention, elle continue à reculer, comme si elle avait vu un fantôme. Il lâche la fillette, s'approche de la dame, l'empoigne par le bras et referme la porte derrière elle.

— Gunilla, je t'en prie…

Mais la femme n'écoute pas, ça se voit dans ses yeux, devenus immenses, luisants et complètement vides.

— Mon Dieu, mais que se passe-t-il ici ? murmure-t-elle en pressant la râpe contre sa poitrine, comme un doudou.

De nouveau, elle essaie de se faire toute petite, comme une boule invisible dans un coin de la pièce. Elle enfonce ses doigts dans ses oreilles et récite à voix haute la comptine que son père lui a apprise : *Un petit cochon pendu au plafond. Tirez-lui le nez, il donnera du lait.* Pourtant, elle a beau se boucher les oreilles et parler en même temps, elle entend les bruits sourds. Elle hausse le ton : *Tirez-lui la queue, il pondra des œufs. Tirez-lui plus fort, il donnera de l'or. Combien en voulez-vous ? 5 ! 1, 2, 3, 4, 5 !*

Elle sent quelque chose de froid contre sa jambe

nue. Coulant un regard, elle aperçoit une botte en caoutchouc puis une jambe et enfin toute la dame allongée par terre comme une crêpe, comme si elle faisait bronzette au bord de la mer.

VÄRMDÖ,
NOVEMBRE

Aina et moi déambulons avec précaution sur les rochers, au bord d'une mer fouettée par le vent, et contemplons les vagues noires coiffées d'écume.

— Attention, ça glisse !

Sans répondre, elle enfonce les mains plus profondément dans les poches de sa parka. Ses cheveux flottent autour de son visage.

Nous nous acheminons vers le grand rocher plat sur lequel nous avons l'habitude de nous installer pour bronzer, l'été. Pendant la saison estivale, ma petite crique est transfigurée, avec sa mer tiède et attrayante.

Aina affiche une mine renfrognée. J'ai été agréablement surprise lorsqu'elle m'a téléphoné pour me demander si elle pouvait passer me voir. À l'époque, avant Markus, elle venait régulièrement. Maintenant, presque jamais.

— Elin est au bout du rouleau, fait-elle remarquer, elle était à deux doigts de craquer vendredi. Les journalistes appellent si souvent que les patients n'arrivent plus à la joindre.

— Tant qu'Elin ne divulgue pas nos numéros privés… Je ne comprends pas que la presse soit obsédée par cette histoire.

— Moi, je ne suis pas très étonnée. Une mère de trois enfants assassinée dans un cabinet de psys à Stockholm, c'est racoleur. Ils n'ont pas encore trouvé le lien potentiel avec le meurtre de Susanne. Encore heureux… La police t'a interrogée aussi ? demande-t-elle d'une voix à peine audible, engloutie par le sifflement du vent et le bruissement des vagues.

— Oui. Ils ont entendu tout le monde. Selon Markus.

Elle a un bref sourire difficilement interprétable.

— Que dit-il de plus, ton Markus ?

Mon Markus. La formulation me chiffonne, mais je réprime mon agacement. Il arrive qu'Aina soit de mauvais poil, pas de quoi se formaliser.

— Il dit qu'ils ont entendu toutes les personnes qui travaillent au cabinet, et toutes les femmes du groupe de parole. Il n'y a toujours pas de suspect pour l'homicide de Susanne ni pour l'enlèvement de Tilde. Et Henrik est toujours en cavale. Ils ne savent même pas si l'assassinat de Susanne est lié à celui de Hillevi et, le cas échéant, comment.

— Rien d'autre ?

— Si, Markus a indiqué que Henrik et le type qui a violé Malin fréquentent la même salle de sport.

— Ah oui ? Qu'est-ce que ça signifie ?

— Sans doute rien. À Gustavsberg, l'offre de salles de sport est plutôt limitée : ça peut être une simple coïncidence. Mais cet endroit a une réputation sulfureuse. Il paraît qu'on y consomme pas mal de drogues.

— Et ?

— Je ne sais pas. Ça peut vouloir dire que Henrik avait accès à des produits stupéfiants, ce qui pourrait expliquer son comportement agressif. Et toi, qu'est-ce que tu en penses ?

— Je ne sais pas… mais j'ai beaucoup réfléchi aux confidences de Sirkka. Je n'arrive pas à lâcher prise.

— Sirkka ?

— Oui, elle a tout de même avoué avoir tué son mari, sans ressentir la moindre culpabilité.

Aina repousse quelques mèches blondes que le vent a plaquées contre son visage. Elle se retourne pour faire face aux bourrasques.

— Je n'ai pas vu les choses comme ça. Elle n'a pas appelé les secours. Et puis il est mort.

Aina ébauche un rictus narquois.

— Tu es bien naïve, ma chérie. Elle savait fort bien ce qu'elle faisait. Elle l'a envoyé *ad patres* et n'éprouve aucune mauvaise conscience. Cela ne te dérange pas ?

Je hausse les épaules, sans savoir quoi répondre.

— Où veux-tu en venir ?

— Je me pose des questions, c'est tout. Si on a fait ça une fois… est-ce que ça signifie qu'on est capable de le refaire ?

Je suis à court de mots. Le regard d'Aina se perd vers les terres, vers ma petite maison qui semble prise au piège entre les falaises et les pins.

— On va se mettre au chaud ? suggère-t-elle.

Je réponds d'un hochement affirmatif et nous nous engageons sur le sentier étroit qui remonte vers chez moi à la lueur de ma grande lampe torche, contournant les racines et les anfractuosités remplies de feuilles humides.

La maison nous accueille de sa chaleur agréable. Les flammes crépitent dans l'âtre du salon et une faible odeur de fumée imprègne l'air.

— Tu veux un thé ?

— Plutôt du vin, répond-elle en évitant mon regard.

Elle se laisse tomber sur le canapé, replie ses jambes contre sa poitrine et les entoure de ses bras. Je me dirige vers la cuisine pour inspecter l'état des réserves. Avant, j'avais toujours du vin chez moi, mais, à mon grand étonnement, je suis à sec. Les placards qui regorgeaient de bouteilles et de cubis sont désormais vides.

— Tu ne vas pas me croire, mais je n'en ai pas.

— Quelque chose de plus fort, alors ?

— Tu plaisantes ?

— Pas du tout.

Je secoue la tête depuis l'embrasure de la porte et me mets en quête d'alcool. Les spiritueux, ça n'a jamais été mon truc, mais peut-être que Markus a apporté quelques bouteilles ? J'en déniche une de gin.

— J'ai du gin. Qu'est-ce que tu veux avec ? Je n'ai pas de tonic.

— Rien.

Il y a manifestement quelque chose qui ne tourne pas rond chez Aina, me dis-je en versant le liquide transparent dans un verre à eau. Les vapeurs éthyliques me retournent l'estomac et j'éprouve de nouveau cette sempiternelle nausée. Prenant appui sur le plan de travail, je détourne le visage pour me soustraire aux émanations.

Aina murmure un merci et vide la moitié du verre d'une seule lampée.

— Carl-Johan est marié, lâche-t-elle à brûle-pourpoint.

Elle me regarde enfin dans les yeux et je comprends pourquoi elle est venue, pourquoi elle est mal lunée et pourquoi elle a tant besoin d'un remontant.

Sa bouche se tord dans un sourire sans joie.

— Marié, tu te rends compte ? Je suis tombée des nues. Jamais je n'aurais cru ça de lui. J'étais tellement focalisée sur ma petite personne, à me demander si je tenais vraiment à m'engager sentimentalement avec un seul homme… Je partais du principe qu'il voulait se mettre en couple avec moi. Ils le veulent toujours. C'est toujours moi qui les quitte. Tu comprends ?

— Oui, je sais.

Il est vrai qu'au cours des années où les hommes se sont succédé dans la vie d'Aina, cela s'est toujours terminé de la même manière. Elle les a plaqués.

— Et là, quand pour la première fois…

Elle ne parvient pas à prononcer le mot, mais je confirme d'un signe de tête que j'ai compris. Sa mâchoire est crispée et une profonde ride s'est formée entre ses sourcils.

— Comment t'en es-tu aperçue ?

Sa bouche esquisse de nouveau un rictus.

— Figure-toi qu'elle a téléphoné. Sa putain de femme m'a appelée.

— Sa femme ? Comment elle a eu ton numéro ?

— C'est d'une banalité confondante. En fouillant dans le portable de son mec, elle a trouvé mes messages – il n'a pas eu la jugeote de les effacer. Alors, elle m'a passé un petit coup de fil.

— La vache ! Qu'est-ce qu'elle a dit ?

Aina essuie une larme.

— Elle était d'un calme olympien. Comme si elle réservait un taxi, ou un plat à emporter. Elle m'a dit que ce n'était pas la première fois. Que l'amour, pour lui, c'est… une addiction. Qu'il l'utilise, elle. Qu'il m'utilise, moi. Que je ne dois pas être triste et que je peux la contacter si j'ai besoin de parler. Toute la conversation était très civilisée. C'était absurde. Au début, je n'y croyais pas. J'ai appelé Carl-Johan qui a immédiatement avoué. Ils ont deux enfants. Et une baraque à Mälarhöjden !

Je réfléchis au récit d'Aina en silence, songeant que l'amour n'est pas toujours un beau sentiment lumineux ; parfois, l'amour est une bête féroce, toujours à l'affût, affamée, tapie en périphérie de notre existence, prête à bondir.

Pas d'amour sans souffrance. L'un veut toujours plus que l'autre. L'un est toujours trahi. Toute cette souffrance.

Il n'y a pas de justice.

Cette nuit-là, Aina dort dans mon lit et Markus sur le canapé.

J'entends à ses respirations saccadées qu'elle n'a pas trouvé le sommeil. Dehors, le vent, la pluie.

Je prends sa main dans le noir, et je la serre. Elle est moite et froide, mais elle étreint la mienne en retour.

Lorsque je me réveille, Aina est partie. Le lit est vide à côté de moi.

L'obscurité ainsi qu'une odeur doucereuse légèrement écœurante de fumée emplissent la petite chambre. Dehors, le vent semble avoir forci, et j'entends les vagues qui s'écrasent violemment contre les rochers non loin de chez moi.

Des voix étouffées me parviennent depuis le salon. Je me tourne vers la table de chevet, tâtonne à la recherche du réveil. Cinq heures et demie. Que fait Markus debout à cette heure-ci ?

Lorsque je me lève, la nausée déferle sur moi comme une lame de fond, mon estomac se retourne et je plaque instinctivement une main sur ma bouche. Un mal de tête est logé quelque part derrière mes tempes, un martèlement faible, mais bien présent, semblable à une gueule de bois.

L'écœurement permanent ne semble pas vouloir passer, quoi qu'en disent les livres. Les odeurs me dégoûtent, et il y a cette fatigue, cette fatigue paralysante qui imprègne chaque cellule de mon corps, suintante par tous les pores. Sans compter ce à quoi je dois renoncer – au moment précis où la pensée émerge, l'envie irrésistible revient avec une force redoublée. Juste un verre de vin. Un tout petit verre. Le bruit sec du bouchon qu'on fait sauter, le clapotis du liquide qui coule dans le verre. La dégustation rituelle qui prouve à un éventuel témoin qu'on est une passionnée d'œnologie, une connaisseuse bien élevée et non une ivrogne pathétique incapable de résister à l'appel de la bouteille.

Sitôt debout, je suis prise d'un frisson – il fait un froid de canard. Je glisse les pieds dans mes chaussons et m'enveloppe dans ma robe de chambre qui n'est pas encore trop petite – heureusement.

Il est assis dans la pièce à peine éclairée, dos à moi, une tasse à la main. Son ordinateur portable est posé devant lui, sur la table de la cuisine couverte des miettes et des taches grasses du dîner de la veille.

Je m'approche de lui à pas feutrés, pose les paumes sur ses épaules. Sans un mot, il recouvre ma main droite de la sienne et l'étreint.

À l'écran, on voit un jeune homme en t-shirt et bonnet, affalé sur sa chaise, presque allongé, derrière un grand bureau. Il y a une personne en face de lui, mais on ne voit pas qui, car la caméra est pointée vers le garçon. Il me fait penser à quelqu'un, mais qui ? Ce corps maigre, cette expression opiniâtre, cette voix rocailleuse.

— Je ne l'ai jamais touchée, pourquoi j'aurais fait ça ? dit le garçon au bonnet.

— Elle a porté plainte contre toi à deux reprises, j'ai les rapports sous les yeux, répond une voix féminine, androgyne, rugueuse comme du papier de verre.

Comme si la flic avait fumé ou gueulé sur ses mômes toute la nuit.

Le jeune homme hausse les épaules, affichant un air indifférent. Il s'affaisse plus encore sur son siège.

— Bah, elle ment, je vous l'ai déjà dit.

— Elle a menti, *tu veux dire ?*

Nouveau haussement d'épaules, silencieux cette fois.

La femme soupire, on entend de petits bruits secs, comme si on tambourinait sur la table avec un stylo.

— Elle est morte. Ça n'a pas l'air de vous faire grand-chose.

Le corps émacié sursaute.

— Vous êtes malade ou quoi ? Bien sûr que ça me fait quelque chose. C'était ma daronne quand même !

Markus approche sa main gauche du clavier pour mettre la vidéo en pause au moment où le jeune se lève d'un bond, faisant basculer la chaise contre le mur derrière lui. Lorsque l'image s'est figée sur l'écran de Markus, je scrute de nouveau le visage familier.

— Tu ne devrais pas regarder, c'est confidentiel. Mais… qu'importe !

— Qu'est-ce que tu fais ?

— Je travaille. Je n'arrivais pas à dormir. Sonja m'a demandé de visionner quelques interrogatoires.

— Où est passée Aina ?

— Elle est partie il y a une demi-heure. Elle m'a dit de te saluer.

— Qui est-ce ? J'ai l'impression de le reconnaître.

— Je ne pense pas. C'est le fils de Susanne, la femme assassinée.

— C'est vrai, elle avait un fils aîné. Une des femmes du groupe nous en a parlé.

Markus confirme d'un hochement de tête et me contemple pour la première fois de ses yeux rougis.

— Elle l'a eu très jeune. Le garçon a toujours eu des problèmes, au jardin d'enfants, à l'école. Il est toxicomane, vit dans un foyer d'accueil. Susanne a porté plainte contre lui pour violences volontaires. Visiblement, il y avait des disputes à cause de l'argent.

— Toxicomane, mais… quel âge a-t-il? Il a l'air si jeune.

— Seize ans.

— Seize ans?

— C'est ça.

— Merde.

— Ouais.

Marcus baisse les yeux, éteint son ordinateur et pousse un lourd soupir, de fatigue, mais pas seulement.

— Tu disais l'avoir reconnu?

Je secoue lentement la tête. Comment formuler ma remarque sans laisser paraître ma confusion?

— Il me fait penser à quelqu'un. Tu te rappelles le soir quand Henrik Fasth m'a abordée place Medborgarplatsen? Il y avait un autre type aussi. Avant. Enfin, laisse tomber.

— Non, dis-moi. C'était lui?

Je me masse les tempes en fouillant dans ma mémoire. La migraine pulse derrière mon front. Je m'assieds sur la chaise à barreaux à côté de Markus, me penche vers lui et presse mes lèvres contre sa joue piquante. Je hume son odeur familière.

— Non, je ne crois pas, mais ils se ressemblaient. Il était aussi toxicomane. Et si jeune… c'était effrayant. Comme ce garçon. Est-ce qu'il est suspect ?

Markus m'ébouriffe les cheveux.

— J'imagine que oui. Mais il a un alibi. Il était au foyer.

— Tu crois qu'ils contrôlent tous les faits et gestes des gamins ?

— Je ne suis pas à même de te répondre. Je file un coup de pouce à Sonja, c'est tout.

Je le contemple de nouveau, devinant une résignation dans ses yeux baissés. Il m'inspire soudain une telle tendresse. Cet homme si parfait, assis à côté de moi. Le père du bébé que je porte, l'homme que je ne parviens pas à apprécier à sa juste valeur. Dans un monde habité par des adolescents camés, empli de solitude et de chagrins innommables, nous sommes là l'un pour l'autre.

— Viens, dis-je en le prenant par la main.

Il a l'air décontenancé.

— Qu'est-ce…

— On retourne se coucher. Il est à peine six heures.

Il me gratifie d'un sourire prudent. Je n'ai pas été très tactile ces derniers temps, j'imagine qu'il ne sait pas bien comment interpréter ma remarque. Il se lève néanmoins et me suit dans la chambre, les mains sur mes épaules, comme pour marquer que je suis à lui. Et je prends conscience que ça n'est pas pour me déplaire.

Nous tirons l'épaisse couverture sur nos têtes, comme pour fuir ce monde et nous plonger dans un autre. Ses baisers ont la saveur de tartine et de café, et je glousse quand il me chevauche. Cet instant est parfait. Markus qui me caresse les seins, qui m'embrasse le cou, l'enfant en moi, la manifestation physique de notre amour, qui repose quelque part dans mes entrailles. Invisible, immobile encore. Davantage fantasme que réalité, comme le vague souvenir d'un rêve.

Je m'autorise enfin cette pensée : je crois que cette sensation n'est autre que le bonheur.

QUELQUE PART
DANS LES ENVIRONS DE STOCKHOLM,
NOVEMBRE

Il fait noir comme la nuit dans le minuscule espace. Quand elle plaque son dos contre le mur et essaie d'étendre les jambes, elle touche la porte. Les murs sont en bois humide, comme les façades des box au centre équestre où sa maman l'emmenait parfois. Durs, moites, presque gluants.

Sur le sol, il y a des tas de magazines qui montrent des femmes toutes nues. Elles ont un sourire idiot et des seins énormes qui leur tombent sur le ventre. Ça, elle le voit quand il entrouvre la porte pour poser par terre le petit plateau avec l'escargot à la cannelle et le verre de jus.

Quand elle a pris le grand verre de jus pour le boire, elle a tout renversé. Maintenant, elle est assise dans une flaque de liquide collant. Elle a encore plus froid et encore plus soif qu'avant.

Un de ses poignets est suspendu à une corde, vers les ténèbres, et l'empêche de poser cette main-là par terre. Lorsqu'elle dort, sa main engourdie flotte au-dessus de sa tête comme un ballon.

Elle grelotte.

Dans le coin de la pièce étroite, l'homme a laissé un pot de chambre, mais elle n'a pas bien compris comment l'utiliser. En plus, elle a peur d'enlever sa culotte dans le noir, redoutant que quelqu'un ou quelque chose ne lui morde les fesses. Alors, elle a fait pipi sans se lever ni retirer son sous-vêtement – une sensation de chaleur passagère s'est diffusée. Et maintenant il y a du pipi froid le long de ses cuisses. C'est humide et ça la démange.

Quand elle palpe le sol, ses mains rencontrent des moutons de poussière doux sous ses doigts ainsi que de minuscules objets durs, des cailloux peut-être, de petites bêtes mortes ou autre chose, quelque chose de pire. Elle pense une nouvelle fois à tous les monstres tapis dans l'ombre, elle sait qu'ils sont là, dans l'obscurité, au-dessus d'elle, avec leurs grands bras maigres comme des pattes d'insecte, des dents acérées et des griffes aussi longues que des jambes d'enfant. Des créatures qui n'attendent que de la dévorer, dès qu'elle se déconcentre, qu'elle arrête de penser à elle.

Maman.

Elle se demande quand sa mère viendra la sauver des serres de l'homme qui est peut-être un monstre. Elle se demande si elle reconnaîtra sa maman quand elle viendra, si son visage sera réparé, s'ils auront remis à l'intérieur tout le rose et le rouge qui en sont sortis. Papa dit que oui, qu'elle doit être belle pour *les funérailles.* Mais qu'elle sera dans une boîte, exactement comme la poupée qu'il lui a achetée. Sauf que la boîte de sa maman ne sera pas transparente. Elle est fabriquée en bois et va être enterrée. C'est terrible, quand on y pense. Que sa maman doive rester couchée dans cette boîte, toute seule, sans jamais pouvoir en sortir.

La faim lui tord le ventre. Les brioches qu'il lui a apportées étaient dures comme de la pierre et toutes froides, elles venaient tout droit du congélateur, n'étaient même pas passées une seconde par le micro-ondes. Elle les a sucées et grignotées, parvenant à détacher des miettes au goût de cannelle.

Elle pense à son papa aussi, et à Henrik. Et à ses maîtresses du jardin d'enfants.

Et pourtant, quand elle ferme les yeux le plus fort possible jusqu'à voir de petits points brillants, c'est elle qui apparaît. Toujours.

Sa maman.

Il lui arrive même parfois de humer son odeur, ce drôle de mélange de parfum au caramel, de sueur et de fumée de cigarette. Or, dès qu'elle essaie de savoir d'où proviennent ces effluves, ceux-ci s'évanouissent, ne laissant qu'un relent de moisissure et d'urine.

Elle entend de nouveau les pas dans l'escalier sous elle. Elle se recroqueville dans un coin, car elle a beau avoir peur du noir, elle a encore plus peur de l'homme de l'autre côté du mur. Soudain, elle se sent en sécurité dans ce cagibi sans lumière, elle espère que la porte demeurera fermée à jamais, elle voudrait rester assise dans la flaque de jus et d'urine avec l'odeur de sa maman dans les narines.

Mais la porte s'ouvre brusquement – une clarté blanche, acérée, agresse ses pupilles comme mille couteaux.

Elle se cache la tête sous son bras libre, se fait toute petite dans son coin.

— Allez, amène-toi, on y va, dit la voix en surplomb, mais elle ne bouge pas, toujours en boule avec un bras suspendu à la corde au-dessus d'elle.

— T'es bouchée ou quoi ? Debout !

C'est une voix furieuse. Furieuse et décidée. Comme une maîtresse d'école fâchée parce qu'un enfant a fait une grosse bêtise. Elle n'ose toujours pas se lever, serre les paupières en pensant à sa maman. Ses joues rugueuses, criblées de petits cratères, ses yeux pétillants. Son ventre si mou qu'elle peut y plonger la main, entre les plis de sa peau.

— Espèce de sale gamine ! Tu m'obéis quand je te parle !

Une main brutale l'empoigne par le haut du bras pour la redresser, mais elle lutte, tourne comme un singe au bout de la corde. Elle pivote sur elle-même jusqu'à être épuisée et avoir envie de vomir.

— Maman ! hurle-t-elle. *Mamannnmamannn !*

— Ferme-la !

La gifle lui brûle la joue. Une bouffée de chaleur se diffuse sur son visage. Les larmes se mêlent à la morve, formant des rivières gluantes qui lui coulent dans la bouche.

— Je veux ma mamannn.

Soudain, le carillon du portable retentit. Il l'a entendu, lui aussi, car il lâche prise et extirpe l'appareil de sa poche.

— Allô ?

Il parle à voix basse, à toute allure, le dos voûté

sur son téléphone, comme s'il berçait un bébé. Il se retourne, la bouscule de nouveau vers l'obscurité et claque la porte.

— Je reviens, dit-il depuis l'extérieur.

Elle se laisse tomber lentement vers le sol, s'assied sur la pile de magazines, essuie les larmes visqueuses de sa main libre en inspirant de nouveau l'odeur : parfum, sueur, cigarette.

Elle sait bien que sa maman veille sur elle, la protège des créatures dissimulées dans la pièce et de celles qui attendent dehors.

VÄRMDÖ,
NOVEMBRE

Mon petit déjeuner est aussi peu alléchant que la matinée d'automne devant ma fenêtre. Une vieille biscotte ramollie accompagnée d'une tasse de thé.

Markus passe la porte, les bras pleins de bûches, pour la énième fois. Il les pose délicatement sur la pile qui s'élève déjà à côté du poêle.

— Tu fais des stocks en cas de troisième guerre mondiale ?

Markus ne rit pas – depuis l'autre côté de la pièce, je devine son agacement, comme on sent venir un orage.

— Ils prévoient une tempête ce soir. Mais ce genre de choses terre à terre ne t'intéressent pas. S'il n'en tenait qu'à toi, ton frigo serait vide et le bois serait encore dans la remise.

Je hausse les épaules en fixant la vitre noire, semblable à du granit poli.

— Quelle mouche t'a piqué ?

Sans répondre, il continue d'entasser les bûches en silence.

— Une tempête de neige, dit-il ensuite. Il va y avoir une tempête de neige. Tu ne devrais pas aller bosser en voiture aujourd'hui.

— Je prendrai le bus, comme d'habitude. Je vais

rarement en ville en voiture. De toute façon, qu'est-ce que ça peut bien te faire ?

De nouveau, ce silence. Puis il pose sur moi des yeux dans lesquels je lis de la douleur.

— Je suis inquiet pour toi. Pourquoi tu ne peux pas le comprendre ?

Quelque chose s'adoucit en moi, et une chaleur se diffuse lentement. Je me lève, tire sur le long t-shirt qui épouse mon ventre arrondi, m'avance vers Markus et entoure son corps de mes bras.

— Markus ? Je t'aime.

Il se fige, sans souffler mot, immobile. Seuls les crépitements du feu et le bruit de sa respiration viennent troubler le silence.

Nous restons enlacés longtemps.

— Je m'en sors toujours, je suis comme un bouchon de liège. Je remonte toujours à la surface. Le vent me ramène toujours sur la terre ferme.

La voix de Patrik est calme, basse, mais son regard balaie mon petit cabinet. Des cernes d'un violet sombre révèlent sa fatigue et son chagrin. Nous nous sommes donné rendez-vous pour conclure. La thérapie de couple est finie, de même que leur relation. Je me demande si cela signifie que j'ai échoué – je voulais, j'espérais que leur union pouvait être sauvée. J'espérais pouvoir recoller les morceaux de leur vie comme s'il s'agissait d'un vase brisé.

— Et Mia ?

— Elle… semble apaisée. Heureuse, presque.

— Que ressentez-vous face à ça ?

Le regard de Patrik est dur, mais derrière la rage je devine la peine.

— À votre avis ! Ça m'a flanqué un sacré coup au moral. Si elle m'avait quitté pour un autre, ça aurait été moins dur.

— Moins dur ?

— Oui. Elle préfère être toute seule qu'avec moi, vous comprenez ?

Je hoche lentement la tête – je comprends. Le chagrin, la honte d'être rejeté. Soudain, cette honte devient la mienne, et je regrette amèrement ce que j'ai fait subir à Markus.

Oui, bien sûr que je t'aime, mais j'ai besoin de ma liberté. Je veux l'enfant, mais je ne veux pas de toi. Pas ici, dans ma maison, dans mon lit. Dans mon corps. Pas si près.

— Et comment avez-vous organisé les aspects pratiques ?

Il hausse les épaules et passe une main dans ses cheveux ternes.

— On s'en sort.

— Ce qui veut dire ?

— Les enfants sont chez moi une semaine sur deux. Mia loue un deux pièces rue Brännkyrkagatan. Elle a emporté presque tous les meubles donc… c'est un peu vide chez moi. Le plus étrange, c'est que nous avons soudain développé une… je ne saurais comme décrire ça, une sorte de collaboration, peut-être ? Comme des partenaires commerciaux. On négocie tout. « Si tu prends la table, je prends les chaises. Tu as déjà acheté des chaises, tu veux peut-être un fauteuil ? Marché conclu. » C'est curieux. Cordial. Et très… douloureux. Nous prenons rendez-vous pour déposer et récupérer les enfants, pour rencontrer leurs enseignants ensemble et faire comme si tout allait bien alors que j'ai envie de hurler. On explique aux maîtresses qu'on s'est séparés, mais que tout va pour le mieux dans le meilleur des mondes. « Mia et moi, on s'entend à merveille. Bien sûr, vous pouvez appeler l'un comme l'autre s'il y a un problème, nous nous tenons informés. » Vous voyez ce que je veux dire ?

— Oui, je comprends.

— Vraiment ?

Patrik pose sur moi un regard incrédule. On aurait parfois besoin de partager sa propre expérience avec les parents, entre autres choses pour expliquer pourquoi on les comprend vraiment. Je pourrais raconter à Patrik la mort de Stefan, ma conviction que ma vie était finie. Je pourrais reconnaître, à mi-voix, que je ne suis pas capable d'aimer Markus autant que le souvenir de mon mari décédé. Lui dire que l'amour, le vrai, n'est pas pour moi. L'amour pur, l'amour bien comme il faut, sacrificiel, l'amour en vue de la procréation, de la formation d'une famille traditionnelle.

Mais je me tais. Je me contente de le regarder, tapi dans le fauteuil, avec ses longues jambes moulées dans un jean tendues devant lui. Car je ne livre généralement pas ce genre de confidences à mes patients.

— Le fait que vous arriviez à vous entendre pour la gestion du quotidien, c'est tout de même un point positif, non ?

Ses épaules décharnées se soulèvent une nouvelle fois, faisant tinter les chaînes de sa veste en cuir.

— Et si vous vous projetez dans l'avenir ?

Il s'adosse à son fauteuil, semblant examiner la fissure qui parcourt le plafond en diagonale de part en part.

— Comme je vous l'ai dit, je vais m'en tirer. Et je suis moins en colère contre Mia.

— C'est bien, vous ne trouvez pas ?

Il pose sur moi son habituel regard où se mêlent la peine et le mépris.

— J'ai pas mal potassé. Je me suis renseigné.

— Ah bon ?

Quand il se tortille sur place, ses chaînes émettent à nouveau ce cliquetis étouffé, un bruit de mauvais augure, comme sorti tout droit d'un film d'horreur poussiéreux.

— L'amour, ce n'est que des hormones, des neurotransmetteurs et ce genre de conneries. Il y a différentes phases. D'abord, le désir, l'attirance sexuelle. Le corps produit de la testostérone et des œstrogènes. Cette phase dure quelques mois, au mieux. Puis on tombe amoureux. La sérotonine et la dopamine entrent en jeu. Elles ont le même effet sur le cerveau que l'amphétamine. Vous me suivez ? En fait, quand on est amoureux, c'est comme si on se droguait. Et puis la flamme s'éteint. Pour tout le monde. L'amour dure trois ans, maximum.

— Et après ? Les couples survivent quand même souvent plus de trois ans.

— Ensuite vient une autre phase. Ce qui fait tenir une relation, ce sont les enfants, le mariage, des projets et des intérêts communs. Et d'autres hormones, l'ocytocine par exemple et…

— Je vous coupe, Patrik. Je ne sais pas ce que vous avez lu, mais vous me parlez ici de ce qu'on appelle un modèle biologique. Il est sans doute tout à fait correct, mais, d'après moi, ce genre de modèle ne suffit pas à expliquer le comportement humain. Cela ne nous dit pas grand-chose de ce que c'est que d'être un humain. De ce qu'on ressent.

— Moi, je trouve qu'il correspond bien à la réalité, marmonne-t-il.

— C'est normal, étant donné votre situation.

— Ce qui signifie ?

— Allons, Patrik… (Je marque une pause, tentant d'élaborer une formulation adéquate pour ne pas l'humilier.) Elle vient de vous quitter, vous êtes déçu, désillusionné. Il est évident qu'une théorie qui nous décrit comme des animaux guidés par nos instincts vous parle.

— Vous voulez dire que ce n'est pas vrai ?

— Ce n'est pas ce que j'ai dit. Ce n'est pas toute la vérité. Je crois qu'il y a plusieurs manières d'expliquer l'amour. L'explication biologique n'est que l'une des façons d'envisager… le phénomène. On peut s'intéresser à l'amour d'un point de vue culturel, social ou cognitif. Ou théologique, d'ailleurs. Même si c'est quelque chose que je connais mal. Mais si vous en discutiez avec un pasteur, vous auriez une tout autre image. N'est-ce pas ?

— Je ne connais pas de pasteur.

— Moi non plus, dis-je en souriant. Mais là n'est pas la question.

— Et vous, vous en pensez quoi ?

Je sens soudain mes joues brûler. Que sais-je de l'amour, au fond ? Qu'est-ce qui nous unit, Markus et moi ? Ma solitude et ma peur ? Son obstination, sa patience et mes névroses ? L'enfant qui grandit en moi ? L'ocytocine, la sérotonine et la testostérone ?

— Il y a un philosophe qui s'appelle Kierkegaard…

— Je connais Kierkegaard, pour qui me prenez-vous ? m'interrompt-il d'une voix tranchante.

Je suis sûre que je suis écarlate. J'ai l'impression d'être une imposture, quelqu'un qui se fait passer pour une thérapeute, mais qui n'a fait qu'emprunter le bureau meublé d'une petite table et de fauteuils tapissés de peau de mouton. Qui a volé des Kleenex et des carnets de notes pour augmenter sa crédibilité.

— Kierkegaard a dit que… (Je plaque les mains contre mes joues pour les refroidir, mais mes paumes sont trop chaudes et moites, et ça ne fait que signaler à Patrik mon insécurité.) Il a parlé d'un grand saut, un grand saut dans la foi, que les gens exécutent quand ils sont amoureux, ou croient en Dieu. Ce n'est pas tout à fait logique, mais il s'agit d'oser croire et lâcher prise. On ne peut pas l'expliquer par des arguments rationnels. À l'inverse, il y a toujours un doute quand on croit, notre côté rationnel s'en assure. Donc, pas de foi sans doute, pas d'amour sans lâcher-prise et sans ce saut. Bien que la raison nous dise que nous pouvons être blessés.

Il me lance un regard noir, s'avachit dans le fauteuil, triture ses cheveux couleur foin entre le pouce et l'index, la bouche pincée, les lèvres exsangues.

— Vous y croyez, vous, à ces conneries ?

Pour la première fois depuis le début de notre conversation, je suis prise de court. Il met le doigt là où ça fait mal – si j'y croyais, j'oserais.

Faire le grand saut, lâcher prise.

Il extirpe sa boîte à snus de la poche arrière de son pantalon sans me quitter des yeux, glisse un sachet sous sa lèvre et murmure :

— C'est bien ce que je pensais.

Je reprends lentement mes esprits.

— Tout ce que je veux dire, c'est que…

— Je sais ce que vous voulez dire, mais je ne peux pas y croire. Je crois que tout est aussi pourri, aussi banal que les apparences le laissent penser. Que le sentiment amoureux n'est là que pour que nous nous reproduisions avec… un individu adéquat. Que ce qui permet au couple de tenir, ce sont les choses matérielles, l'argent, les gamins, toutes les conneries qu'on possède en commun. Et l'amour… parfois, ça ressemble plutôt à un prétexte pour pouvoir faire ce qu'on veut. Blesser, contrôler, maltraiter… Les gens commettent les actes les plus barbares en accusant l'amour. Tous les connards qui frappent leur femme doivent dire qu'ils ont fait ça par amour, non ? Les gens tuent et disent qu'ils ont fait ça par amour… Quand on est amoureux, on est limite psychotique, hein ?

Il me regarde d'un air suppliant, comme s'il cherchait une confirmation de ma part.

— Les neurotransmetteurs sont les mêmes, qu'une personne soit amoureuse ou complètement chtarbée. Vous comprenez ? L'amour, c'est hyper dangereux. Protégez-nous de l'amour.

Je m'apprête à démentir, à défendre l'amour, mais je reste mutique. Peut-être a-t-il raison. Par la fenêtre, j'aperçois d'épais flocons qui descendent sur la place Medborgarplatsen, dansant, tournoyant, dans la lueur des lampadaires, couvrant le sol et les toits d'une couche duveteuse.

— Il neige, dis-je, mais Patrik ne répond pas.

Nous nous sommes donné rendez-vous dans l'un des cafés de Söderhallarna. Aina ne mâcherait pas ses mots si elle savait que nous nous voyons en dehors du groupe, mais je n'en ai cure. Elle est devenue de plus en plus renfrognée et inaccessible. Depuis que son histoire d'amour avec Carl-Johan a capoté, on ne peut plus lui parler – elle m'aboie dessus dès que j'ouvre la bouche.

À l'intérieur du marché couvert, c'est la cohue. Une odeur de tapis humide flotte dans l'air. Il y a une sorte d'événement, une célébration, et les gens se pressent pour acheter du porc fermier en promo ou dénicher des fromages à pâte molle de fabrication suédoise. Je m'installe à une table, non loin d'un magicien qui effectue des tours avec des cartes devant des enfants ébahis. Elle est soudain assise à côté de moi, sans que je l'aie vue arriver. Habituelle queue-de-cheval. Visage blême et émacié. Elle a l'air plus maigre. Mal en point. Remarquant mon regard, elle dit :

— Je sais. J'ai une tête de déterrée. Encore une fois.

Je conteste d'un mouvement de tête. En dépit de la fatigue, sa beauté est quasiment hypnotique. Comme si elle irradiait de l'intérieur.

— Tu as des nouvelles ? Ils ont des pistes pour retrouver Henrik ?

Elle hausse les épaules avec résignation.

— Non. Ils ne savent rien. Ou bien ils refusent de me le dire. Je ne comprends pas comment on peut s'évaporer comme ça. Il y a forcément quelqu'un qui l'aide, qui le cache. Parfois, j'ai l'impression qu'il est dans les parages, ou qu'il me traque. Mais c'est absurde, non ?

— Tu en as parlé avec la police ? Tu leur as dit que tu soupçonnais qu'il… te surveille ?

— Oui, la police est au courant – mon appartement a été équipé d'une alarme et d'une ligne directe vers le numéro d'urgence. Maintenant, ils me prennent au sérieux, au moins. Depuis que Hillevi…

Elle s'interrompt, fixe la table, semblant l'examiner en détail et laissant courir un doigt le long d'une fissure.

— Et Tilde ? Tu crois qu'il l'a enlevée ?

Kattis lève les yeux vers moi.

— Je ne sais pas. S'attaquer aux enfants, ça ne lui ressemble pas.

Nous restons un instant silencieuses ; je pense à la fillette de cinq ans, à sa photo dans le journal. De fines tresses brunes, une bouche rieuse. Une petite fille, témoin de l'assassinat de sa mère puis kidnappée. Est-elle encore en vie ?

— J'ai pris quelques jours de congé. Je n'ai pas la force de travailler. C'est difficile de donner quand on se sent… si vide. Tu trouves que j'ai eu tort ? demande Kattis, cherchant sur mon visage un signe d'approbation.

— Non, je ne le pense pas. Je veux dire… c'est une situation extrême.

— Nos bénéficiaires sont partis en excursion aujourd'hui. À Göteborg, pour visiter le centre des sciences Universeum. Ils vont passer une nuit à l'hôtel. On organise ce genre de voyage avec nos jeunes, tu sais. La plupart d'entre eux sont très spéciaux, ils n'ont pas beaucoup de relations sociales. Nous sommes à la fois comme des parents, des amis et des employeurs. Parfois, c'est tellement lourd…

Elle baisse de nouveau les yeux, remue son café latte, puis contemple le magicien qui fait à présent apparaître des pièces argentées, scintillantes, derrière l'oreille d'un jeune enfant.

Soudain, un froid glacial se diffuse dans mon estomac. Il me faut un moment pour que la pensée prenne forme dans ma conscience.

— Tu sais, le jeune qui voulait te parler quand on prenait le café à ton boulot.

Kattis hoche la tête en posant un regard indifférent sur les clients du café.

— Tobias ? Qu'est-ce qui te fait penser à lui ?

Je me rappelle la conversation de Vijay et Markus au sujet de l'audience de Tilde. D'après elle, le tueur avait « pris une pièce », il faisait de la magie. Je vois les enfants se masser autour du prestidigitateur.

— Tu m'as dit que tu lui avais tapé dans l'œil ? Qu'il était un peu amoureux de toi ?

— Amoureux… je ne sais pas. Mais oui, je crois qu'il en pince pour moi. Il recherche ma présence, m'offre de petits cadeaux, m'a proposé plusieurs fois de sortir. Il me suit comme un chien, littéralement. J'ai parfois l'impression qu'il sait tout de moi. Il note certaines de mes phrases dans un carnet.

Elle émet un gloussement avant de porter sa tasse à la bouche.

— Il consigne tes paroles ?

Je sens un malaise grandir. Ce que décrit Kattis n'a rien à voir avec un amour innocent ; c'est quelque chose de différent. J'entends dans ma tête la voix de Patrik, mise à nu, blessée, pendant la conversation que nous venons d'avoir. La conversation sur l'amour, pas l'amour romantique tout rose, mais l'amour violent qui nous pousse à commettre des atrocités, qui nous fait perdre le contrôle. L'amour douloureux, qui blesse.

— Oui, tu sais, quand on discute par exemple. C'est l'un des garçons qui n'ont personne, pas d'amis, pas de famille. Je l'ai pris sous mon aile, au début, pourrait-on dire. On est devenus… amis. Ensuite, j'ai senti que nous étions un peu trop proches, tu comprends ? Je l'ai surpris à m'épier alors que j'étais au téléphone. Une fois, il nous a suivies, des collègues et moi, en sortant du boulot.

— Écoute, c'est tout de même un comportement inquiétant.

Kattis sourit en balayant ces allégations d'un geste de ses bras menus.

— Tobias est inoffensif, je t'assure.

— Est-ce qu'il est au courant, pour Henrik ?

Sans bouger, elle me contemple d'un regard vide, comme si elle ne comprenait pas la question.

— Henrik ?

— Oui, que Henrik et toi étiez ensemble ? Et qu'il te frappait.

Elle confirme d'un hochement de tête tandis que ses joues de porcelaine prennent une teinte rosée.

— Oui, il sait. Ne me demande pas comment. Je ne lui en ai pas parlé. C'est peut-être quelqu'un du boulot ? Il m'a dit qu'il allait me sauver, me défendre contre lui. C'est mignon, non ? Mon héros est un type de vingt ans qui n'a pas inventé le fil à couper le beurre…

Sur la scène, le petit spectacle s'est achevé. Le magicien a ôté son chapeau et le public s'est dispersé. Mon corps me semble raide et froid. Je devine un début de migraine. La nausée habituelle se rappelle à moi. Tous ces gens, tout ce bruit, toutes ces odeurs. Les effluves de cuisine se mêlent à ceux du pain frais, ainsi qu'à un relent de viande crue et de sang. Je déglutis à plusieurs reprises pour ne pas vomir sur la table.

— Kattis, je sais que cela va te paraître bizarre, mais pourrait-il faire… quelque chose de violent ? Est-ce qu'il est dangereux ?

— Dangereux ? Tu veux dire, pour moi ? demande Kattis d'un air amusé. Non, je crois que je sais comment le gérer. Je te l'ai dit, il est doux comme un agneau.

— Je pense plutôt à d'autres personnes. Pourrait-il être dangereux pour Henrik ? Et Susanne ?

— Susanne ? Pourquoi Susanne ? C'est… totalement absurde. Oui, il pourrait s'attaquer à Henrik, mais Susanne… ça n'a aucun sens.

— Se peut-il qu'il t'ait entendue la dénigrer ? Dire

quelque chose qu'il aurait pu mal interpréter, ou prendre au pied de la lettre ?

Elle garde le silence, les paupières closes, secoue lentement la tête de droite à gauche.

— Ce n'est pas possible ! Tu ne peux pas imaginer une chose pareille.

— As-tu dit quelque chose au sujet de Susanne ? Quelque chose qu'une personne naïve qui te porte aux nues aurait pu comprendre de travers.

Kattis me fixe de ses pupilles noires et luisantes, l'air soudain terrifiée.

— C'est impossible. Je ne peux pas y croire.

— Qu'est-ce que tu as dit ?

— Je ne peux pas y croire.

Elle agite violemment la tête dans une posture de déni entêté. Sa queue-de-cheval fouette son visage livide d'un côté puis de l'autre.

— Kattis, je t'en prie, réfléchis. Qu'est-ce que tu as dit ?

Avec un profond soupir, elle baisse de nouveau les yeux sur la table, en se trémoussant sur place.

— Que c'était une connasse, murmure-t-elle. Qu'elle m'avait pris Henrik. Qu'elle frappait sa fille, Tilde. Que j'aimerais qu'elle soit morte. Mais je ne m'adressais pas à lui, je me suis confiée à une collègue, et à des copines, au téléphone. C'était tout au début, ça venait de se terminer entre nous. J'étais toujours amoureuse… Mais je ne le pensais pas vraiment… j'étais désespérée. C'est le genre de bêtises qu'on balance quand on va mal. Jamais je… jamais !

— Et Tilde ? Tu crois qu'il a pu l'enlever ?

Elle pose sur moi un regard pénitent.

— Tu sais… C'est étrange parce que…, fait-elle d'un ton dubitatif, anxieux. Il y a quelques jours, il m'a demandé ce que les enfants mangeaient au petit déjeuner. Et avec quoi ils jouaient.

Le visage de la fillette apparaît de nouveau devant moi, la photo prise au jardin d'enfants, agrandie jusqu'à devenir grotesque, en une de tous les journaux. La petite fille joyeuse aux tresses. Ça peut vraiment être ça ?

— Dis-m'en plus sur Tobias. S'est-il montré violent par le passé ?

Elle plonge le visage dans ses mains, comme si elle se concentrait, ou pleurait, peut-être. Au bout d'un moment, elle se frotte les joues et me regarde, les yeux perlés de larmes.

— Oui… Il a eu des accès de violence. Mais pas depuis qu'il vient au Centre. Je pensais qu'il était sur la bonne voie. (Elle marque une courte pause, s'accroche à la table comme pour s'empêcher de tomber.) Mon Dieu ! Et s'il la retenait prisonnière chez lui ? On devrait appeler la police ! Ou y aller ! Chez Tobias. Il n'est pas chez lui, il est à Göteborg avec mes collègues. Si… si jamais tu as raison, eh bien… on peut aller la chercher. J'espère de tout mon cœur que tu te trompes. D'après moi, Tobias ne ferait pas de mal à une mouche. C'est un olibrius, c'est vrai. Mais pas quelqu'un de dangereux. Pourtant, si tu dis vrai… on doit la sortir de là !

— Combien de temps reste-t-il à Göteborg ?

— Jusqu'à demain matin.

Devant la fenêtre, la neige tombe de plus en plus dru. Des enfants se roulent dans la poudreuse, s'allongent sur le dos pour représenter des anges, balancent des boules de neige sur la façade de la bibliothèque. Voir les enfants me procure presque une douleur physique.

— On fait comme tu dis. On y va. On appellera la police en route.

Lorsque nous traversons la place Medborgarplatsen en direction de la petite voiture de Kattis, je suis frappée par le silence étrange qui y règne. Soudain, on n'entend plus ni la circulation ni les gens : ce sont juste des silhouettes qui se découpent dans l'obscurité. La neige s'insinue dans le col de mon manteau et dans mes chaussures trop basses, éculées et inadaptées à la météo. Je serre mon écharpe autour de mon cou, marque une pause. Depuis que je suis tombée enceinte, j'ai le souffle court. Et envie de faire pipi tout le temps. Et la nausée. Il paraît que j'attends un heureux événement ? J'ai juste l'impression de parcourir un chemin de croix vers la famille traditionnelle que j'ai passé les dernières années à éviter.

Le trafic est dense dans la rue Götgatan. Les roues des véhicules ont déjà transformé le manteau blanc et cotonneux en gadoue marronnasse.

Kattis joue de l'accélérateur et du frein, change de file et klaxonne à tout-va lorsqu'une voiture s'arrête devant elle.

— Je prie pour que tu aies tort, mais, si ton intuition est bonne, tout est ma faute. Tout, fait-elle d'une voix étouffée en s'agrippant au volant.

Nous franchissons le pont de Skanstull. Au niveau de la place Gullmarsplan, Kattis semble hésiter un instant avant de s'engager sur l'E4.

— Toi qui le connais vraiment, qu'est-ce que tu en penses ? Il a pu enlever Tilde ?

Kattis s'agite sur son siège, remonte la fermeture à glissière de sa doudoune au col fourré, comme si elle avait froid malgré la chaleur dans l'habitacle. Je vois bien que la conversation la plonge dans un profond malaise.

— Aucune idée.

— Essaie.

— Peut-être… C'est possible. Il est suffisamment naïf, déséquilibré. Et il a pu se montrer violent par le passé. Il s'est battu. Mais je ne crois quand même pas que…

Je fouille dans mon sac à main posé sur mes genoux, parmi les papiers, les pièces de monnaie et les chewing-gums, pour dénicher mon portable.

— Je contacte Markus.

Elle remue lentement la tête, sans avoir l'air d'entendre ce que je lui dis.

Le téléphone de Markus est éteint. Je tombe sur la boîte vocale. Je laisse un message, lui demandant de me rappeler en urgence.

— Qu'est-ce qu'on fait maintenant ? dis-je d'une voix étranglée.

— On y va. Si Tilde est là-bas, on n'a pas de temps à perdre !

— Où habite-t-il ?

— Dans la cambrousse, pas loin de Gnesta ; c'est

au moins soixante ou soixante-dix kilomètres vers le sud. Je mets le GPS.

Nous roulons en silence, traversant les petites villes bétonnées de la banlieue de Stockholm, Älvsjö, Fruängen, Sätra, Skärholmen. Partout, des gens comme nous, piétinant la neige, transportant des sacs de provisions, des âmes solitaires dans les ténèbres hivernales scandinaves. Chacun avec ses rêves et ses problèmes, ses espoirs et ses déceptions. Soudain, au milieu de cette réflexion, une évidence s'impose à moi – je sais qui est le véritable coupable.

— C'est l'amour qui fait tout foirer…

— Qu'est-ce que tu racontes ?

Déconcertée, Kattis m'observe comme s'il fallait m'interner de force en hôpital psychiatrique. Je force un petit rire pour adoucir ma remarque.

— Il s'agit toujours de l'amour… ou ce qu'on croit être de l'amour, dis-je, sans m'expliquer davantage.

Je pense à Patrik, effondré, réduit à néant, humilié. Sven, que sa femme a quitté après trente ans de vie commune. Son regard vide, son haleine puant l'alcool, ses mains tremblantes. Et Aina, l'expression de douleur qui transparaissait malgré ses efforts pour se contrôler quand elle a raconté que Carl-Johan était marié, qu'il avait une femme, des enfants et une maison à Mälarhöjden.

Si l'on pouvait vivre sans amour, si l'on pouvait se suffire à soi-même, serait-on libres ? La souffrance s'apaiserait-elle ? Disparaîtrait-elle ? Hillevi serait-elle restée avec un homme qui a levé la main sur elle et sur ses enfants ? Sirkka aurait-elle passé toute sa vie adulte à s'occuper d'un éternel insatisfait qui la tabasse ? La mère de Sofie aurait-elle accepté que son nouvel époux maltraite sa propre fille ?

Je pense à ce que Vijay m'a dit il y a quelques semaines, qu'il ne s'agit pas d'amour, mais de pouvoir. Il a tort – du moins son explication est-elle insuffisante. Car c'est l'amour qui donne aux individus du pouvoir les uns sur les autres, qui rend l'inacceptable acceptable, l'insupportable supportable.

Le visage de Tobias se dessine sous mes paupières fermées. Ses cheveux bruns, presque noirs, ses yeux enfoncés. La pièce de monnaie qui danse entre ses doigts. J'imagine que son amour pour Kattis ressemble davantage à une obsession ; il engloutit tout sur son passage, il est intense, doux-amer. Elle est inaccessible, impossible à atteindre vraiment pour lui. Elle est sa tutrice ; la relation qu'elle entretient avec lui est la même que celle que j'ai avec mes patients. Peut-être a-t-il fait ça pour se rapprocher d'elle, pour se montrer à la hauteur.

Et Stefan, toujours Stefan.

Il est mort, mais mon amour ne l'est pas. Cet amour à la con qui me poursuit depuis l'au-delà, qui se rappelle à moi comme une déchirure dans mon âme, comme une faille entre la réalité et le rêve, permettant au passé de s'écouler dans ma vie, ma réalité – comme des eaux usées.

Mon estomac se soulève une nouvelle fois, la sueur perle à mes tempes, mon manteau semble m'étrangler. J'arrache les boutons et me tourne vers Kattis.

— Tu peux t'arrêter, s'il te plaît ? Je vais…

— Ici, sur l'autoroute ?

— Je t'en prie, vite !

Elle semble voir combien je vais mal, car elle se rabat sur le bord de la route et met ses warnings.

— Dépêche-toi, on ne peut pas rester ici.

Je pousse violemment la portière et sors dans le noir. La neige m'éblouit, le froid est glacial. Après quelques pas dans l'épais tapis blanc, je m'accroupis pour régurgiter un magma répugnant, les mains enfouies dans la neige. Je reste un instant immobile, jusqu'à ce que mes doigts soient transis de froid. J'empoigne de la neige fraîche pour me frotter les lèvres et le front avant de retourner vers la voiture rouge.

Lorsque je m'assieds à côté de Kattis, elle a allumé la radio. De la musique soul envahit le petit espace. Baissant le volume, elle me regarde avec inquiétude.

— Ça va ?

Non, ça ne va pas du tout, mon corps se rebelle, je suis incapable d'aider ni mes patients ni mes amis, sans compter que j'aurais dû penser à Tobias plus tôt – c'est ça qui me fait le plus mal. Ainsi, Tilde serait encore chez son père…

— Je suis enceinte.

Ma voix n'est qu'un murmure, je l'entends à peine, mais Kattis, oui. Je découvre dans ses yeux un étonnement sincère. Elle ébauche un sourire qui paraît raide et artificiel, comme si elle éprouvait une soudaine douleur.

— Félicitation. C'est… génial ? Le papa, c'est le policier ?

Je confirme d'un signe de tête, songeant à Markus, à ses mains chaudes, à sa joue qui porte la trace de l'oreiller, à ses yeux encore ensommeillés. Il tient mon ventre, la nuit, comme pour protéger le bébé contre le mal. Comme s'il en était capable.

— Ce n'était pas prévu au programme, dis-je, regrettant immédiatement ma remarque, avec l'impression cuisante que je suis en train de trahir Markus en racontant que je n'avais nullement l'intention d'avoir un enfant avec lui.

Kattis s'arc-boute sur la pédale de frein et nous dérapons dans la gadoue neigeuse.

— Merde !

Une longue file de véhicules s'est formée devant nous. Un peu plus loin, on devine des gyrophares. Kattis actionne les essuie-glaces à la vitesse maximale, ce qui ne permet pas de voir à plus de dix mètres devant nous. Elle remonte le son, comme si elle ne voulait pas parler, roule au pas en direction des gyrophares.

J'examine son profil à la lueur du faisceau bleuté qui balaie sa pommette bien découpée et son sourcil arqué. Je me demande si je la connais vraiment, si je sais ce qui se trame dans sa tête. Ce qu'elle pense réellement de moi et d'Aina, de ce qui est arrivé à Susanne et à Hillevi. De Henrik et Tilde.

Nous arrivons à hauteur de l'accident – un camion visiblement indemne est arrêté sur la file du milieu, mais, lorsque nous passons, je découvre devant lui une petite voiture complètement aplatie, un tas de tôles, comme une boule de papier aluminium. Mon estomac se noue.

— *Continuez tout droit*, indique la voix monocorde du GPS.

— Punaise ! fait Kattis. J'espère qu'ils s'en sont tirés.

Je hoche simplement la tête, incapable de répondre, comme hypnotisée par les pompiers et les policiers qui s'affairent autour des véhicules accidentés. On frappe à notre fenêtre. L'agent nous fait signe de passer, manifestement agacé. « Bordel, pourquoi faut-il toujours que les gens s'arrêtent pour regarder ? » s'écrie-t-il, et Kattis presse l'accélérateur si fort que la voiture fait une embardée dans la neige.

J'ai soudain envie d'en savoir plus sur Kattis. Si elle m'a parlé plusieurs fois de son histoire avec Henrik, de leur rencontre, de leur amour qui a commencé par une intense passion pour glisser vers une relation destructrice, je me rends compte que je ne sais pas grand-chose sur elle et sa vie.

— Tu fréquentais quel genre d'hommes avant Henrik ?

— Avant Henrik ?

Elle écarquille les yeux, bouche bée, comme si elle s'apprêtait à dire quelque chose, mais qu'elle ne trouvait pas les mots.

— Euh, tu avais bien… ?

Son visage s'illumine et je suis une nouvelle fois frappée par sa beauté lorsqu'elle sourit.

— Oui, un bon paquet.

Je ne peux que répondre à son sourire. Elle me rappelle tout à coup Aina. Puis ses traits se tordent de nouveau de douleur.

— J'ai toujours eu du mal à m'empêcher de draguer. J'adopte très souvent une posture de séduction. Tu pourrais peut-être expliquer quelles sont les causes d'un tel comportement. Et pourquoi je suis incapable de me retenir. Si les choses sont telles que tu les décris, avec Tobias, c'est peut-être parce que je l'ai… aguiché. J'aurais dû fixer des limites plus claires. J'aurais dû m'éloigner.

Elle fixe la route, le visage fermé. La chute de neige s'est changée en tempête. Nous progressons sur l'E4 au rythme d'un escargot. Devant nous, la file de voitures serpente vers le sud, tel un long ver luisant.

Je regarde dehors ; la musique soul et les grincements des essuie-glaces envahissent l'habitacle. J'ai la sensation que nous sommes seules au monde, Kattis et moi. Que la seule chose réelle est la petite Golf rouge qui patine dans la neige fraîche. Markus semble si loin. Aina et le cabinet aussi. Même l'enfant que je porte me semble un rêve hors d'atteinte. La neige qui s'est insinuée dans mes chaussures a depuis longtemps fondu pour se changer en pellicule collante le long de mon cou et de mes chevilles.

— On n'est pas arrivées, hein, marmonne-t-elle sans me regarder.

Au moment où nous empruntons la sortie vers Gnesta et Mölnbo, je remarque derrière nous une voiture dont l'un des phares avant est éteint. Elle me paraît familière – je me demande un instant si je ne l'ai pas vue tout à l'heure, au niveau de l'accident à Vårberg.

Et si tout cela était une mauvaise idée, et si tout ce

scénario n'était que le produit de mon imagination trop fertile. J'ai une soudaine envie de hurler à Kattis d'arrêter la voiture, de retourner à Stockholm, mais je revois Tilde devant moi et repense aux étranges questions de Tobias à propos des céréales et des jouets.

— *Dans cent mètres, tournez à droite.*

Les contours des maisons que nous dépassons ont disparu ; on ne devine que les silhouettes des majestueux épicéas qui se pressent de chaque côté de la route. Il fait nuit noire, les flocons tourbillonnent, reflétant la lumière des phares. La musique emplit l'habitacle, interrompue parfois par les instructions du GPS. À gauche, je devine des constructions. Des lampadaires apparaissent soudain, telles des bougies résistant à la tempête, indiquant que nous entrons dans une zone plus densément peuplée.

— Gnesta, marmonne Kattis.

Nous roulons au pas à travers le centre-ville désert, si tant est qu'on puisse parler de centre-ville avec ses quelques commerces plantés à un carrefour : vidéo-club, kebab et pizzeria. Un panneau se balance dans le vent devant le bar local, annonçant le prix des bières. On se croirait dans une ville fantôme.

Kattis s'engage sur une plus petite route qui s'enfonce dans la forêt, loin des bâtiments. Me retournant, je distingue les feux avant d'une voiture derrière nous, j'ai l'impression qu'un des phares est moins fort que l'autre, mais les conditions météo sont si mauvaises que je ne peux déterminer s'il s'agit de la même voiture que précédemment.

Kattis plisse les yeux, s'efforce de discerner la

chaussée dans ce paysage opaque de neige tourbillonnante. La chaussée devient irrégulière, obligeant Kattis à ralentir. La voiture cahote, quelque chose heurte le bas de caisse, une pierre peut-être.

— On y est presque, chuchote-t-elle.

— *Dans deux cents mètres, tournez à gauche.*

Elle joue de l'accélérateur pour gravir un raidillon et, arrivé au sommet, le véhicule, lancé, continue à vive allure dans la descente. Entre les arbres sombres, je devine une pente abrupte suivie d'un virage serré. Kattis enfonce la pédale de frein, mais perd le contrôle du véhicule qui chasse et fonce droit vers le mur de vigoureux épicéas.

— Non !

Nous nous encastrons à pleine vitesse dans un immense tronc. Le choc est assourdissant. Bruit de verre brisé et de métal déformé. Puis le silence, entrecoupé par le va-et-vient de l'essuie-glace, secoué de mouvements spasmodiques, telle la patte d'un insecte mourant, au-dessus du pare-brise éclaté.

Les flocons se faufilent par les ouvertures. Je repousse les morceaux de vitre tombés sur mes genoux et me tourne vers Kattis dont la tête est appuyée contre le volant.

— Ça va ?

Je pose une main sur son épaule.

Elle ne répond pas, se contentant d'un petit gémissement.

Je la secoue plus violemment

— Dis quelque chose !

— Ma jambe, siffle-t-elle.

— *Continuez tout droit*, nous somme la voix métallique, indifférente à ce qui vient de se jouer.

Je coupe le moteur et observe la jambe de Kattis qui disparaît sous le volant – quelque chose ne va pas : on dirait que son siège s'est avancé, supprimant l'espace dévolu à ses jambes, ou que l'avant de la voiture a été enfoncé, en écrasant une.

— Attends, je vais t'aider.

Après avoir boutonné mon manteau et enroulé mon écharpe autour de mon cou, j'ouvre la portière. Mes pieds disparaissent dans la neige profonde.

Suivant la carrosserie de mes doigts nus, je me dirige difficilement vers le capot. La voiture est à moitié encastrée dans un fossé. J'y descends délicatement. J'entends un craquement, comme du verre qui se brise – je viens de traverser une fine couche de glace. L'instant suivant, mes chaussures se remplissent d'eau glaciale. Je me retourne, éblouie par le phare encore allumé.

Le tronc est intact, mais toute l'aile gauche et une partie du pare-chocs avant sont écrasées – le métal s'est refermé autour de l'arbre comme un étau. Je me hisse hors du trou, constatant les dégâts. Pas moyen de continuer en voiture. La seule chose que je puisse faire, c'est aider Kattis à s'en extirper pour que nous puissions terminer notre route à pied.

Contournant la voiture par l'arrière, je remarque que la portière de Kattis est elle aussi enfoncée. Elle ne bouge pas d'un pouce lorsque je tire sur la poignée, mais Kattis pousse un hurlement. Les infimes vibrations causées par mon mouvement semblent provoquer une intense douleur. Ce qui est inquiétant. Et si elle était grièvement blessée ?

La main enroulée dans mon écharpe, je déloge les derniers morceaux de verre pour pouvoir passer la tête par la fenêtre. Je fais doucement basculer le haut de son corps en arrière, contre le dossier, afin de jeter un coup d'œil à sa jambe. Elle gémit faiblement.

Je ne vois pas grand-chose dans la lumière blafarde, mais une fois que mes yeux se sont habitués à la pénombre je découvre que sa jambe gauche est écrasée. Le sang suinte juste au-dessus de son genou ; des taches sombres grandissent sur son jean.

— Tu peux bouger la jambe ?

— Non, s'écrie-t-elle. Et ne la touche pas, OK ?

Elle est pleinement consciente, mais paniquée. Je pose une main sur son épaule.

— Je comprends. J'appelle les secours.

Elle ferme les paupières avec un signe de tête reconnaissant. Ses lèvres sont aussi blanches que les flocons qui virevoltent dans la voiture.

Je compose le numéro d'urgence. Étonnamment, je dois patienter au bout du fil. La situation semble absurde. J'observe les arbres – comment peut-on habiter ici ? Au milieu de la forêt.

Lorsqu'une voix finit par répondre, j'éclate en sanglots, je balbutie et me reprends, mais je parviens finalement à expliquer que notre voiture a percuté un tronc et que mon amie est blessée. Mon interlocutrice pose des questions sur sa respiration et le saignement. Demande si la victime est consciente et si elle semble en état de choc. Je lui donne les coordonnées GPS.

À cause de la tempête, nous informe la femme, les accidents de la route ont été nombreux ces dernières heures. Une ambulance va venir, mais il faudra patienter. Je dois maintenir Kattis au chaud et observer son comportement. Une fois que j'ai raccroché, je me tourne vers mon amie.

— Ils veulent que je reste avec toi.

Elle humecte ses lèvres exsangues du bout de la langue.

— Écoute, je n'ai pas fait une crise cardiaque, j'ai juste la jambe coincée. C'est bon, je me sens bien.

Me dépouillant de mon manteau, je me penche par la fenêtre brisée pour l'en recouvrir.

— Allez ! Va la chercher. Je ne bouge pas d'ici. D'après le GPS, c'est un peu plus bas.

Je suis plus que sceptique, mais elle affiche une mine confiante.

— C'est bon, j'ai mon portable. Je t'appelle s'il y a un problème. Ne t'inquiète pas.

Je m'engouffre dans la dense forêt d'épicéas, tapissée d'une épaisse couche de neige dans laquelle je progresse péniblement. Le vent de plus en plus impétueux siffle entre les arbres. Les crissements de mes semelles trop fines accompagnent mon souffle haletant. Je n'ai même pas froid aux pieds – je ne les sens plus.

La maison est nichée dans un cocon végétal. Je ne sais pas ce qui pousse sous le manteau blanc, mais j'ai l'impression que le jardin n'a pas été entretenu depuis des années.

En approchant, je me rends compte qu'il n'y a pas

seulement des plantes, comme je le pensais de prime abord. À ma droite, quelques carcasses de voitures couvertes de neige, semblables à des cadavres qu'on aurait abandonnés là, flanquées de piles de pneus. À ma gauche, ce qui ressemble à un Caddie retourné – seules de petites roues dépassent de la blancheur duvetée. Juste devant la maison s'élève une butte qui s'avère être une bâche enveloppant un fatras d'objets, peut-être, ou du bois de chauffage. Sur le perron s'entassent des lave-linge décatis, de vieux micro-ondes et des pneus de vélo. Une échelle délabrée est appuyée contre la façade.

Le bâtiment en brique jaune semble dater des années cinquante. Une lumière chaude filtre par les fenêtres du rez-de-chaussée, traçant des rais blancs sur la neige à mes pieds.

Le silence est de plomb.

Les épais flocons ensevelissent lentement l'amoncellement d'appareils électroménagers qui ont rendu l'âme et de tas de ferraille hors d'état de rouler. Les doigts tremblants, je balaie la neige d'un objet qui ressemble à une vieille presse à linge et je m'y assieds pour reprendre mon souffle. Il fait un froid épouvantable. Si seulement j'avais quelqu'un pour m'accompagner, Aina, Markus, Vijay ou Hillevi.

Pour une raison nébuleuse, l'image de Hillevi se fait insistante. Son calme et sa confiance auraient été nécessaires dans la forêt.

Soudain, un claquement derrière moi vient briser le silence, comme si un seau en fer vide venait s'écraser contre le sol, un son métallique, creux. Je fais volte-face, tentant de distinguer quelque chose, mais tout n'est qu'obscurité et tourbillons de neige. Et si je n'étais pas seule ? Tobias ? Il n'y a aucune trace de pas dans la neige autour de la maison. Et Tobias est à Göteborg. Bien loin d'ici.

Après un instant d'hésitation, je me dirige vers la bâtisse, longe la façade, jette un coup d'œil par les fenêtres éclairées. C'est si facile – mais moi ? Me voit-on depuis l'intérieur ?

Je découvre une cuisine au plan de travail jonché de casseroles, marmites, saladiers. De la vaisselle encrassée s'entasse partout. De vieux cartons à pizza sont éparpillés sur le lino à carreaux jaunes et blancs. Il n'y a pas âme qui vive, semble-t-il. Je gravis les marches du perron et abaisse la poignée – la porte n'oppose aucune résistance.

L'entrée, plongée dans le noir, est encombrée de caisses de journaux. Une odeur de cigarette, de graillon, de café et de vêtements sales m'agresse les narines – les effluves nauséabonds de maison jamais aérée qui flottent souvent chez les personnes âgées. Avec un écœurement grandissant, je suis transportée à l'un des dîners interminables chez la vieille tante célibataire de mon père. Rôti de bœuf sauce brune et salade de concombres marinés. Biscuits secs aux amandes. Et cette odeur rance de salissure incrustée et de corps féminin en manque de douche qui imprégnait tout.

Sur le sol derrière la porte, j'aperçois une râpe et deux bottes en caoutchouc pour femme. À peine me suis-je penchée pour les examiner qu'une silhouette se jette sur moi. Un chien. Il m'a fallu quelques instants pour percuter. Un vieux golden retriever obèse qui me fait la fête et me lèche les mains, visiblement enchanté de me voir.

Les jambes flageolantes, je longe le couloir d'entrée. La porte de droite s'ouvre sur une petite salle à manger dont le moindre millimètre carré est tapissé d'emballages en papier et de journaux, bien que soigneusement empilés, comme si l'occupant de cette maison avait tenté de créer un système dans le chaos.

Soudain, un sifflement strident. Comme un enfant qui souffle de toutes ses forces dans une flûte à bec. Mon cœur se met à battre plus fort et mes jambes engourdies manquent de se dérober.

De petits personnages jaillissent d'un coucou à l'ancienne qui surplombe la table. M'indiquant qu'il est dix-huit heures. Je respire difficilement, la nausée se diffuse dans tout mon corps. Je rebrousse chemin et sors de la pièce.

De l'autre côté, le couloir débouche sur un salon dont l'accès est presque colmaté par l'accumulation d'objets. De vieux skis, des cannes à pêche, un masque de soudure. Des caisses de bouteilles de soda vides, de ceux que je buvais quand j'étais gamine : Trocadero, limonade, Pommac. J'entre dans la pièce, trébuche sur un tas d'objets plastifiés posés à même le sol, me rattrape à une draperie pour ne pas tomber, soulevant un nuage de poussière. L'air devient suffocant, ma trachée se resserre.

La pièce est surchargée de lourds meubles anciens, parfois empilés les uns sur les autres. Des chaises sur des tables. Aux murs sont suspendues des reproductions de paysages, d'enfants en larmes et de voiliers. Les rideaux en velours moutarde couvrent toutes les fenêtres, m'empêchant de voir l'extérieur.

J'entends le chien qui me suit, ses pattes qui frappent le parquet abîmé. Aucune trace d'enfant. Je me sens idiote et, pour la première fois, je me demande ce que je fous là. Ça n'a aucun sens. Tilde n'est pas ici.

Le coup me prend par surprise ; une douleur aiguë se propage et des points brillants dansent devant mes yeux. Des bras puissants me saisissent en étau par-derrière et une main se plaque sur ma bouche. Une odeur âcre de sueur et d'after-shave me brûle la gorge. M'efforçant de tourner la tête, je distingue des cheveux bruns et une peau acnéique.

Tobias.

— Tu as fini par venir, grosse pute ! siffle-t-il à mon oreille.

— Tilde, je murmure.

— La gamine ? C'est elle que tu cherches ?

Je tente de hocher la tête.

— Heureusement qu'elle est encore là, alors. Bien sûr, je vais te filer la gosse. Bien sûr.

Il me traîne vers le couloir de l'entrée, dépassant les meubles empilés et le fouillis de papiers. J'essaie de poser les pieds par terre, mais il me décoche une gifle. Je n'ose plus bouger. Il me pousse brutalement et je tombe au sol, la tête la première. Je sens un coup de pied dans la hanche, mais dépourvu de force, indifférent presque. Je pense à Susanne, à son visage arraché, méconnaissable.

Derrière moi, un grincement de porte qui tourne sur

des gonds rouillés. Tobias me relève sèchement et me bouscule vers l'embrasure qui donne sur un escalier.

— Elle est là-haut, dans le placard.

Je pense qu'il dit vrai, sans en être tout à fait convaincue.

— Vas-y, bordel ! Qu'est-ce que t'attends ? fait-il en me poussant de nouveau vers les marches.

Je titube dans l'escalier où je ne vois goutte, j'entends la porte claquer derrière moi, suivie d'un crissement métallique.

Je suis sous les combles. Il fait noir comme dans un cachot.

Je palpe le mur. Mes doigts rencontrent un câble qui serpente dans la pièce. Je m'aventure sur le parquet qui craque sous mon poids. Dehors, le vent hurle. Autour de mes pieds, des paquets mous que je suis obligée d'enjamber. Des vêtements, peut-être ? Ou des journaux.

Je touche enfin quelque chose de différent. Le fil s'est arrêté, remplacé par un objet arrondi. Une ampoule. C'est donc qu'il y a un interrupteur. Je rebrousse chemin, sans lâcher le fil, prenant bien garde à ne pas trébucher sur le fatras au sol. Une puanteur de moisissure et de poussière sature l'air.

Et puis, un bouton-poussoir.

Il émet un cliquetis lorsque je l'actionne. Le grenier est soudain baigné de lumière.

C'est là que je la vois.

Mollement adossée au mur, telle une poupée de chiffon, entre deux valises vétustes. Une femme d'une soixantaine d'années, le visage tuméfié, couvert d'ecchymoses. Les poings serrés comme des griffes et figés dans une étrange position. Son manteau est taché et poussiéreux, comme si on l'avait traînée par terre. Elle ne porte pas de chaussures, seulement une chaussette en laine à un pied ; l'autre est nu.

Je pousse un hurlement, recule d'un pas, trébuche et bascule en arrière dans une montagne de fripes et de journaux. Les particules en suspension me font tousser.

Je ne peux m'empêcher de fixer la femme. Ce corps sans vie – car je prends conscience qu'elle n'est plus de ce monde – a quelque chose d'hypnotisant.

Je m'oblige à détourner le regard pour observer la pièce.

Elle est plus petite que je ne l'imaginais. Je dois me trouver juste sous le faîte du toit. Le sol est jonché de manteaux décatis, de jeans déchirés et de périodiques. Je m'accroupis devant un tas de *Dagens Nyheter* de 1989, jouxtant d'autres quotidiens de la même année, des piles jaunies qui témoignent des événements marquants de cette année-là. Le premier date du 14 mars. À la une : « Kerstin Ekman et Lars Gyllensten quittent l'Académie suédoise en signe de protestation. » Je le mets de côté. Les pages durcies se sont agglomérées, comme si elles avaient passé du temps sous l'eau. Sur le journal du 25 mars 1989 : « Ici s'arrêtent les traces de Helene Nilsson, 10 ans » et « Marée noire en Alaska ».

Je me lève péniblement et jette un regard circulaire. À une extrémité de la pièce tout en longueur se trouve une petite fenêtre aux carreaux occultés par la crasse, et à l'autre, une porte.

L'armoire.

Je m'y dirige avec prudence, contourne largement la femme morte, minimisant le risque d'entrer en contact avec ce corps froid, de me retrouver dans une accolade involontaire avec ces mains griffues.

— Tilde, tu es là ?

Je tambourine si fort sur le bois brut que je sens de petites échardes pénétrer sous ma peau.

Pas un bruit. Nulle voix fluette qui me réponde.

Il y a une serrure, mais pas de poignée. Je palpe le bord du battant jusqu'à tomber sur une fente assez large pour y glisser les doigts. Je tire de toutes mes forces, m'arc-boutant, le pied contre le mur, et soudain la porte s'ouvre en grand avec un craquement.

La fillette est là.

Elle est plus maigre que sur les photos dans les journaux du soir ; l'un de ses poignets est attaché à une corde fixée au mur au-dessus de sa tête. Dans son visage sale, ses grands yeux sombres me dévisagent sans comprendre. Une vague odeur d'urine flotte dans l'espace exigu. Une couverture est jetée par terre à côté de quelques emballages de gâteaux.

Je détache sa main, me penche en avant et soulève la fillette dans mes bras.

Elle est si légère.

Une vie, si légère.

Je médite sur cette phrase tandis que je traverse la pièce vers l'escalier. Elle ne résiste pas, ne dit rien, se contente d'appuyer la tête contre mon épaule, comme si elle dormait.

Je lui cache délicatement les yeux pour lui épargner la vue du cadavre de la femme. Elle a assisté à suffisamment d'horreurs.

Entre les lattes du parquet, j'entends Tobias arpenter le rez-de-chaussée à pas lourds, claquant les portes, jurant comme un charretier. J'ignore pourquoi il a accepté de me mener jusqu'à Tilde sans opposer aucune résistance, mais je crains le pire. Il manigance quelque chose, quelque chose de terrible. Je me laisse tomber sur un tas de vêtements, Tilde toujours dans mes bras. Je distingue sa respiration régulière. Je ferme les yeux, autorisant la douleur et le vertige à prendre le dessus.

Soudain, je remarque une sorte de crépitement, comme si les murs étaient pleins de souris grignotant l'isolation. Au même moment, une odeur entêtante me brûle les narines. De l'essence. Lorsque le bruit s'amplifie, je percute.

Il y a le feu. Tobias a foutu le feu à la maison.

Les interstices du plancher vomissent déjà des volutes grisâtres. Il n'y a pas de temps à perdre. Les meubles et les caisses contenant les débris de plusieurs décennies ont dû attiser les flammes.

L'escalier est toujours plongé dans le noir, mais la lumière de la mansarde me suffit à voir où je pose les pieds lorsque je dévale les marches. En bas, j'agrippe la poignée. Elle est brûlante et j'ôte ma main par réflexe. Je renouvelle la tentative, les doigts enveloppés dans mon écharpe. La fumée suinte sous la porte.

Je crache mes poumons. Impossible d'ouvrir. Nouvel essai. Rien. C'était donc ça, le cliquetis métallique après que la porte a claqué, quand je montais l'escalier.

Il nous a enfermées.

Serrant toujours Tilde dans les bras, je regagne les combles. Les flammes rugissent sous nos pieds, je les entends à travers le sol. Il y a des fracas de verre qui éclate, des glapissements de chien aigus et répétés, comme si l'animal voulait attirer notre attention.

Je me poste devant l'unique fenêtre qui se découpe sur l'encadrement en bois.

Déposant la fillette avec une extrême douceur, j'essuie la vitre à l'aide de mon pull et jette un coup d'œil à l'extérieur. La neige continue de tomber dru, oblitérant la vue. Je soulève le loquet et pèse de tout mon poids sur la lucarne qui finit par s'ouvrir en grand, laissant s'engouffrer un air glacial. Je me penche dehors.

Nous sommes à cinq mètres environ du sol. J'ai d'abord du mal à distinguer ce qui se trouve en contrebas, tant la neige est épaisse, puis j'entrevois des ombres : on dirait des morceaux de métal plantés dans le manteau blanc. Il me faut quelques instants pour comprendre qu'il s'agit de cadres de vieux vélos démembrés entassés sous la fenêtre.

Sauter se révèle impossible.

Une silhouette dégingandée s'éloigne à pas comptés, un chien sur les talons.

— Tobias ! Tu ne peux pas nous laisser là ! Je t'en prie !

L'homme observe un temps d'arrêt, fait volte-face

et me fixe du regard. Puis il se retourne et continue son chemin, le plus tranquillement du monde.

— Reviens, ordure ! Tu m'entends ?

Sans l'ombre d'une réaction, il disparaît dans la tempête.

Je me laisse tomber par terre à côté de Tilde. Malgré la fenêtre ouverte, la soupente s'emplit rapidement de fumée. Le corps menu de Tilde est secoué par une toux violente. Je saisis sa main. Je l'entends qui marmonne quelque chose.

— Qu'est-ce que tu as dit ?

— Maman, répond-elle, je veux ma maman.

Je serre ses petits doigts sans répondre et nous restons un instant immobiles. C'est là que je sens le coup de pied. Si faible. Comme si un oisillon avait fait une roulade dans mon ventre, prenant appui contre la paroi de mon utérus. Posant la main sur mon ventre, je le sens une nouvelle fois. Plus clairement. Encore un petit coup de pied. Une autre vie, si légère.

Il faut qu'on sorte de cette putain de maison.

Je scrute la pièce – pourrait-on fabriquer une corde avec les vieux vêtements ?

— Ne bouge pas, dis-je à la fillette en me levant.

Je réunis des habits éparpillés, évitant de laisser traîner mon regard du côté de la femme sans vie. La fumée jaillit par toutes les fissures, la fournaise mugit telle une créature affamée.

Je noue les pièces de tissu entre elles, fixe la corde de fortune à l'une des poutres qui surmonte la fenêtre et m'y suspends afin d'en tester la solidité – elle cède immédiatement sous mon poids. Le jean élimé a craqué, ne restent que deux pauvres lambeaux. Ce grenier humide a fait de tous ces vêtements de la charpie.

Je remplace le jean par un long manteau que j'accroche à un pull. Je tire de nouveau.

Crac.

Le manteau se déchire. La poussière flotte dans la soupente, se mêlant à la fumée de plus en plus épaisse.

— Merde !

Les larmes me montent aux yeux, j'ignore si c'est le désespoir ou la fumée. Je m'accroupis à côté de Tilde.

— Maman arrive bientôt, je mens.

Elle ne répond pas.

Nous restons assises sans bouger sous la fenêtre ; j'entends une autre vitre exploser au rez-de-chaussée.

Je distingue soudain une voix. D'où vient-elle ? De l'intérieur ? Non, de l'extérieur.

Penchée par la fenêtre, j'aperçois un homme en contrebas, campé sur ses pieds, la tête levée vers nous.

— À l'aide !

Ma voix est rauque, faible, mais il entend.

Il se précipite vers la façade. Ses mouvements, son grand corps puissant, son crâne rasé ont quelque chose de familier.

— Saute !

— Je ne peux pas, il y a un tas d'ordures au-dessous, des objets acérés.

Je fouille dans mes pensées – j'ai vu quelque chose près de l'entrée, avant de pénétrer dans la maison.

— L'échelle ! Il y a une échelle à côté de la porte d'entrée.

Sans répondre, il court vers l'avant de la maison, disparaît derrière un écran de flocons. Un craquement sinistre retentit, comme si toute la maison était en train de s'écrouler. Le sol tremble sous mes pieds, mes jambes se dérobent, j'ai l'impression que le plancher est oblitéré. En réalité, il s'incline. Comme un voilier en pleine tempête. Je m'agrippe à l'encadrement de la fenêtre pour ne pas glisser vers l'escalier au moment où le sol se mue en gigantesque toboggan.

— Maman !

J'attrape la main de Tilde au dernier moment, l'empêchant de dévaler vers le brasier. Le petit corps qui semblait si léger tout à l'heure pèse maintenant un âne mort. Usant de mes dernières forces, je la tire vers la fenêtre.

— Accroche-toi là, tiens-toi bien !

Elle me regarde avec des yeux brillants, sans répondre, mais saisit le bord de la fenêtre, obéissante. Les cartons, les piles de journaux, tout le fatras qui jonchait le sol est aspiré vers les flammes pour être englouti dans un grésillement.

L'homme est de retour. Après avoir dégagé quelques carcasses de vélos, il appuie l'échelle contre la façade. Sans un mot, il en entame l'ascension ; le premier barreau cède sous son poids et il tombe en arrière. Il pousse un juron et regarde dans notre direction, vers nos corps suspendus, nos bustes qui émergent par la fenêtre.

C'est à ce moment-là que je le reconnais.

Henrik.

La nausée déferle sur moi avec une force

insoupçonnée et je retombe à genoux sur le sol déclive devant la fenêtre.

Tout s'éclaire subitement.

Je comprends pourquoi la voiture au phare en panne nous suivait dans la tempête. Henrik qui pourchasse Kattis, la femme qu'il croyait être responsable de la mort de Susanne et de l'enlèvement de Tilde.

Il est là, devant la fenêtre, au sommet de l'échelle. Son visage à ma hauteur, les yeux écarquillés, les bras tendus.

— Passez-moi Tilde, je vais la descendre en premier.

— Henrik ! crie Tilde, tendant ses petits bras dans sa direction, mais je la retiens – comment puis-je savoir s'il compte vraiment la sauver ? Cet homme qui a abattu une femme devant mes yeux.

Il croise mon regard, me fixe comme si j'avais perdu la tête.

— Bon sang, vous ne croyez tout de même pas que… Elle est comme ma fille.

Ses yeux luisent de désespoir. On entend un nouveau craquement depuis l'intérieur et le sol s'infléchit un peu plus. La chaleur irradie du rez-de-chaussée, comme si nous nous trouvions au-dessus d'un fourneau.

— Elle est tout ce qu'il me reste. Je l'aime. Vous comprenez ?

Ses yeux plongent dans les miens. Je digère un instant ses paroles. Après tout ce qui s'est passé. Il l'aime ? L'amour encore ? Puis-je lui faire confiance ? Quelle est l'autre option ? Une mort certaine dans une maison consumée par les flammes ? Une chute de cinq mètres pour finir empalée sur des piques métalliques ?

J'aide Tilde à se hisser sur le rebord de la fenêtre et il réceptionne délicatement le petit corps. Il lui dit de s'accrocher bien fort à son cou, puis il entame la descente. Au bout de quelques instants, j'emprunte le même chemin, passant péniblement les jambes par l'ouverture. Je descends lentement l'échelle instable, m'effondre au sol et reste allongée sur le dos, dans la neige.

Je respire. Des voix me parviennent. Quelqu'un qui pleure. Henrik. Et la fillette qui le console, lui dit que tout va s'arranger, qu'il ne doit pas avoir peur, qu'elle a bien regardé et qu'il n'y a pas de lions ici.

Extrait d'expertise psychiatrique.

L'expertise neuropsychologique conclut que Tobias Lundwall souffre d'un retard de développement léger à moyen : à certains égards, il agit et réfléchit non comme un adulte mais comme un enfant en période de latence. Sa déficience intellectuelle influe sur sa capacité à mener des raisonnements abstraits et à utiliser les informations qui lui parviennent du monde extérieur. Il est surprenant que son handicap mental n'ait pas été diagnostiqué plus tôt. Par ailleurs, Tobias Lundwall présente certaines caractéristiques de l'autisme. L'examen psychiatrique a également révélé certains symptômes de la personnalité antisociale, schizoïde et paranoïde. En dépit de son léger retard de développement, rien dans l'examen ne porte à croire que Tobias Lundwall n'était pas en possession de toutes ses capacités de jugement au moment de l'acte. On ne peut pas parler d'abolition du discernement ni d'incapacité de distinguer le bien du mal. Malgré le crime très grave qu'il a commis, on ne peut affirmer que Tobias Lundwall souffre d'un profond trouble psychiatrique. Il n'y a donc aucune raison de le placer en établissement psychiatrique en vertu du chapitre 31 paragraphe 3 du Code pénal.

Antonio Waezlaw, psychiatre,
spécialiste en psychiatrie légale

UNIVERSITÉ DE STOCKHOLM, CINQ MOIS PLUS TARD

— Doux Jésus !

— Ne jure pas comme ça…

Je lance un regard d'avertissement à Vijay qui me sourit de ses dents blanches parfaitement alignées. Il caresse légèrement mon énorme ventre de sa main droite. Entre deux doigts de la main gauche, il pince une cigarette qu'il écrase rapidement dans un vase de fleurs coupées. Il a vu mon regard.

— Désolée, il y a tellement de choses interdites en présence d'une femme enceinte.

Je soulève délicatement une pile de devoirs d'étudiants pour m'asseoir sur la seule chaise réservée aux visiteurs, et m'essuie le front. Nous ne sommes qu'en avril, mais il fait vingt degrés depuis une semaine.

— Comment ça va ?

Vijay me dévisage, la tête inclinée sur le côté, tout en se laissant tomber dans son fauteuil qui émet un grincement de mauvais augure. Il pose sur son bureau ses grands pieds chaussés de baskets vert et orange, tout droit venues des années soixante-dix. Lorsqu'il pivote sur sa chaise pour ranger quelques pavés dans la bibliothèque, je remarque qu'il a attaché ses cheveux bouclés striés de quelques mèches grises en catogan.

— Pas trop mal. Mais je commence à trouver le temps long.

Je tapote mon ventre à la peau tendue comme un ballon de plage sous la vieille chemise en jean de Markus.

— Il te reste combien de temps ?

— Le terme est dans une semaine.

— Le terme…

— On verra bien. La sage-femme m'a dit que ça ne devrait pas tarder.

— Il y a un point d'acupression dans la main…

Je lève le bras en signe de protestation.

— Je t'en prie, Vijay. Je ne crois pas à ces conneries.

Mais il a déjà fait le tour du bureau, s'assied dessus, saisit ma main gauche et appuie fermement sur un point entre mon pouce et mon index.

— J'imagine que ça ne peut pas me faire de mal, je marmonne en essuyant la sueur qui perle à mon front. Et toi, comment tu te sens ?

Il ne répond pas tout de suite, ne me regarde pas. Continue à masser et à appuyer sur ma main.

— Seul.

Il ne dit rien de plus que ce malheureux petit mot.

Je hoche la tête, réprimant l'envie de lui dire que la ville regorge d'hommes séduisants, que c'est le printemps, qu'il est sexy et désirable, parce que je sais qu'il est au courant. L'homme qu'il aime l'a quitté et il a droit à son chagrin. Il serait malvenu de ma part d'exiger qu'il le laisse aussi derrière lui, comme un vêtement que l'on jette au rebut.

Vijay se racle la gorge, lâche ma main, mais reste assis sur le bureau.

— Et avec Markus ?

Je hausse les épaules.

— Comme d'hab.

Il esquisse un mouvement affirmatif de la tête, sans demander de précisions.

— Tu as entendu que le jugement est tombé hier ?

— Oui, impossible de passer à côté. C'est en une de tous les journaux. Je ne comprends pas comment on peut condamner une personne atteinte d'un trouble de développement à dix ans de réclusion criminelle.

— Dix ans, c'est la peine habituelle pour un homicide avec préméditation. Ça peut aller jusqu'à la perpétuité pour des crimes plus graves. Quoi que ça puisse bien vouloir dire… Est-ce que ça peut vraiment être plus grave que ça ? L'exécution de Susanne était particulièrement sanglante. Et puis, il a également tué la voisine, dont ils ont découvert le corps dans la maison brûlée. Mais je ne suis pas juriste, juste psy.

Je me penche en arrière – les violents coups de pied du bébé me coupent quasiment le souffle. J'essaie en vain de trouver une position confortable.

— Mais Tobias présente un déficit intellectuel. Léger, certes, mais son QI ne doit pas dépasser cinquante-cinq. Il est au même niveau de développement qu'un gamin de dix ans. On ne peut pas mettre un type comme ça derrière les barreaux. Comment va-t-il s'en sortir en prison ? Quel genre de société sanctionne ça ?

Vijay secoue lentement la tête avec un sourire malicieux.

— Parfois, je ne te comprends pas.

— Pourquoi ?

— Le soi-disant gamin de dix ans a quand même failli te faire la peau, à toi et à ton enfant, et tu voudrais le laisser en liberté.

— Je n'ai pas dit ça. Les personnes atteintes de troubles du neurodéveloppement n'ont rien à faire en établissement pénitentiaire. Ce n'est pas civilisé. C'est même barbare. Autant rétablir la peine de mort.

Le regard de Vijay se voile : il prépare un de ses petits exposés.

— Comme tu dois le savoir, le système répressif suédois n'établit pas de distinguo entre un criminel sain et un criminel porteur d'un handicap psychiatrique. Autrefois, les personnes souffrant d'un trouble du neurodéveloppement pouvaient faire l'objet d'un aménagement de peine, mais cette possibilité n'existe plus. Les hôpitaux spécialisés ont disparu dans les années quatre-vingt-dix, parallèlement à la suppression du concept juridique d'« irresponsabilité pénale ». L'option qui reste aujourd'hui, c'est l'obligation de soins en centre psychiatrique à condition que l'auteur de l'infraction soit atteint de troubles psychiques graves. La plupart des criminels dans ce cas sont psychotiques. Certains présentent également une démence ou une lésion cérébrale sérieuse. Être légèrement timbré ou pâtir de troubles du développement ne suffit pas, loin de là, pour être condamné à un séjour en centre psychiatrique. Ne reste que la prison.

— Cela ne contrevient-il pas aux règles de l'ONU ?

— Si, effectivement. Les Suédois ne se gênent pas pour donner des leçons, par exemple aux États-Unis qui exécutent des individus atteints de troubles du neurodéveloppement et de maladies mentales. Mais nous, on les fout en taule. Tu sais, il y a quelques années, une étude a montré qu'entre cinq et dix pour cent des détenus dans nos établissements pénitentiaires présentaient un déficit intellectuel, c'est-à-dire que leur QI était inférieur à soixante-dix. Ce qui signifie que, chaque année, des centaines de personnes présentant un retard mental écopent de réclusion criminelle. Certains d'entre eux ont le même niveau intellectuel qu'un enfant de maternelle. Du reste, il y a sans doute une grande part d'ombre : il est notamment plus difficile d'évaluer les capacités intellectuelles chez un étranger qui parle mal suédois, car les tests sont inadaptés. Tu me suis ?

— Oui, je le répète, c'est de la barbarie. D'ailleurs, il y a une autre absurdité : Henrik, qui a un QI normal, a été condamné à des soins psychiatriques au motif qu'il souffrait d'un trouble grave au moment du passage à l'acte. Apparemment, il serait guéri. Je suis sûre qu'il va rapidement être remis en liberté. Tobias, lui, va passer dix ans au placard. Dans quelle société vivons-nous ?

Vijay hausse les épaules.

— Bienvenue dans le monde réel, ma petite puce.

Je secoue la tête.

— Non, le problème, ce n'est pas ma naïveté. C'est l'indignité de notre État de droit. Tobias est si simplet.

Dès son plus jeune âge, des enfants plus vieux ont abusé de son ingénuité. Comment va-t-il s'en sortir en prison ?

— C'est pour ça qu'il existe des programmes adaptés à chaque détenu. Pour satisfaire leurs besoins spécifiques, rétorque Vijay d'un ton sarcastique.

— Bien sûr.

— Comment se fait-il que son handicap n'ait pas été détecté plus tôt ? Si j'ai bien compris, il a des difficultés depuis l'âge de dix-huit mois. Ses parents et ses enseignants ont entretenu une infinité d'échanges avec différents médecins et psychiatres. S'il avait reçu un diagnostic plus précoce, il aurait pu être mieux soutenu. Ça aurait pu empêcher ce qui est arrivé.

Je ne sais pas quoi lui répondre, je n'éprouve qu'un vague malaise assorti de résignation.

— D'ailleurs, Tobias a-t-il expliqué les raisons de son acte ?

— Non. Il a refusé d'en parler. Il s'est muré dans le silence. N'a jamais reconnu les faits. Ils l'ont arrêté au moment où il essayait d'aider Kattis à sortir de son véhicule accidenté. Il leur a tenu un discours décousu, leur a hurlé qu'il devait l'aider, que c'était la seule chose qui comptait. C'est tout ce qu'il a dit. Ensuite… plus un mot. Pendant tous les interrogatoires. S'il n'y avait pas eu d'éléments techniques, ils n'auraient pas pu le condamner pour l'homicide de Susanne. Ils ont retrouvé des gants ensanglantés portant ses empreintes à l'intérieur sur la banquette arrière de sa voiture. Par ailleurs, ses chaussures étaient maculées du sang de Susanne. Il y avait des poils de son chien dans l'appartement de Susanne. J'imagine qu'il pensait rendre service à Kattis en commettant cet homicide. Elle avait cassé pas mal de sucre sur le dos de Henrik et de sa nouvelle compagne. Bref. Heureusement, il n'a pas eu le temps de tuer la fillette.

Je hoche la tête en me remémorant les petits bras sales qui entouraient mon cou. L'odeur d'urine et de moisissure dans l'armoire exiguë. Les volutes de fumée qui montaient à travers les lattes du plancher et s'élevaient vers le plafond comme des algues ondoyantes, la chaleur qui nous accablait.

Vijay me contemple en silence. Je me demande ce qu'il en pense, quel est son rapport à toutes les injustices, tous les abus qui gangrènent notre supposée société modèle scandinave.

— Tout ça… ça me plombe le moral, dis-je. Je pense aussi aux enfants de Hillevi. Tu savais que leur père avait obtenu la garde ?

Vijay secoue tristement la tête.

— Je ne le savais pas, mais c'était attendu, non ?

— Peut-être. Mais c'est injuste, tellement injuste. Ils auraient eu besoin d'un foyer où se sentir en sécurité. Ils ne devraient pas vivre avec quelqu'un qui les violente.

Tout à coup, je me remémore le rêve que j'ai fait à l'automne dernier : Hillevi venait me voir dans sa tunique imbibée de sang pour me demander de m'occuper de ses enfants, et je le lui promettais. Pourtant, ils sont de retour chez leur père maltraitant. Si seulement j'avais pu en faire plus. Si seulement j'avais pu aider ces enfants.

Un nouveau coup de pied du bébé me ramène à la réalité, dans le bureau de Vijay. Je jette un coup d'œil dehors. Des feuilles vert clair se balancent dans la brise. Je me lève péniblement de mon siège.

— Il faut que j'y aille. J'ai rendez-vous avec une… amie.

— Pas de problème.

— Merci de me donner ton aval.

Vijay sourit.

— Tu as mon aval, très chère. Ah oui, c'est vrai, le livre. Je te l'apporte.

Lorsque je prends congé, son accolade est chaleureuse bien qu'un peu raide. Mon ventre est tellement proéminent qu'il est obligé de se pencher vers moi.

— Appelle-moi quand…

Il esquisse un geste vers mon ventre ; je confirme d'un hochement de tête et quitte son petit bureau encombré de chercheur.

Devant le lourd bâtiment en brique, l'air est tiède et le soleil me réchauffe le visage. On entend les oiseaux chanter dans les grands arbres qui bordent l'Institut de psychologie. Des étudiants sont étendus dans l'herbe à fumer, rire, réviser.

Stockholm est enfin sortie de son hibernation.

Elle m'accueille avec un sourire radieux lorsque je franchis la porte du salon de thé. Une fois n'est pas coutume, ses longs cheveux sont détachés – cela lui va bien ; elle paraît à la fois plus adulte et plus féminine.

À l'intérieur, il fait encore plus froid qu'à l'extérieur ; un parfum de viennoiseries et de café flotte dans le petit espace.

— Mais quel joli ventre tu as !

Je ris sèchement.

— Je n'en peux plus ! Si tu savais…

— Patience. Tu tiens le bon bout !

Je hoche la tête. J'ai l'impression d'être un parangon de patience. Cette grossesse n'en finit pas. Être enceinte est vraiment une maladie, contrairement à ce qu'affirme cette sage-femme au collier en pommes de pin. Je ne me suis jamais sentie aussi faible de toute ma vie. Je n'ai qu'une hâte : que ce soit terminé pour que je puisse retrouver mon corps. Parfois, ça me semble plus important que l'enfant. Le bébé est pour moi l'abstraction la plus totale, bien que je le sente vivre en moi – il donne des coups, il se retourne, il hoquette.

— Et toi, comment vas-tu ?

Elle enroule une mèche de cheveux autour d'un doigt avec un sourire prudent.

— Bien. Je suis soulagée que le procès de Tobias soit enfin derrière nous. J'ai dormi toute la nuit hier, j'étais épuisée. Comme si j'avais couru un marathon. C'est normal ?

— Tout à fait. C'est la tension qui se relâche.

Elle marque une pause, sirote son café en me dévisageant.

— Tu as apporté… ?

— Bien sûr.

Je me penche péniblement pour fouiller dans mon vieux sac à main et j'en extirpe le livre : *A General Theory of Love*[1]. Je me demande bien pourquoi Kattis m'a demandé de lui prêter ce bouquin en particulier, même si j'ai souvenir de lui en avoir parlé à une occasion. J'ignorais qu'elle aimait lire, encore moins de la non-fiction en anglais. Elle le reçoit avec un sourire de Joconde, caresse tendrement la couverture, comme s'il s'agissait d'un chiot disparu qu'elle venait enfin de retrouver.

— Parfois, je voudrais juste comprendre tout ce qui s'est passé ces douze derniers mois.

Avec un signe de tête affirmatif, je jette un coup d'œil dans le local où les habitants de Stockholm qui ont pris au sérieux l'arrivée du printemps, arborant

---

1. Ouvrage de théorie générale sur l'amour et la science des émotions humaines, écrit par Thomas Lewis, Fari Amini et Richard Lannon, professeurs de psychiatrie. Paru en 2000 chez Random House. *(N.d.É.)*

shorts et t-shirts, côtoient des dames âgées en fourrure et chapeau.

— Et… tu sais, Henrik. Ça a été tellement dur. Il a été condamné à des soins psychiatriques. Mais…

— Mais quoi ?

L'air embarrassée, elle presse ses paumes contre ses joues rougissantes et semble examiner le plafond.

— On m'a dit qu'il serait bientôt libre.

— Et alors ?

Elle tortille de nouveau ses cheveux, un sourire hésitant se dessine sur son visage aux traits fins, dépourvu de maquillage ; il y a quelque chose d'enfantin dans son expression quand elle croise mon regard.

— Je peux attendre, je crois.

— Attendre ? Attendre quoi ?

Un frisson glacé me parcourt l'échine, de la nuque jusqu'au coccyx, comme si de la neige fondue coulait le long de ma colonne vertébrale. Je sais ce qu'elle va dire et j'ai l'impression que le silence s'est abattu sur le salon de thé, comme si toutes les conversations autour de nous s'étaient tues et que les cliquetis de la cuisine avaient cessé.

— Attendre Henrik. Peut-être qu'on peut se remettre ensemble ?

GNESTA,
HUIT MOIS PLUS TÔT

C'est donc ça, l'amour.

Il a aussi le droit de vivre ça, même s'il ne s'y attendait pas.

Pas lui.

Pas avec elle, en tout cas.

Les hommes comme lui n'ont pas le droit d'aimer des femmes comme elle. C'est comme ça, c'est tout. Il est une nouvelle fois émerveillé par sa présence ici, dans un lit, à ses côtés. Il était pourtant inimaginable qu'il puisse caresser cette peau douce et laiteuse, poser sa paume en corolle sur ses petits tétons roses. Lui embrasser l'aine et la toison blond foncé qui couvre son bas-ventre. Entendre ses bruits étouffés lorsqu'il accélère le rythme, ces petits cris qu'il associe à la fois à des animaux blessés et à des films porno, qui l'excitent autant qu'ils l'inquiètent. S'y prend-il comme il faut ? Est-ce qu'il lui fait mal ?

Elle se contente de sourire, dit que c'est bon, si bon qu'elle a l'impression qu'elle va se briser. Elle lui explique que c'est une sorte de douleur, mais pas vraiment. Il comprend ce qu'elle veut dire, car quand il explose en elle, quand il meurt dans ses bras, il ressent la même chose. Comme si la douleur, la jouissance et toutes les sensations s'écrasaient sur lui telle une lame de fond gigantesque, effrayante, mais non moins libératrice.

C'est la plus belle femme du monde.

Quand il l'a vue pour la première fois, cette pensée l'a traversé ; une pensée aussi excitante qu'interdite, et au même moment si banale que c'en était déprimant. Il s'était habitué à cette vérité – il y avait des choses dans la vie qui n'étaient tout simplement pas faites pour lui, pour des gens comme lui. Des portes qui ne s'ouvriraient jamais. Des endroits qu'il ne verrait jamais. Des sentiments qu'il ne pouvait pas s'attendre à éprouver.

Par exemple l'amour.

Il l'avait immédiatement remarquée quand il avait commencé à fréquenter le Centre pour le retour à l'emploi. Ses cheveux blond foncé qui prenaient des reflets d'incendie au soleil, ses yeux qui pouvaient passer du gris pâle au violet orageux.

Quand elle souriait, il voulait sourire avec elle, partager ce sentiment de joie qui semblait l'animer. Bien sûr, elle ne lui souriait jamais. Pourquoi le ferait-elle ? Pourquoi voudrait-on lui sourire ?

Ils avaient parlé de son avenir. Elle s'était assise en face de lui, sur sa chaise pivotante, comme si c'était la chose la plus naturelle du monde. En mordillant son crayon à papier, elle avait dit : « Il serait peut-être temps que tu te ressaisisses ? Tu as eu deux périodes d'essai et tu n'as réussi à décrocher aucun contrat. Pourtant, tu es un garçon *malin.* »

Il avait eu honte. Il avait senti ses joues devenir

brûlantes sous ses longs cheveux bruns. Il l'avait haïe d'être assise là, dans le fauteuil pivotant, avec un crayon dans la bouche comme une sucette, à dire qu'il était malin. Il avait haï le supermarché à la con où il avait passé ses journées à retirer les fruits et légumes gâtés des rayons. Des oranges pourries, des prunes moisies, pendant que des moucherons lui tournaient autour. Il avait haï cette satanée formation en soudure qui n'avait pas débouché sur un boulot, ainsi que le tri postal à Solna et tous les débiles qui bossaient là-bas. Tous les attardés bégayants, boiteux, handicapés.

Tous les gens comme lui...

Il se haïssait lui, plus que tout, parce qu'il était incapable de se comporter comme les autres, de bien se tenir. Incapable d'agir normalement, comme lui avait dit sa mère juste avant que son père rende l'âme.

— Dis, commence-t-elle. Est-ce que tu m'aimes ?

— Bien sûr que oui, marmonne-t-il, gêné, mais si heureux, empli de cet amour adulte si différent de ce qu'il a connu.

— Tu ferais tout pour moi ?

Il se retourne vers elle et sa main glisse sur la couverture sale. Les derniers rayons du soleil éclairent la chambre, embrasant ses cheveux. Il pose la pièce de monnaie sur le tas de journaux à côté du lit et enveloppe son sein d'une main.

— Bien sûr que oui.

— Même si c'était quelque chose d'abominable. Vraiment abominable ?

Ses yeux sont empreints d'une noirceur, comme si elle éprouvait une atroce souffrance. Il comprend qu'il ferait n'importe quoi pour la rendre heureuse, pour effacer cette expression de douleur de son visage, lisser les rides de son front, faire naître un sourire.

— Je ferais tout pour toi, dit-il. Tout.

REMERCIEMENTS

Merci à tous ceux qui nous ont aidées à écrire ce roman, en particulier notre merveilleuse éditrice Helene, qui, par un heureux hasard de calendrier, a pu nous donner des informations de première main sur la grossesse ; Katarina, qui s'est montrée aussi précise que créative dans la relecture de notre texte ; et notre agent Joakim, de Nordin Agency, qui a permis à Siri de voyager à travers le monde.

Camilla : Je tiens également à remercier tous mes amis de Stockholm, qui m'ont supportée alors même que j'avais quasiment élu domicile en Espagne pendant l'écriture. Merci à Estelle et Frederik : sans votre aide, en Espagne, ce livre n'aurait sans doute pas pu voir le jour. Merci à Joachim de m'avoir inspirée et soutenue. Merci à mes enfants Calle et Josephine pour votre patience pendant toutes ces soirées et ces week-ends que j'ai passés devant l'ordinateur.

Åsa : Merci à mes collègues de Inside Team pour leur patience sans limites, même si j'ai parfois fait passer Siri avant mon travail. Merci à tous mes amis qui m'ont encouragée dans mon envie d'écrire. Enfin, merci infiniment aux hommes de ma vie : Andreas, Max et Gustav. Sans votre amour, ce roman n'aurait pas pu exister.

CAMILLA
GREBE
& ÅSA
# TRÄFF

SONT AU LIVRE DE POCHE

PAPIER CERTIFIÉ

Le Livre de Poche s'engage pour l'environnement en réduisant l'empreinte carbone de ses livres. Celle de cet exemplaire est de :
450 g éq. CO_2
Rendez-vous sur
www.livredepoche-durable.fr

Composition réalisée par Soft Office

Achevé d'imprimer en septembre 2024 en Espagne par
Liberdúplex - 08791 Sant Llorenç d'Hortons
Dépôt légal 1re publication : octobre 2024
LIBRAIRIE GÉNÉRALE FRANÇAISE
21, rue du Montparnasse – 75298 Paris Cedex 06

33/6738/9